集英社オレンジ文庫

わたしの嫌いなお兄様

松田志乃ぶ

Contents

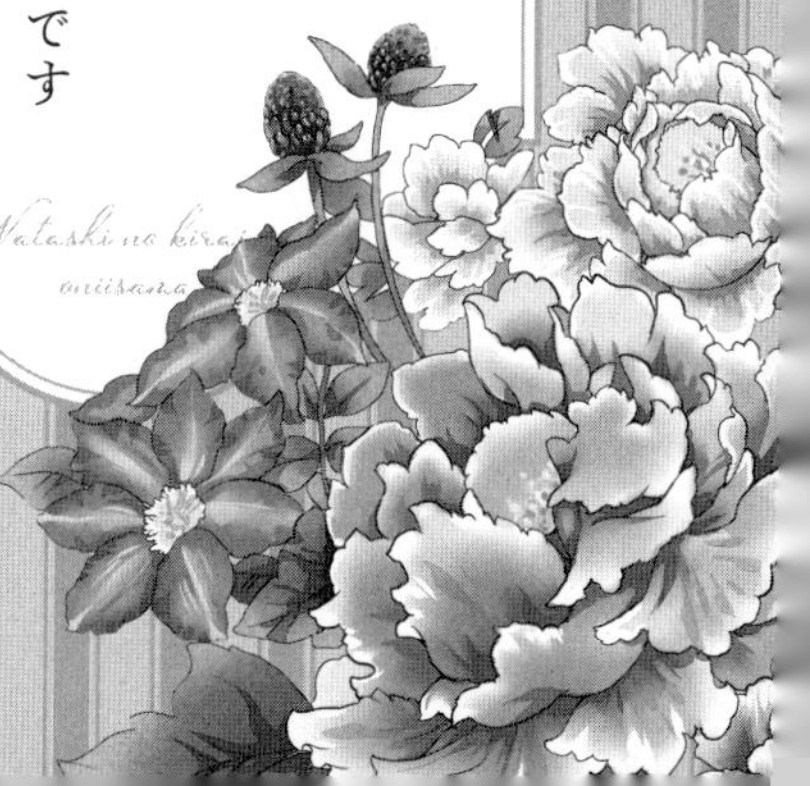

Watashi no kirai
oniisama

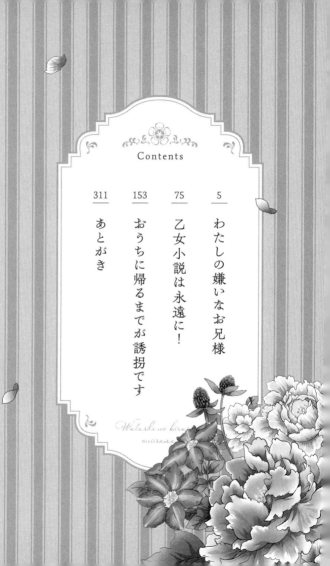

イラスト／明咲トウル

Watashi no kirai na oniisama

わたしの嫌いなお兄様

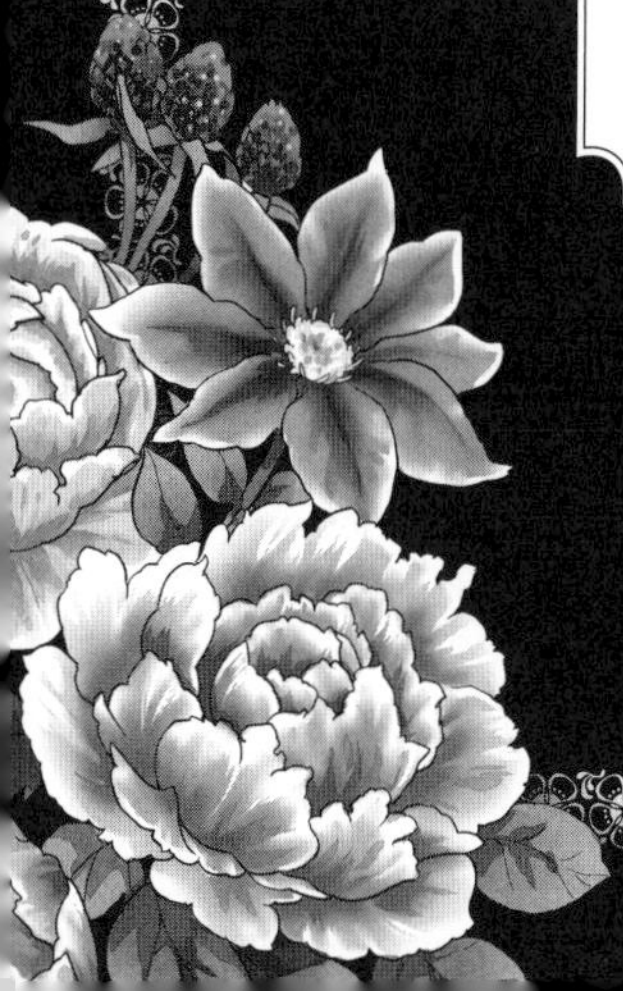

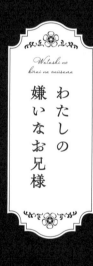

1　婚約者は突然に

「お父さま……すみません、いま、なんておっしゃいましたの？」

梅雨《つゆ》の晴れ間の日曜日。

父の書斎に呼ばれた有栖《ありす》は、信じられない思いで聞き返した。

「おまえの縁談が決まった」

父はあっさりくり返した。

「えんだん……」

「うむ、おまえをお嫁にほしいという話がきてね。とてもよい話だったものだから、早々に婚約をとり決めてしまった。はっはっは。つまりおまえに婚約者ができたのだよ、有栖。おめでとう。おまえは次の誕生日でいくつになるね？」

「じ、十七よ、お父さま」

「十七か、ウンウン、もう大人だな。ちょうどよい頃合いだ。おまえのお母さまも十七でお嫁に来たし、かの家康公《いえやすこう》はその年で初陣《ういじん》に出た」

ふさふさした口ヒゲをしごきつつ、父親は一人でうなずいている。

（いつもは、まだまだ子どもだとおっしゃっていたくせに）

とはいえ、あまりに唐突《とうとつ》な話に有栖は反論の言葉が出てこなかった。

――女の幸福とは、すなわち、よき妻よき母となって家庭を築き、これを守ること。

良妻賢母《りょうさいけんぼ》が常識の大正《たいしょう》の現代《いま》、良家の娘であれば十かそこらで婚約者をもたされ、十七、八で早々に嫁《とつ》いでいく例もさほど珍しいわけではない。

だけど、と有栖は目眩《めまい》をこらえながら思う。

（このわたしが結婚なんて……！）

どぉーん……！　雪見障子《ゆきみしょうじ》の向こうから正午《ひる》を告げる午砲《ドン》の音がひびいた。

思いがけない日曜の午後の幕開けであった。


「それで、お父さま……わたしの婚約者というのは、いったいどこのどなたなのですか？」

どきどきする胸を押さえ、有栖は尋ねた。

なにせ十六歳の乙女《おとめ》である。生涯《しょうがい》の伴侶《はんりょ》となる「婚約者」には不安と期待がない交ぜになった想像をあれこれせずにはいられない。

「ははは、何を心配することもないよ、有栖。婚約者はおまえの気性も何もかもよくわかっているお相手だからね」

「ということは、有栖の見知ったかたなのね」

「それはもうよく知っている。春日《かすが》さんの長男、要《かなめ》くんだよ」

「えッ！　なんですって」

有栖はぎょっとして飛び上がった。

――春日要？

あの要お兄さまがわたしの婚約者!?

「チェンジでお願いします、お父さま」

「チェンジはないんだよ、有栖。歌留多遊戯《トランプあそび》じゃあないんだから」

「それじゃあキャンセルで」

「キャンセルも受け付けていないのだ」

「じゃあお流れで。パス一で。なんでもいいからご破算《はさん》で。絶対に嫌です。要お兄さまと結婚なんて、悪い冗談もいいところだわ！」

「冗談なものかね。春日さんは一人娘のおまえのため、要くんに多額の持参金をつけて婿養子にくださると言うんだよ。こんなにいい話はないだろう。要くんは来年大学を卒業するから、結婚は早くて一年後になる。わっはっは、これでわが橋本《はしもと》家も安泰だよ」

「何がわっはっは、です、お父さま。家を継ぐべき大事な長男を持参金つきで婿養子に出すなんてお話、聞いたことがないわ！　ましてや要お兄さまの弟、次男の主税《ちから》さんはまだたったの八つなのに。つまり、春日のおうちでは、お金をつけてでもなんとか要お兄さまを家から追い出して、道楽長男の厄介払《やっかいばら》いをなさりたい、ということなのでしょ」

娘の鋭い分析に、父親は、うっ、と口ごもった。

「みんなで問題児の要お兄さまを有栖に押しつけたのね。春日の伯父《おじ》さまがお兄さまにはほとほと手を焼いていらっしゃるの、知っているわ！」

「いや、そんなことは……」

「だいたい一年後に結婚なんて急すぎます。それじゃわたし、女学校だって卒業できないじゃありませんか」

「ウーン、まあ、勉強はそこそこでやめておけばいいじゃないか。なんといっても女子の幸福は、教室の中ではなく、夫と睦《むつ》み合う寝室の中にこそ探すべきもの……」

「まあっ！　お父さまったらなんてことおっしゃるのっ。それってわたしたち女性全般に対する侮辱《ぶじょく》だわ、下劣《げれつ》だわ、軽蔑《けいべつ》するわっ！」

「お、おまえは賢い娘だ、有栖。要くんと結婚すれば必ず幸せになれるのだよ……！」

おてんば娘に次々座布団を投げつけられながら、父親は必死で言った。

「要くんには多少の問題があるかもしれないが、そ、そこは若さゆえのこと、おいおい直っていくだろう。なんと言っても春日さんは上海《シャンハイ》や巴里《パリ》に会社を持つやり手の実業家だ。舅《しゅうと》にもって援助をいただけば、この先、生活の苦労をせずにすむのだよ……！」

有栖は父親をにらんだ。

「白状なさって、お父さま」

「ん？　なんのことかな……」

「おとぼけになられてもだめです。そうやってもじもじ視線をそらされるのは心中に疚《やま》しいところのある証拠だわ。第一こんなに強引に話を進められるなんてお父さまらしくないですもの。いったい、何を隠していらっしゃるの。きりきり白状なさいましっ」

母親そっくりの愛くるしくも迫力のある顔でつめよられ、父親はたじたじとなった。

「おっしゃらないなら、有栖は伊豆《いず》へご旅行中のお母さまに電話して、お父さまがいけないことをなさってるって告げ口しちゃいますからね」

「えっ！　お母さまに」

「そうよ。知らない女の人から電話がきたとか、お父さまが香水や白粉《おしろい》をぷんぷん匂《にお》わせて明け方に帰ってきたとか、あることないこと吹きこんでしまおう」

「よ、よしなさいよー！　そ、そんなことしたらお母さま、また帰ってこなくなってしまうじゃないかー！」

父親ははや泣き顔である。

女流歌人として名の知られている有栖の母は自由奔放《ほんぽう》な行動派で、詩作のためと称しては、歌人仲間としょっちゅう旅に出ている。

妻にべた惚《ぼ》れの父親はさみしがりながらその帰りを指折り数えて待っているのであった。

「だったら観念なさって、本当のことをおっしゃいまし」

「う、うう……ヒック、じ、じつを言うと、有栖……お父さまは先日、春日さんにお借りしたある品を、不注意から紛失してしまったのだよ……」

父親はとうとう白状した。

「ある品を紛失？」

「うむ……その品は春日夫人所有の逸品《いっぴん》で……舶来《はくらい》のたいへん貴重な品であるから、代わりを見つけることもできず、弁償のしようもなかったのだ」

「まあ……それじゃ」

「そんな弱みがあったものだから、前々から春日さんより申し入れられていた要くんとの婚約話を、今回、どうにも断り切れなかったのだよ……春日さんに重ねて膝を折られ、頭をさげられ、ついには承諾《しょうだく》してしまったしだい……」

許しておくれ、有栖。

最初《はじめ》の威厳ぶったようすはどこへやら、父親はしょんぼり肩を落としている。

「なくしたお品と子供の結婚を引き換えにされるなんて。もう、お父さまも、春日の伯父さまも、いったい有栖をなんだと思っていらっしゃるのっ」

愛娘《まなむすめ》の叱責《しっせき》に、父親はますます肩を縮こめた。

※

春日要は有栖の五つ上のいとこである。

互いの母親が二人姉妹の上と下。

おっとりと浮世離れした美貌《びぼう》の姉と、闊達《かったつ》でハイカラで奔放な妹。

姉は貿易商の春日氏に嫁いで要と主税の兄弟を産み、妹は元士族《しぞく》の橋本家に嫁いで一人娘の有栖を産んだ。

以上が簡単に述べたところの、有栖と要の関係である。

同じ高輪《たかなわ》の北と南。母親同士が互いの家をひんぱんに行き来をしていたこともあって、有栖と要は幼いころからよく一緒に遊んだ幼馴染《おさななじ》みの仲である。

が、有栖にとってはそのほとんどが、

「二人で隠密《おんみつ》ごっこをしている最中、柿の木のてっぺんから落ちてケガをした」

「チャンバラ遊びで家宝の壺《つぼ》を割り、おてんばがすぎるとお尻をぶたれた」

「二人で庭の古井戸におりたきり出られなくなり、すわ神隠しかと大騒ぎになった」

さんざんな思い出ばかりであった。

(黒船《くろふね》ごっこをしよう、と二人で穴のあいた小舟で品川《しながわ》の海へ漕《こ》ぎ出して、あやうく溺《おぼ》れ

かけたこともあったっけ……要お兄さまと結婚なんてした日には、心も身体《からだ》も休まる時がないわ）

未来の平安のためにも、今回の結婚話をなんとか白紙に戻さねばならないが、それには詳しい経緯を知る必要がある。

いったい紛失した品物とはなんなのか。

どうした事情からその品物をなくしてしまったのか？

いっさいの事情を父親から聞き出した有栖はすっかり興奮していた。

「――お話は呑《の》みこめました。いいわ、お父さまが義理からこの縁談を断れないとおっしゃるのなら、有栖が春日のおうちに自分で断りにまいります」

止める父親の手をひらりと片袖《かたそで》にふりきると、有栖はあるものをはっしとつかみ、駒下《こまげ》駄《た》の音も高らかに、単身、春日邸へと乗りこんだのだった。

2　人を騙せば穴二つ

「たのもうー！」

世に名高い赤穂浪士《あこうろうし》・四十七士の眠る泉岳寺《せんがくじ》が目と鼻の先。

目指す春日《かすが》の家に着いたとき、有栖《ありす》はほとんど討ち入りの気分であった。女学校でも一番のなぎなたの腕。加えて父親から忠臣蔵《ちゅうしんぐら》やら、巌流島《がんりゅうじま》の決闘やらを寝物語に聞いて育ったおてんば娘。頭の中では合戦の陣太鼓《じんだいこ》がどーん、どーん、と鳴りひびいていた。

「男らしくお出《い》であそばせ、要《かなめ》お兄さま。臆したか、隠れたか……いとこの有栖がまいりましてよー！」

庭先で有栖が勇ましく名乗りをあげると、

「──おや、なんだい、にぎやかな声がすると思ったら、有栖じゃないか」

蔵の二階窓がひらかれ、要その人がひょい、と姿を現した。

「ご機嫌よう、お兄さま」

「ご機嫌よう、有栖。会えて嬉しいよ、ぼくのエンゼル」

蔵の窓枠《まどわく》に頬杖《ほおづえ》をつき、要はにこにこ笑っている。

山《やま》の手《て》の風に柔らかく揺れる長めの前髪。

やや瘦《や》せぎすな長身を包む清しい紺絣《こんがすり》の単衣《ひとえもの》。生地も仕立ても上等なものを折り目の消えるほど着ならして、鉄紺《てっこん》色の書生袴《しょせいばかま》にすっきりとあわせている。

形のいい額は祖父譲《ゆず》り。色の白さと睫《まつ》毛《げ》の長いやさしい目元は母親譲り。通った鼻梁《びりょう》は父親譲り──というのが親戚《しんせき》たちの寸評だが、その口元に絶えず浮かんだり消えたりしている悪戯《いたずら》っぽい笑みは、誰から譲られたものでもない、要自身のものであった。

「きみは会うたびに美しく大人っぽくなっていくねえ、有栖」

要は目を細めて有栖をみつめる。

「朱鷺色《ときいろ》を散らした空色銘仙《そらいろめいせん》に水仙《すいせん》の帯。みどりの黒髪にさんご玉の簪《かんざし》がきらりと光って……なんとも目にまぶしいな。梅雨の晴れ間の青空にかかる、きれいな虹を見るようだ」

「今日はそういう戯言《ざれごと》をお聞きしているひまはないのです、お兄さま」

有栖はすげなく言った。

「有栖は結婚の件で、抗議にきたのよ」

「結婚の件？　ハテ、なんのことだろう」

「そらとぼけたってだめなのよ。今回の悪戯の首謀者《しゅぼうしゃ》も、例によってお兄さまなのでしょ。おかしなからくりでひとのよいお父さまを困らせて、むりな縁談を承知させて……お兄さまの悪戯には慣れている有栖も、今回ばかりは本当に怒っているんだから！」

有栖が家から運んできた箱形の鞄《バッグ》を頭上に持ちあげて見せると、

「うん？　なんだか見おぼえのあるバッグだな」

首をかしげていた要だったが、すぐにパチンと指を鳴らして、

「ああ、そうか、思い出した。そいつは確かうちの母上ご所有の、西洋人形を入れるためのドールバッグだろう」

「その通りよ」

「ふーむ、〝有栖〟に〝ドールバッグ〟に〝結婚話〟か……三題噺《さんだいばなし》にしてはちっと不揃いな題目だが、謎かけとしてはなかなかロマンティックなようだね」

要は微笑《ほほえ》んだ。

「有栖はお兄さまをとっちめにきたのよ」

「おやおや、そいつはたいへんだ」

「でも、まだお勉強中なら大人にして、しばらくお庭でまっているけれど……お兄さま、有栖のお相手をしてくれる？」

「折よく書きものも目処《めど》がついたところだからね。よしよし、有栖の話を聞くとしよう。ああ、と、その前に……見てごらん、有栖。あそこにあるのはなんだと思う？」

有栖は指さされた方向へ目をむけた。

(何かしら、あれ)

少し離れた場所に絵のようなものが描かれている。

有栖が近くへ寄って見てみると、土の上には大きなガマガエルに乗った妖術使い、児雷《じらい》也《や》の絵が描かれていた。

「児雷也の似姿《にすがた》のように見えるだろう、それ」

「見えるだろうって……違うの？」

「違うよ」

「それじゃあ、これはいったいなんなの？」

有栖はもう一歩を踏み出した。

「落とし穴なんだ」

「きゃあああああ――――――――――ッ!?」

いきなり足元の地面が消えた。

どっぷんっ。

平和な音がひびき、気づくと有栖は生あたたかい泥の中に転がり落ちていた。

「～～～要お兄さま～～～～！」

「――だから、その絵に近づいてはいけないよ、と言おうとしていたところだったのに」

人の話は最後まで聞くもんだよ。のんびり笑いながら、蔵を出てきた要が落とし穴へと近づいてくる。

「背丈が伸びても、きれいになっても、有栖のせっかちは変わらないねえ」

「そういう大事なことは話のはじめにおっしゃってよっ！」

「あっはっは、懐かしいね、有栖を穴に落とすのは何年ぶりだろう。何度ぼくに騙《だま》されても、『有栖、こっちだよ』とぼくが呼ぶたびに子犬のようにかけ寄ってきては『きゃー』と穴に落っこちていた小さな有栖は本当におばかで可愛《かわい》かったねえ」

しみじみうなずいている。

(相変わらずだわ、お兄さま……)

知的で温和な見た目の印象を大きく裏切って、その中身は恐ろしく子どもっぽい、度の過ぎた悪戯が大好き、という危険なとこ。

これだから、有栖はこの青年が苦手なのだ。

「──兄上……兄上ェー」

有栖が穴の中から要をにらんでいると、幼い子どもの声が聞こえてきた。

やがて、穴の縁からひょっこりと、

「──わあ、おどろいた。こんなところに有栖姉さまがいらっしゃった」

くりくりと大きな目をした可愛らしい少年が丸顔をのぞかせた。

荒い格子柄《こうしがら》の浴衣《ゆかた》に胸高にしめた藍色《あいいろ》の兵児帯《へこおび》。チャンバラごっこでもしていたのか、手には木剣を握っている。

今年八つになる要の弟、主税《ちから》である。

「こんにちは、主税さん」

「こんにちは、有栖姉さま」

泥まみれの有栖にむかって、八つの主税はぺこりと行儀《ぎょうぎ》よく頭をさげる。

「お会いできてうれしいな。有栖姉さまは、そんな穴の中で何をなさっているのですか。

墓ほり人夫ごっこですか」

「え？　えーとね、主税さん、これは」

「有栖姉さまは『よーし、今日は一つ落とし穴でも掘って主税をひっかけて遊んでやろう』とぼくが朝からこしらえておいた穴へ勝手に落ちちまったんだよ、主税」

悪びれるふうもなく要が言う。

「あ、それ、児雷也の絵のあったへんでしょう」

主税は得意そうに言った。

「ぼく、あすこにはきっと兄上の落とし穴があるのだな、と思ったのでソロソロよけて、絵には寄らずにおきました」

「おまえ、賢いね、主税」

「えへへ。だって兄上、こないだはぼくの大すきな大蛇丸《おろちまる》の絵をかかれて、同じようにぼくを穴に落っことされましたものね。前には、二人ですもうをとろう、と土俵《どひょう》をかかれて、『主税、おいで』と呼ばれるから走っていったら、やっぱり落っことされました。なんべんも同じ手にかかってはいけないのです」

えらいえらい、と兄に頭をなでられ、主税は照れている。

「知恵者でしっかり者の弟をもって、頼もしい限りだな。ようし、主税、今日は兄さまがチャンバラごっこの相手をしてやろうか」

「わあ、本当ですか、兄上ェ」

主税が大きな目を輝かせる。

歳《とし》の離れた兄にかまわれるのが大好きなのだ。

「おまえの好きな巌流島《がんりゅうじま》の決闘の場面をしてやろう。ぼくが剣豪・武蔵《むさし》で主税がやっつけられる小次郎《こじろう》だぞ」

「わあい、わあい！」

「ようし、それじゃ、早速《さっそく》決闘の位置につくんだ。走るぞ、主税。たかたかたかたかー」

「ハイッ、兄上！　たかたかたかー」

主税が嬉しそうに走り出す。

「もう少し右に行け、主税ー」

「ハイ、兄上ー」

「もう少し後ろだー」

「このへんですかー」

「そこが第二の落とし穴だ」

「きゃ――――――――っ！」

可愛い悲鳴のあと、「とっぷん！」と主税が泥に落とされる音が聞こえた。

落とし穴は二段がまえにしてあったらしい。抜け目のない要らしい細工《さいく》である。

「お兄さまったら、小さな子相手に何しているのよっ！」

「小次郎役を割り当てられた時点で、武蔵に騙されると気づかなきゃいけないのになあ。あっさり騙されて、穴に落っことされて、あっはっは、主税は意外とおばかだなあ」

「あっ、ああー、主税はホントにばかですねえー」

穴に落とされた主税はばちゃばちゃと泥をはねながらも嬉しそうである。

まるで昔の自分を見るようだわ、と有栖は思った。

(お兄さまに遊んでもらっていたのでなくて、遊ばれていたのだ、と気づくのはずうっと後になってからなのよね……)

いつまでも泥につかっているわけにもいかないので、まずは有栖が、それから主税が引き上げられる。穴に落とされた仕返しに有栖が泥団子を要にぶつけ、主税も面白がって加勢する。三人はひとしきりワイワイと泥んこ合戦に夢中になった。

そこへ、

「――主税坊ちゃま、どちらにいらっしゃいます、主税坊ちゃま……！」

黒っぽい着物を着た娘が木立の間から現れた。

「ああっ、いけない、ねえやにみつかってしまったー」

(あら……？　ねえやが替わったのだわ)

色白で背の高い娘は有栖には初めて見る顔だった。

前のねえやは小柄でにこにこと人好きのする、下町生まれの明るい娘だったのだが。

「まあ、主税坊ちゃま、こんなところにいらしたのですねっ」

「ね、ねえやー」

「いけませんよ、坊ちゃまは、ずいぶんお探ししたのですから。なんです、お部屋を抜け出されて汚い泥遊びなぞなさって……ヒ、ヒイーッ！　そこにいるのは要さま……！」

ねえやは要の姿を見たとたん、文字通り飛び上がった。

「やあ、ねえや」

要が屈託なく笑いかける。

「今日も主税のお守《も》りかい、ご苦労だね。ねえやは、有栖とは初めてだったかな？　紹介しよう、こちら、ぼくの未来の妻の有栖嬢だよ」

「でたらめを言わないで、お兄さま」

二人のやりとりにもねえやはまるで耳を貸さず、主税の手をぐいぐい引っ張っている。

「さ、主税坊ちゃま、まいりますよ」

「でも、ねえや、ぼく、まだ兄上と姉さまと遊びたいんだい」

「ヒイィー！　なりません、坊ちゃま、なりません。要さまと遊ばれるのは当分禁止と申しましたでしょ！　旦那《だんな》さまに知られたらねえやが叱《しか》られてしまう。さ、おいでませ。触らぬ要さまに面倒なし。厄介《やっかい》ごとが起こらぬうちに、早くあちらへまいりましょう」

イヤダイヤダと主税も足を踏ん張ってがんばったが、体格で負ける。

とうとうねえやに荷物よろしく横抱きにされ、主税はその場から連れ去られた。

「まあ、主税さん」

「姉さまさようならご機嫌よう――……」

ねえやに横抱きにされたまま、主税の元気な声が遠ざかっていった。

「あのとり乱したようす。まるでお兄さまが人さらいでもあるかのようね……」

ねえやのおかしな態度に、有栖は困惑した。

「ぼくを主税に近づけないよう、父上が家のみなに言い渡したばかりだからね」

「まあ、どうして？」

「どうしてだろうなあ。前に主税の手をひいてこっそり深川《ふかがわ》へ遊びに行ったのがバレたせいかな？　それとも、柳橋《やなぎばし》の某《ぼう》家の二階へ二人であがったのがまずかったか……」

どちらもだ、と有栖はあきれた。

深川も柳橋も芸者屋《げいしゃや》や待合《まちあい》などの多くあることで名の通った、いわゆる花街《はなまち》である。

「八つの主税さんをそんな場所へ連れていくなんて非常識よ、お兄さま」

「ウン。皆が主税《あれ》にこぞって常識ばかりを教えたがるから、ぼくは非常識のほうを教えることにしたんだよ」

（むちゃくちゃな理屈だわ）

「まあ何ごとも勉強さ。不道徳を知らなきゃ道徳も学べない。いいじゃないか、きれいな姐《ねえ》さんたちに『坊ちゃん、坊ちゃん』とちやほやされて、主税もよろこんでいたし、さすがに八つの子供を緋布団《ひぶとん》に寝せて、明けの烏《からす》を聞かせたわけではなし……」

要は有栖の表情に気づいて眉《まゆ》をあげる。

「まだおかんむりのようだね。ああ、そうか、ぼくが芸者衆と仲よくしていたと知って、ジレジレ妬《や》いてるんだな。この身の二つないのが辛《つら》い。もてる兄さまを許しておくれ」

「一人で好きなだけ自惚《うぬぼ》れていらっしゃるといいわ」

有栖はあかんべえをした。

「そういうきかん気なところは昔通りだな。……さて、ともかく、場所と着物を替えようか？　さっきの話の続きを聞くには、この状況はさすがに少々落ち着かないようだよ」

3　素人探偵、春日要

「まあ、有栖《ありす》、要《かなめ》……二人とも、その格好はいったいどうしたこと？」

テラスに出てきた要の母、春日《かすが》夫人は泥だらけの二人を見て目を丸くした。

「要お兄さまがわたしと主税《ちから》さんにいけない悪戯《いたずら》をしたのよ、伯母《おば》さま」

有栖が落とし穴と泥んこ合戦のことを話すと、

「まあ、そうなの。二人に遊んでもらって、主税もよろこんだでしょうね」

のんびり屋の夫人はややずれた感想をおっとりと言った。

「それにしても、可愛《かわい》い着物が台無しになってしまったわね、有栖。すぐにお風呂をたてさせましょう。着替えをもってくるから、汚れた着物や帯はここで脱いでしまうといいわ。……あら、要、あなたはだめよ。しばらくあちらへいらっしゃいな」

「有栖は気分を変えて、洋服に着替えたい、と言っていましたよ、母上」

泥で汚れた着物をさっさと脱ぎながら要が言うと、夫人は「まあ、本当?」とぱっと表情をあかるくした。

「有栖に似合う服ならたんとあるのよ。嬉しいわ、どんなものがよいかしら」

「え？　あ、はあ、あの……」

「あの白のドレスがいいですよ、母上」

「ま、どれのことかしら」

「先日作ったとおっしゃっていたナポレオン帝政風《ていせいふう》とかいう、例のドレスですよ。襟《えり》ぐりに銀糸で花を縁どったあのドレス。絹の裾《すそ》がふわりとながれて、背中のリボンが妖精の羽のようにひらひらして、有栖を妖精国の王女さまのように見せるでしょう」

「まあ、本当にその通りね、要……」

夫人は頬《ほお》をばら色に染め、うっとりしている。

「あのドレスにはギリシア風に編んだ髪が似合うのよ。細い銀のヘアーバンドをいくつもつけるといいわ、それから、柔らかい子牛革の靴《くつ》をはいて……要、要、せっかくだからお人形のお茶会をしてはいけない？　マリィの代わりに有栖が来てくれたですもの」
（マリィ）
ふいに伯母の口から出た名前に、有栖ははっとした。

「有栖はよろこんで出席してくれると思いますよ、母上」

「嬉しいわ、素敵な日曜日《サンディ》ね。まっていてね、有栖、すぐに何もかも用意させてよ」

夫人は手を叩き、はねるような足どりで仏蘭西《フランス》窓の中へと消えていった。

「――人形のお茶会？」

「話はお茶を飲みながらでも聞けるだろう？」

「それはそうだけれど」

「母上は気に入りの友達をなくして落ちこんでいるんだよ、悪いけど気晴らしに少しつきあってやっておくれ」

奔放《ほんぽう》で闊達《かったつ》な有栖の母と違い、要の母親は外見同様、おっとりとやさしく、朗《ほが》らかで、少女のように無邪気なひとだ。

西洋人形やリボンやレースなど、可愛いらしいものが大好きで、それらで飾る娘のないことを昔からさみしがり、姪《めい》の有栖を可愛がることをせめてもの慰めにしていた。

「伯母さまのお友達のマリィをなくしたのは、うちのお父さまよ。正確には、なくした、というのとは少しようすが違うけれど」

有栖は要がテラスのテーブルに置いたドールバッグへ目をやった。

落とし穴に落ちたとき、とっさに遠くへ放り出したので、布張りの鞄《かばん》のどこにも泥や汚れはついていていない。

「だからといって、有栖はお人形の代わりにお兄さまのお嫁になんてなりませんからね」

「なるほどね、大体わかったよ。つまり、母上の人形を橋本《はしもと》の叔父上《おじうえ》が紛失されて、その代わりだか侘《わ》びだかで、有栖をぼくのお嫁にくださる運びになった——というわけだ」

要はおかしそうに言った。

「なにせぼくは昔っから有栖に惚れていて、どんな縁談にも見むきもしないし、きみの家には婿養子が必要だし、父上は不肖《ふしょう》の長男を一日も早くこの家から叩き出したい、ときているからね、ぼくが有栖の家に婿として入れば、三方丸くおさまる、というわけだ。……さて、それを企《たくら》んだのがこのぼくだと有栖は決めてかかっているようだがね、そいつは濡《ぬ》れ衣《ぎぬ》というやつだよ。悪いが、ぼくは首謀者《しゅぼうしゃ》じゃない」

要は微笑《ほほえ》んだ。

「嘘よ、この手の悪さは、お兄さまの十八番《おはこ》でしょ。それに、あんな妙ちきりんな騒ぎで人を煙《けむ》に巻けるのは、要お兄さましかいないはずだもの」

「妙な信頼をありがとう。確かにぼくは父上を怒らせて煙に巻くのは大得意だが、母上を悲しませる趣味はないよ。母上が、あのもの言わぬ友人《アミ》たちをどんなに好いて大事にしているか、知っているからね」

要は仏蘭西《フランス》窓越しに室内へ目をやった。

白を基調とした瀟洒《しょうしゃ》な外観同様、春日邸は中のしつらえも完全に西洋風である。

貿易商という仕事柄、外国の取引相手を家に招くことも多いので、前《さき》の建て替えの折、それまでの平屋建てを二階建ての洋館にあらためたのだ。

テラスから見える応接間の奥の大きなキャビネットには、春日夫人の収集品《コレクション》であるさまざまな衣装の西洋人形たちが並べられている。

（確かに、昔からお兄さまは、伯母さまにだけは悪戯をしなかったけれど……）

「第一、有栖、ぼくにはきちんと事件のアリバイがあるよ」

「アリバ……？　千夜一夜《アラビアン・ナイト》の……？」

「そいつはアリババ。ぼくが言っているのは、現場不在証明《アリバイ》だ。

母上のお話では、確か人形のマリィがなくなったのは先週のことだったろう？　ぼくはここ半月ほど、友人と一緒に京都から九州までを駆け回っていてね、この家に帰ってきたのは、ほんの三日前なんだよ。疑うなら友人に聞いてみるといい。なにせあいつは警視副《けいしふく》総監《そうかん》の息子だから、証言には信頼がおけるだろう」

有栖は目をみはった。

「お兄さまったら、また素人《しろうと》探偵をきどって妙な事件に首をつっこんでいたのね」

要は「経済か政治を学べ」と言った父親の言葉を無視し、文学部を志望した。

晴れて大学生となってからは犯罪研究だの、探偵小説の執筆だのに夢中になって、肝心《かんじん》の学業はそっちのけ。ひょんなことから警視副総監の息子と親友づき合いをするようになってからは、ますますこの趣味にのめり込み、犯罪現場に足を運んだり、事件の解決に一役買って現場の信用を得たりと、探偵きどりの活躍なのである。

そのうちに古い蔵を好き勝手に改造して住まいにし、怪奇事件の相談などに乗っては、強面《こわもて》の刑事や、うろんな犯罪研究家、探偵小説マニアたちといった妙な連中をひんぱんに出入りさせるものだから、近所の噂《うわさ》の的《まと》となり、父親は怒り心頭。いまではまともに口もきかないというありさまである。

数々のやんちゃなふるまいも、一粒種《ひとつぶだね》の跡取り息子であるからと大目に見られ、また、要贔屓《びいき》の祖父が何くれとなく庇《かば》ってくれているうちはよかったが、次男の主税が生まれてからは父親の期待は完全にこちらへ移行。

その上、家内の実権を握っていた祖父も一年前に他界した。

「おじいさまが亡くなられてから、伯父《おじ》さまのお兄さまを見る目はますます厳しくなられたのでしょ。いい加減、このあたりで行状を改めて伯父さまと和解なさらないと、お兄さま、養子に出されるどころか春日のおうちから籍を抜かれてしまうわよ」

「なんだかんだ言って、有栖はぼくのことを心配してくれるんだな」

要は気障《きざ》にウインクした。

「怒りながらも気にかかる。なんとも思わないと言いつつも、頭からぼくが離れない」

「有栖はお兄さまのせいで苦労をされる伯母さまや主税さんを心配しているだけよ」

「素直になれない可愛いやつめ。ま、生計《たつき》の道なんぞいくらでもある。なんなら探偵事務所でも開いて食べていくさ。だからよけいな心配はせず、有栖は安心してお嫁においで」

「ノオ・サンキュウよ」

有栖はつん、とそっぽをむいた。

「それよりも探偵をきどられるのなら、お兄さま、まずは今回の事件のからくりをお解きになって、ご自分の濡れ衣とやらを晴らしてみせてくださいません？」

「そうきたか。そんな可愛い挑発にはのらないわけにはいかないな。よし、いいだろう。〝肝心かなめの素人探偵《ディテイクティブ》〟、春日要の実力をお見せするよ」

要は悪戯っぽい笑みを浮かべる。

「――しかし、ぼくの濡れ衣を払う前に、まずは有栖がその濡れ衣を脱いでくれないと落ち着いて話ができないね。一つ脱ぐのを手伝ってあげようか。なに、この探偵が解くのを得意にしているのは、謎やからくりばかりではないんだよ」

「お兄さま……」

有栖がさんご玉の簪《かんざし》を抜いて投げつけるまねをすると、要は笑いながら水仙《すいせん》の帯にのばしかけていた手を引っこめた。

4 花嫁人形はなぜ消える

春日《かすが》夫人の友達《アミ》こと人形のマリィがなくなったのは、いまからちょうど一週間前——日曜の夜のことである。

その夜、春日邸では、恒例のホーム・パーティーがひらかれていた。

このパーティーには有栖《ありす》の父親も出席していた。顔の広い春日氏の主催するパーティーには、政界や実業界などで名の知られた人物が多く出席するのがつねだった。

社交好きな有栖の父親は、年に数回招待される春日家のパーティーで、こうした人々と会話を交わすことをたいへん楽しみにしていたのである。

パーティーは毎回趣向を凝《こ》らした楽しいものだった。

この夜は浅草《あさくさ》の奇術団から手品師や道化師《どうけし》などが呼ばれており、彼らは談笑する客たちの間を回ってテーブルマジックやジャグリングなどを披露していた。また、雰囲気《ふんいき》を盛り上げるために使用人たちも怪物《モンスター》や妖精《フェアリー》などの扮装《ふんそう》をし、客たちの目を楽しませた。

有栖の父も大いにパーティーを楽しんだ。

楽しみすぎて葡萄酒《ぶどうしゅ》を過ごし、帰るころにはやや足元が怪しくなっていたほどだった。

父親がややふらつく足どりで春日夫妻のもとへ行き、呂律《ろれつ》の回らぬ舌で辞去を述べると、

「ご機嫌ですね、橋本《はしもと》さん」と春日氏は笑った。

『勧め上手の春日さんに酔わされましたよ。いや、今夜はよい酒をいただきました』

『はっは、楽しんでいただけたようで何よりですよ。奥、そう言えばおまえ、橋本さんに何かご用があると言っていなかったか』

『ああ、そうでしたわ。橋本さん、お帰りになる前にお人形をお持ちになるのをお忘れにならないでくださいね。昼間も桂《けい》ちゃんから電話で念を押されていたのですもの』

夫人の言葉に、そういえば、と父親も酩酊《めいてい》の頭でようやく思い出した。

桂子《けいこ》は有栖の母の名である。

多趣味の有栖の母の習いごとの一つに洋画があった。

彼女は静物画のモチーフにするため、姉の収集品《コレクション》の西洋人形を時々借りることがあり、

今回も新しい絵を描きたいから人形を借りて帰ってほしい、話はもう姉にも通してある、と父親は出がけに言われていたのである。

『——着物を着た西洋人形というモチーフを描きたいからマリィを貸してほしい、とあの子に言われていたのですけれど、先日までマリィ専用のドールバッグを修理に出していたものですから、すぐには頼みを聞いてやれなかったのですわ』

夫人が大事そうにキャビネットからとり出した人形を見て、父親はうなずいた。

キャビネットの中にはたくさんの西洋人形が並べられていたが、着物が似合うと思われる黒髪に東洋的な黒い瞳の人形は、マリィと呼ばれたその一体しかなかったのだ。

『西洋人形というのは、ずいぶんと精巧で大きなものなのですねえ、奥さん。まるで本物の赤ん坊みたようだ』

『ええ。重さもありますから、持ち運びにはお気をつけになってくださいね。西洋人形は陶器《とうき》でできているので、顔にヒビなど入りやすいんですの』

そのため、持ち運びには、作りのしっかりした専用のバッグが必要なのだという。

春日夫人が棚《たな》からマリィのドールバッグをとり出したとき、背後でせわしないノックの音がした。

と、真っ黒な長いマントをひるがえし、長い牙をむき出しにしたバンパイヤの青年がいきなり室内に入ってきたので、有栖の父親は驚いた。

『――失礼します、社長。島津《しまづ》の御前《ごぜん》さまがお帰り支度《じたく》をなさっていますが』

（この仮装の青年は書生《しょせい》の一人らしい）

と有栖の父親は当たりをつけた。

春日邸には地方から出てきた学生たち数人が、主人の援助を受けて住みこみをしている。

『おお、島津の御前が。それは、ご挨拶《あいさつ》に伺《うかが》わねばならないな。奥、おまえも私と一緒においで。橋本さん、すみませんが、しばらく失礼させていただきますよ』

『いやいや、どうぞもうお気遣いなく。私はこれでお暇《いとま》させてもらいますので』

『それでは、後のことはこの書生に任せていきましょう』

見送りの指示を書生に与えると、春日氏は夫人をともなって部屋を出ていった。

『――なんともきれいな人形ですね。こうした西洋人形はたいへんに高価なものだと聞いていますから、触るだけでも緊張しますよ』

言いながら、バンパイヤの書生がまるで本物の赤ん坊でも抱き上げるようにそろそろとマリィをとり上げるのを有栖の父親はぼんやり見ていた。

西洋人形は壊れやすい、という夫人の言葉が頭によみがえり、これは骨董品《こっとうひん》でも扱うように慎重に運ばねばならないな、と思うものの、酔いの回った頭と身体《からだ》ではたしてそれができるものか、いささか不安であった。

書生も同じことを考えたのか、ドールバッグにマリィをしまうと蓋《ふた》を閉め、

『わりあい重いですし、玄関までは自分がお運びしたほうがよろしいでしょう』と申し出た。

ドールバッグを手にした青年は長いマントをひらりとさばくと先に立って廊下《ろうか》を歩き出し、父親はふらつきながらその後をついていった。

玄関ではすでに人力車《くるま》が待っていた。

書生は人力車に乗りこんだ父親にバッグを渡し、

『かさばりますのでお気をつけください』

と言った。確かに作りのしっかりした大きな箱型のバッグは、膝上に置いて抱えるには少々不都合なかさと重さだった。

『――旦那《だんな》、そのおカバンには壊れものでも入っているんですかい？　ハア、陶器のお人形？　えらく高価で壊れやすい？　そいつはいけません。でしたら、そのおカバンを座席の角へ置かれて、肘かけと旦那の身体の間にぴったり挟みこめば、おさまりがよろしゅうございましょう』

二人のやりとりを聞いていた車夫《しゃふ》が知恵を出した。

言われた通りにしてみると、なるほどこれは具合がいい。万が一にも座席からバッグが滑り落ちぬよう、父親は自分の隣に置いたバッグに肘をかけて重しにした。

それから見送る書生に今夜の礼を言い、春日邸を離れた。

古いものなのか、手入れが行き届いていないのか、人力車の座席はやたらと座り心地が悪かった。おまけに通る道もでこぼこだらけの悪路である。

が、そうした悪条件も、酔いによる眠気を退けるまでには至らなかった。気づくと父親はドールバッグにのしかかるような格好で、ぐうぐう大いびきをかいて眠っていた。

『——着きましたよ、旦那』

車夫に起こされた父親は重たい瞼《まぶた》を渋々あけた。

ふらつきながら背もたれを離れ、危なっかしい足どりで車をおりる。

座席が古くて申し訳ありませんでした、と車夫は詫《わ》び、着物の裾《すそ》を払ってくれた。車代を渡し、座席に置いたドールバッグを手にした父親は、すぐに異変に気がついた。

『軽い』

乗りこんだときと比べて、バッグはあきらかに軽くなっていた。

嫌な予感を胸に抱きつつ、そろそろと蓋をあけると、果たしてドールバッグの中身は空《から》っぽだったのである。父親は仰天《ぎょうてん》した。

『どういうことだ？　人形はどこだ？　中に入っていたマリィはどこへいったんだ!?』

あわてて車夫の提灯《ちょうちん》を借り、車の座席から蹴込《けこみ》（乗客が足を置く部分）から、はては後部の幌《ほろ》の中まで探したが、人形の姿はどこにもない。

車夫は道が悪いのでできる限り速度を落として慎重に車を引いていたが、途中で何かが車から落ちる音などは聞かなかったという。

その言葉を裏付けるように、扉状のバッグの蓋もきっちり閉まったままなのである。

にもかかわらず、マリィは消えてしまったのだ。

『信じられん……いったいどこで中身を落としたのだ？　眠っていたとはいえ、私はしっかりバッグを抱えていたんだぞ。人形が勝手に扉をあけて出ていきでもしない限り、なくなるはずなどない状況だったのに、ううーん……』

そうつぶやいたところで、人形がないのは事実である。

父親はまったく途方に暮れた。

※

「——大事な預かりものを抱えたまま、ぐうぐう眠ってしまうなんて、お父さまが不注意でいらしたのはたしかよ。でも、眠っていたあいだにバッグの扉があいてそこからお人形が転がり落ちた、というにしては、あんまり妙な状況だと思いません？」

紅茶のカップを受け皿に戻し、有栖は言った。

純白のクロスを敷き、茶器と焼き菓子を並べた長テーブルには十人近い顔が並んでいたが、有栖の言葉を聞いているのは向かいの席に座っている要《かなめ》だけである。

他の面々はすべて春日夫人の美しい異国の友人たち——もの言わぬ人形たちばかりであり、つまりはこれが夫人の主催する恒例の「人形のお茶会」なのであった。

「たしかに妙な話だな」

要はうなずき、長い脚を組み直した。

泥で汚れた着物を着替え、今はこの場に合わせた白シャツにズボンというこざっぱりした洋装姿である。

「人力車が走っているとき、席に座っている客の姿勢というのは、たいてい地面に対して平行か、やや上向きになっているもんだ。下向き……つまり前のめりになっていては、客は簡単に車から転がり落ちてしまうからね」

「そして、それはバッグの中のお人形も同じことでしょう。バッグの側面を肘かけとお父さまの身体にぴったりつけられて、やや上向きの角度で座席に置かれていたバッグの扉から、一体どうやったらうっかりお人形が飛び出したりするの？」

「人形が自分で中から扉をあけて逃げ出した、というわけでもないだろうしね」

要はぽりぽりと頭を掻《か》いた。

「ドールバッグを持ってきてごらん、有栖」

有栖はドールバッグを要の前に置いた。

折り畳《たた》みのできる取っ手のついた箱型のバッグで、正面に観音《かんのん》びらきの扉がついている。

仏像を入れる厨子《ずし》によく似た形状で、その寸法は縦が約四十センチ、幅と奥行きはその半分ほどだった。

「ふぅん？　中はずいぶんとあげ底になっているんだな……」

バッグの内側を調べながら、要は首をかしげた。

「これだと内寸はずいぶんと小さくなるぞ。せいぜいが外見の四分の三ってとこだろう。しかし妙だな、このバッグはマリィの大きさにあわせて作った専用品《オーダーメイド》のはずなのに、なんだってこんなに無駄なつくりになっているんだろう……おや？」

「どうしたの、お兄さま」

「ごらん、こんなところに小さな穴があいている。さてと、こいつはなんだろう」

要は背面の下部にある穴を指さした。空気穴のようなごく小さなものである。

バッグの底に顔を近づけ、要があちこちいじりながら仔細《しさい》に調べていると、

「あッ？」

かたん、という音とともに突然ドールバッグの底が外れた。

あげ底ではなかった。二重底の構造なのである。バッグの下部はとり外しのできる、長方形のもの入れになっていて、中には人形用の可愛《かわい》らしい小物類が入っていた。

「ははあ、なるほどね。バッグの上には人形を、下のこの箱には、人形の装飾品を入れて持ち運べるようになっているわけだ。なかなか凝《こ》った作りだな」

「可愛いわ。これ、みんなマリィの持ちものなのね」

有栖は小物類をそっと指でつまみあげ、テーブルに並べた。

人形用の小さな陶器《とうき》の指輪。同じく人形用の古びた西洋扇《せいようおうぎ》。ぴかぴか光る硝子《ガラス》のブローチ。長いリボンをつけた鞠型《まりがた》の青い花束《ブーケ》。

丁寧《ていねい》な細工《さいく》の四つの小物をながめているうちに、有栖はふと気がついた。

(これって、もしかして)

いっぽう要は小物類ではなく、その下に敷かれていた一枚の紙に興味をむけていた。

薬包紙《やくほうし》などに使われるごく薄い紙である。薄紙は何かを包んでいたような形に折られ、端々《はしばし》にテープが貼ってあった。紙の一カ所に小さな穴が開いており、要が紙をとり出すと、そこからぱらぱらと何かがテーブルの上にこぼれ落ちた。

砂であった。

「――みなさん、飲み物のお代わりはいかが?」

紅茶のポットを手に、春日夫人がテーブルに戻ってきた。

「みなさん」というのはテーブルに並んだ人形も含めた「みなさん」である。有栖のカップに注いだのと同じように、まったく減らない人形たちのカップにもお茶を注いでいく。

有栖が尋ねてみると、夫人はバッグの底のしかけのことは知っていた。夫人が知らずにいたのは、消えたマリィと交換に有栖と要の婚約話が進められていたことであった。

彼女は夫の春日氏から、有栖の父親が先週のパーティーの帰途、酔ってマリィをどこかになくしてしまったこと、今も手を尽くして探している最中だが、見つけるのはどうもむずかしいようだ、という話を聞かされていたという。

（春日の伯父《おじ》さまったら、伯母《おば》さまにも内緒でお父さまと二人、勝手にわたしたちの結婚話を進めていらしたのね）

「有栖が要のお嫁さんになってくれるのなら、こんなに嬉しいことはないけれど」

話を聞いた夫人はのんびり言った。

「でも、それとマリィのこととは別ですものね。マリィはマリィ、有栖は有栖だわ。どちらも別々の可愛さで、片方の身代わりにはならないことよ」

「ねえ、伯母さま」

有栖は紅茶のカップをわきへやり、自分の着ている真っ白なドレスを見下ろした。

「わたしのいま着ているこのドレスは、マリィが着ていたものと同じなのだと、さっき、おっしゃっていたでしょう？」

上品なドレープが胸の下からふんわり広がるハイウエストなデザインで、繊細《せんさい》なレースを施《ほどこ》した裾は足首まである。

ギリシア神話や古代ローマの女性を思わせるゆったりとしたチュニックドレスは帝政風《エンパイア》と呼ばれるもの、現代的《モダン》というよりはやや古典的なスタイルであった。

「ええ、そうよ。マリィのドレスがあんまり可愛いかったから、似たようなものを自分用にも作らせてみたの」

「真っ白なドレスにこの小物類……つまり、マリィは花嫁姿のお人形だったのね、伯母さま？」

春日夫人はにっこりうなずいた。

要は一人、首をかしげている。

「なんだかよくわからないな。その四つの小物類とマリィの花嫁人形説とがいったいどう結びつくんだい？」

「男の人ってこういうことには疎《うと》いのね」

有栖は少し得意になって言った。

「欧羅巴《ヨーロッパ》ではね、サムシング・フォーといって、結婚式当日、花嫁が身につけていると幸せになれると言われる四つ《フォー》のものがあるのよ」

「なんだい、それは」

「古いもの、新しいもの、借りたもの、青いもの、の四つよ。それがマリィの場合、この扇とブローチと指輪と花束なのだわ」

有栖は四つの小物を指さした。

「この古びた扇が古いもの、ぴかぴかした硝子のブローチが新しいもの、陶器の指輪が借りたもの、青い花束が青いもの、に当たるのだと思うわ。――花束に使われているこの青い花は珍しいわね。欧羅巴《ヨーロッパ》にはよくある花なのかしら？」

「こいつは紫陽花《あじさい》だろう、有栖」

「え？　これが紫陽花？　……だって形が全然違うわよ、お兄さま」

有栖は目をぱちくりさせた。

有栖のよく知る一般的な紫陽花は中央に小さなつぼみのようなものがたくさん集まり、それを囲む額のようにして周りに、ちらほらと花が咲く形である。

が、人形用の花束に使われている青い造花はそのようなつくりではなかった。

同じ形の青い小さな花がたくさん集まって、一つの大きな球形を成しているのだ。

「鞠みたいにまんまるなこの紫陽花は、西洋紫陽花だよ」

「西洋紫陽花？」

「日本の紫陽花の改良種さ。鎖国《さこく》の時代にやってきたシーボルトが日本の紫陽花を欧羅巴《ヨーロッパ》へ持ち帰ったところ、『花びらの色が変わる神秘的な花だ』とむこうでずいぶんもてはやされたらしい。それが次第に品種改良されていって、こんなまんまるで派手な形になったのさ。昨今じゃ、逆輸入の形でこの西洋紫陽花も日本に入ってきているよ」

「そうなの」

有栖はうなずいた。

「紫陽花の花束を持たされているということは、マリィは六月の花嫁《ジューン・ブライド》だったのかもしれないわね。欧羅巴《ヨーロッパ》では、六月に結婚した花嫁は幸せになれるという素敵な言い伝えがあるそうだもの。紫陽花と言えば、六月の代表的な花だものね」

「なんだい、うっとりした顔をして」

要は笑った。

「有栖もずいぶんな西洋かぶれだな。欧羅巴《ヨーロッパ》はともかく、六月と言えばこの国の旧暦じゃ忌《い》み月だぜ。それでなくてもジメジメうっとうしい梅雨《つゆ》の季節だ。縁起《えんぎ》で言えば六月の花嫁《ジューン・ブライド》は素敵どころか不吉だろう。せっかくの縁も何もかも水に流れて消えちまうんだから」

「なによ。お兄さまったら、乙女《おとめ》のロマンがちっともわからないのね！」

有栖は頬をふくらませた。

「マリィという綴《つづ》りはフランス語の結婚《マリエ》、に近いものね。きっと、そういう意味で、花嫁人形のあの子にマリィという名前をつけたのだと思うわ」

春日夫人はにこにこしている。

「思う？　マリィというのは母上がつけた名前ではなかったのですか」

「わたしではなくてよ。あの子、マリィはね、もともと、お父さまが買い手を探すようお友達から頼まれて預かっていらしたお人形だったの。それをわたしが気に入って、無理にお願いして買っていただいたのよ……マリィのドレスの腰のリボンには Mari e の刺繍《ししゅう》が入っていたから、そのままマリィ、と呼ぶことにしたの」

夫人はテーブルの上に、指で「Marie」の字を綴った。

「……どうしてだか、こんなふうに、最後の e だけは離れて縫《ぬ》われていたけれど」

「ははあ……しかし、それだと、だいぶ意味が違ってきますよ、母上」

「あら、そう？」

「ええ。最後に e がついていればマリィ、と女性の名前だけれど、e が離れるとマリ、つまり、フランス語で夫《おっと》、という意味になってしまう」

要は肩をすくめた。

「女性と夫では、ほぼ反対の意味ですからね。まさかマリィの正体が男だったというオチでもないでしょうが……母上はマリィのスカートの中を見たことはありますか？　真ん中あたりに余計なものがついてはいなかったでしょうね？」

「お兄さま！」

「え？　――なんだい、いいじゃないか、あくまで人形の話だよ。別にぼくが有栖のスカートをめくって中をのぞいたわけでもないし、そんなに真っ赤になって怒らなくても……いたた、わかった、わかった。兄さまが悪かった」

有栖に頰《ほお》をつねられて、要は嬉しそうな悲鳴をあげた。

「真面目《まじめ》に推理をなさってちょうだい」

「かしこまりました、お姫さま。……母上、このドールバッグは修理に出していたそうですね。どこか壊れでもしたのですか？」

「お父さまがこの上に、うっかり葡萄酒《ぶどうしゅ》をかけてしまったの。それで外側の布を全部張り替えることにしたのよ」

「バッグの後部の、この二重底の部分に小さな穴があいていますね。これがなんのためのものかご存じですか？」

「いいえ、知らないわ。そんな穴があったのね。空気入れのためのものかしら」

「パーティーの夜、帰るお客のために人力車を呼びましたよね。今回はどこの俥屋《くるまや》を使いましたか？」

「俥屋さん？」

夫人はきょとんとした。

「もちろん梓屋《あずさや》さんよ。人力車《くるま》を呼ぶ時、うちはいつもあの家を使うのだもの。要もよく知っているでしょう？」

「父上と大将《たいしょう》が懇意《こんい》にしていますしね。……わかりました。どうもありがとうございました、母上。お茶会の途中で席を立つ無礼を大目に見てくださいね」

たいへんおいしいお茶でしたよ。要はそう言ってさっさと長テーブルを離れる。

有栖はあわてて後を追った。

5　和解と謎解き

「お兄さま、どこへ行くの？」

有栖《ありす》は彼の腕をひいた。

「何かわかったことがあったの」

「まあ、大体のところはね」

「大体って……お人形の消えたからくりも？」

「そうだよ」

要《かなめ》はあっさり言った。有栖は目を丸くする。

「正直に言えばね、有栖、最初からぼくには事件の大筋は丸見えだったんだよ」

「最初からですって？」

「ああ、あとはただ推理の裏をとればいいという単純至極《しごく》な話でね。しかし、うーん……この推理を披露するのは、いささか気の進まないところだなあ」

「どうして？」

「そりゃ決まっている。人形の紛失は叔父上《おじうえ》の過失でない、と証明したら、有栖をぼくのお嫁にもらえなくなるからさ」

要は悪戯《いたずら》っぽくにやりとした。

有栖は頬を染める。

「母上には申し訳ないがね。もっとも有栖が義理の娘になれば、マリィをなくした母上の憂《うれ》いも晴れるかもしれないなァ……」

「お兄さまったら！　マリィは伯母《おば》さまの大切なお友達で、有栖ではその代わりにならないとさっき伯母さまもおっしゃっていたでしょ。それに、わたしもお父さまもこのことでは本当に困っているのよ。ねえ、お願いだから、そんな意地悪をしないでちょうだい」

「ぼくはきみに惚《ほ》れてるんだぜ、有栖？　今回の一件はつれない恋人をわがものにできるまたとないチャンスだ。意地悪や卑怯《ひきょう》の汚名をかぶる程度のことで有栖を妻にできるなら、ぼくはそいつをいささかもためらわないね」

「そう。だったらお兄さまの好きにすればいいわ」

有栖はすっかり頭にきた。

「マリィのゆくえも、事件の真相も、何もかも承知の上で、口をつぐんでいらっしゃればいいわ。だけど、それなら、有栖だって同じお返しをするんだから。有栖はお嫁になっても、お人形みたいにだんまりを通して、お兄さまとは一生口をきかないんですからね！」

有栖は乱暴に要をつき離し、くるりと背をむけて庭を歩き出した。

「待つんだよ、有栖。そう短気を起こすもんじゃない」

「お兄さまとは口をきかないって言ったでしょ。しらんぷりんぐよ！」

「おっ、女学生英語《ハイカラ》が出たね。お待ちったら。事件の真相を明かさないなんて言ったのはほんの冗談だよ」

「だんまりんぐ」

「しらんぷりんぐもだんまりんぐも嫌だよ、有栖。兄さまが悪かった。謝るよ。だから仲直りをして、二人で楽しくおしゃべりんぐをしよう」

「……」

「こっちをお向きよ。可愛《かわい》い顔を見せておくれ。ねえ、有栖、マイ・エンゼル、ダーリン、お嬢さん……フーム、いつまでも口をきかないとくすぐりんぐだぞ」

「あはははははっ」

背後からいきなり脇腹をくすぐられて、有栖は飛び上がった。

「よしてよ、お兄さまったら！」

「くすぐったがり屋の有栖の弱点は熟知しているからね。さあーて次はどこにしようか。首筋か、耳のあたりか……」

（い、いやーーっ！）

笑顔で追ってくる要から、有栖はあわてて逃げ出した。

が、慣れないドレスの裾《すそ》をさばきかねてつんのめる。

あっ、と思った時には遅く、有栖は芝生《しばふ》の上に転がっていた。

「――大丈夫かい、有栖！」

要が急いで有栖を抱き起こした。

膝と手の平がずきずきする。きれいなドレス姿でみっともなく転んでしまったことが恥ずかしく、それまでの気の昂《たかぶ》りも一緒になって、

「お兄さまのばかー……」

有栖はぽろぽろ泣き出してしまった。

「おっとっと、ふざけすぎたね」

「嫌だと言ったのに悪戯をして！　ヒック、有栖が昔からくすぐられるのが苦手なの、お兄さまも知っているでしょ」

「ごめんごめん」

要はひょいと有栖を腕に抱え上げた。

自分を泣かせた要に対して怒りたいような拗《す》ねたいような甘えたいようなきもちがないまぜになって、有栖はぼうっとしたままそばのベンチへおろされた。

「――有栖の泣き顔はいつ見ても可愛いなあ」

有栖の頭をなで、嬉しそうに要が言う。

「そんなこと、うっとりしながら言わないでよ。お兄さまのいじめっ子！」

「はっは、そういう怒った顔も可愛い。でも、有栖は笑い顔が一番可愛いね。

わかったよ、ぼくの負けだ。ぼくは有栖に嫌われるのが一番怖いんだから仕方がない。

マリィのことは、全部有栖の言う通りにするよ。だから、もう泣きやみなさい」

「お兄さまなんて大嫌いよ」

「そうかい、まあいいよ、ぼくのほうは有栖をいっとう好きだから」

要は苦笑した。

「お嫁にもらっても人形みたいに口をきかない有栖じゃ嬉しくないね。つねられてもひっかかれてもいい。ぼくはおてんばで気が強くて泣かされ上手な有栖が好きなんだ……そうそう、こういうところ」

怒った有栖に頬をつねられながらも、要は笑顔である。

「有栖はお兄さまのおもちゃじゃないわよ！」

「もちろんだよ。おもちゃどころか、有栖はぼくの大事な宝物だ。ぼくがいじめて泣かせたいと思った女の子は、後にも先にも有栖だけなんだから。ああ、これから先も、きみをいじめるのをぼく一人だけの特権にしたい。有栖の可愛い泣き顔を一生独《ひと》り占《じ》めしたい……毎日愛情をこめていじめてあげるからね。ぼくと結婚しておくれ、有栖」

（最低のプロポーズだわ）

有栖は怒るのを通り越してあきれた。

要の鹿爪《しかつめ》らしい顔つきを見て、とうとう笑い出してしまう。

「お姫さまのご機嫌は直ったかな。それじゃ、ケンカはもうおしまいにして、仲直りんぐの接吻《せっぷん》といこう」

「お調子にのらないで、お兄さま」

近づいてきた要の鼻を有栖はぎゅうとつまんだ。

「仲直りはしてもいいけれど、結婚のお話はまた別のことよ。何度も言うけれど、有栖はお兄さまのお嫁にはなりませんからね！」

「やれやれ、ふりだしに戻ったか」

要は苦笑し、ハンカチをとり出した。

「ま、いいさ、時間はある。うぶな有栖を気長にのんびり口説《くど》くとするよ。……顔をふいてあげるから、じっとしておいで。涙で汚れているからね」

「またヘンなことをしたら叩いてよ」

「わかったわかった。……ん？　有栖、きみはこんなとこに黒子《ほくろ》があったっけ」

要は有栖の口元に指を這《は》わせた。

「これ？　これはつけ黒子よ」

有栖は言った。

「今日の有栖はマリィの代理だから、同じように黒子をつけましょうって伯母さまが。艶《つや》黒子《ぼくろ》があるなんて、マリィは色っぽいお人形なのね……お兄さま、知らなかったの？」

「人間の女の子ならともかく、人形の顔をほれぼれ見つめる趣味はないからね。

いや……しかし、思い出したぞ。そうか、マリィか……なるほど、あの時どこかで見た顔だとは思っていたんだが……」

要の顔に愉快そうな笑みが広がっていく。

「どうしたの、お兄さま？」

「明日の晩、デイトをしよう、有栖」

唐突《とうとつ》な申し出に、有栖は目をぱちくりさせた。

「今すぐ出かけたいところだが、今日は日曜で日が悪い。明日の学校帰りに有栖を迎えに行くから、用意をしておいで。叔父上には、ぼくと出かけるから帰りが遅くなる、送ってもらうから心配はいらない、ときちんと伝えておくんだよ」

「それはいいけれど……」

有栖は首をかしげた。

「いったいどこへ行くの？」

「マリィがいると思われるところだよ」

「え？」

「マリィがいるところ……人形のようにきれいな女たちがたくさんいるところ……有栖がこれまでに一度も行ったことがない楽しいところ……」

つまり、と要は片目をつぶった。

「花街《はなまち》さ」

──翌日の夕べ。

半刻にも満たない短い雨が帝都《ていと》の屋根をきまぐれに叩いて通り過ぎた。雨に降られた宵《よい》の街は水白粉《みずおしろい》を刷《は》いた美人《おんな》のようだ。流行《はや》らぬカフェの硝子窓《ガラスまど》、退屈げにうつむく女給の横顔、見慣れた辻《つじ》の柳さえ、しっとりとゆかしく、懐かしく映る。

ましてやそれが柳橋《やなぎはし》──芸妓《くろうと》の行き交う花街となれば、濡れたつ黒髪の鮮明《あざやか》さ、白いうなじの瑞々《みずみず》しさ、目を洗われる風情《ふぜい》もひとときわであった。

「もう雨はあがっていますよ、旦那《だんな》……どうぞ、お足下にお気をつけなさいまし、敷石が濡れてひどく滑りますから」

柳橋の一角にある芸者屋《げいしゃや》。

この時期、家の名物にもなっている門脇の紫陽花《あじさい》の群れに、すッ……と粋《いき》にもしとやかな島田髷《しまだまげ》の影が映った。

垢《あか》ぬけた黒紋付《くろもんつき》が絵のように見える左褄《ひだりづま》。

芸者の後ろから、酔いの色を色濃くした洋装の客が鼻歌交じりに現れる。

「――雨だれに弾《はず》むや青き手鞠花《てまりばな》、か」

客は露を置いた鞠型の西洋紫陽花をながめつつ、機嫌よく一句を吟《ぎん》じた。

「よい色じゃないか。今年もハイカラ紫陽花がみごとに咲いたものだな」

「そりゃ、わたしがせっせと世話をしているんですもの」

並びのよい白い歯をかすかにこぼして、芸者は笑った。

「下生えを抜いて、晴天《はれ》には明礬水《みょうばんすい》をやって。きれいに咲かせてやりたいの。年に一度っきり会えるお友達ですものね」

「はは、そんなに可愛がっているんなら、おまえ、いっそ恋人《イロ》にするがいいだろうよ」

「いいえ、恋人《イロ》にはできませんよ、この花は。あんまり、色が移ろいやすくッて……あら、どうしたんでしょうね？　人力車《くるま》が来たと聞いたのに、どこにも姿が見えないわ……」

道の左右に目をやり、芸者は首をかしげた。

「――悪いですね、姐《ねえ》さん。話が長くなりそうなので、人力車《くるま》はぼくが詫《わ》びを言って帰させてもらいましたよ」

道の角からふいに現れた長身の影。

「あらッ……！」と女は驚きの声をあげ、褄《つま》をとっていた左手で胸を押さえた。

しかし、人物の登場にもっと驚いたのは芸者の後ろにいる客のほうだった。

「お、おまえはっ……！」

目をむく相手にむかって、長身の人物はにこやかに挨拶《あいさつ》する。

「こんばんは、父上」

「要……！」

驚きに腰を抜かさんばかりの父親へ、要は悠然《ゆうぜん》と微笑《ほほえ》みかけた。

「こっ、こ、このバカ息子っ！　なんだっておまえがこんな処《ところ》におるのだッ！」

「はは、父上もやぼなことをおっしゃいますね。宵の時分に花街にいる理由といったら、逢《あ》いびきか茶屋遊びに決まっているでしょう？　……と言いたいところですが、そうではないんです。ぼくたちは母上の友達を迎えにきたんですよ」

「ぼくたち？」

要の背後にいる有栖に気づいて、春日《かすが》氏は再びぎょっとなった。

（――まあ……ここが小説や話に聞く、芸者置屋《おきや》というものなのだわ）

有栖はわくわくしながら周囲を見た。

学校帰りの有栖は袴《はかま》姿の女学生スタイルである。

デイトの約束だったので、今日は普段着の銘仙《めいせん》ではなく、華やかな友禅《ゆうぜん》を纏《まと》っているが、頭に結んだ大きなリボンが粋な花街からは少々浮き立つ初々《ういうい》しさ。

要の陰に隠れ、有栖は初めて見る芸者屋のようすに好奇の目を走らせていたが、その視線がふいに一点でとまった。

「マリィ……！」

その声に、芸者の目がふっ、と有栖へむけられた。

ふんわり広がった白のエンパイア・ドレス。まっすぐな黒髪に黒の瞳。赤い唇に小さな黒子。

人形のマリィは芸者の胸に、まるで赤ん坊のように抱かれていた。

そうして有栖は気がついたのだ。マリィを抱いている島田髷の芸者、白歯の美しいその人の口元にもまた、まるで人形とお揃いのように小さな黒子のあることを。

「おや、ずいぶんタイミングがいいな。そうそう、ぼくらはこの子を連れにきたんです」

要はいまだ動揺《どうよう》から抜け出せない父親の前にドールバッグをかかげた。

昨日の書生《しょせい》風とはがらりと変わり、今宵の要は洒落《しゃれ》た洋装姿である。

ぱりっとした白シャツに青絹《シルク》のネクタイ、ジレに黒背広《スーツ》の三つ揃《ぞろ》い、小粋なフランス靴《ぐつ》。活動写真の中から抜け出してきたかのようなモダン・ボーイのいでたちであった。

「か、か、要……」

興奮にぶるぶる震えている父親を見て、要は愉快そうに肩をすくめた。

「今さら言い訳をなさらずともいいんですよ、父上。父上の悪事はすっかり露見しているんですからね」

「な、なんのことだかまるでわからん」

「おや、そうですか？　――バンパイヤに人力車《くるま》にドールバッグ」

瞬間、父親の顔色がさっと赤から青へと変わった。

「これだけ言えば十分でしょう。梓屋《あずさや》にも回って、細工《さいく》の裏はとれているんです」

「う、ぐぐ……」

「手回しやら根回しやら熱心になさったようで、ご苦労さまです。まったく凝《こ》り性の父上らしい細工の数々だ。しかし大事な証拠のドールバッグをすぐに手元へとり戻さなかったのはまずいしくじりでしたね。父上はどうも昔から肝心《かんじん》のところで詰めが甘いようだ」

「ばかっ！　死んだ親父《おやじ》のような口をきくなッ！」

怒鳴りつけられ、要はからから笑った。

有栖は要と伯父《おじ》を交互に見た。

「お兄さま、これはいったいどういうことなの？」

要に連れられてここまで来たはいいが、「説明はもう少しあとでね」と言われたきりだったので、有栖には今のこの状況がさっぱりわからないままなのである。

「要するに、父上こそがマリィ誘拐《ゆうかい》の真犯人だったのさ」

要は肩をすくめた。

「伯父さまがマリィを？」

「そう。橋本《はしもと》の叔父上《おじうえ》は父上の罠《わな》にはめられたんだよ。……あの夜、叔父上は空《から》っぽのドールバッグを持たされて人力車《くるま》に乗りこんだんだ。あとで中を見た時、マリィがなかったのも当然だ。最初《はじめ》から何も入っていなかったんだからね」

「でも、お父さまはマリィをドールバッグに入れるところをちゃんと見たとおっしゃっていたわよ？」

「バンパイヤに扮《ふん》した書生が、だろう？　つまり、そいつが実行犯だよ。マリィは叔父上の前でドールバッグにしまわれた。が、その後、こっそり抜きとられていたのさ」

有栖は目を見開いた。

「さて、その作業がいつ行われたのかと言えば、人形の置いてあった部屋を出て、玄関へむかう間のことだ。バンパイヤ姿の書生はドールバッグを持って叔父上の前を歩いていたそうだからね。長いマントが隔《へだ》てになって、背後の叔父上には書生の手の動きはわからない。彼はマントの陰でバッグから素早くマリィをとり出すと、マントの隠《ポケット》しにでも滑りこませたんだよ。なに、さほど難しい仕事じゃなかっただろう。叔父上はずいぶんと酔っていらしたはずだし、何よりバンパイヤの正体はうちの書生なんかではなく、父上の雇った本職の手品師だったのだからね」

「手品師？」

「そう。母上には新しく預かった書生だと話していたようだがね、本当の正体は、あの日余興《よきょう》に呼んでいた浅草《あさくさ》の奇術団の花形マジシャンだったんだよ。この目くらましのために、父上は仮装パーティーなんてものをひらいたのさ」

父親は無言を通している。

「それじゃ、重さの一件はどうなるの？」

「ああ、人力車《くるま》に乗った時と降りた時でバッグの重さがまったく変わっていた、というあれだね。そのからくりは、この二重底と後部の小さな穴とこんな小道具とで作られた」

要は上着の内側から小箱を出し、中から銀色に光るものをとり出した。

針である。

ドールバッグを持ちあげると、後部にあるくだんの穴に針を通す。

有栖の耳に、ぷすっと何かの破れるかすかな音が聞こえた。

「マリィをバッグから抜きとった手品師は玄関に着くまでにもう二つ大事な仕事をした。マントの陰でひそかにバッグの二重底を外すと、薄紙で包んだあるものをその中に入れたんだ。そうして二重底を元通りにはめこむと、今見せたように後部のこの穴へ針を通し、その穴を指で押さえて、人力車に乗りこんだ叔父上にバッグを手渡したんだよ。暗い屋外のことではあるし、水平にバッグを保っているぶんには大した変化は起こらない。が、傾いた人力車《くるま》の座席にバッグを置いて、でこぼこ道に長く揺られていたら、どうなるか」

要はバッグを傾けた。

後部の小さな穴からさあっとこぼれ出たものは。

「砂！」

有栖は声をあげた。

「そう、二重底の中の薄紙には、人形のマリィと同程度の重さの砂が入っていたのさ。それが車上で少しずつこぼれ出し、叔父上が家に着いたときには、すっかり空になっていたというしかけ……車の座り心地が悪かったのは、砂を流しこむ空間を背もたれと座席の間にむりに作ったせいだよ。車夫《しゃふ》も、もちろん父上のお仲間さ。でなけりゃ、わざと悪路をのろのろ遠回りして、砂がすっかりバッグから出るまでの時間稼《かせ》ぎなんかしやしない。父上、梓屋から廃車予定の車を一台譲《ゆず》り受けて何やら改造を施《ほどこ》したそうですね？　得意先の旦那《だんな》に頼みこまれては大将も断れなかったでしょう。ぼくを家から追い出したいおきもちはよーくわかりますが、無関係な素人《しろうと》さんを悪事に巻きこむのはいただけませんね」

と。

父親はがっくり肩を落とした。

「――若さま」

やさしくも凛《りん》とした声がして、芸者が男二人の間に割って入った。

有栖はその人を見た。目があった。

すらりと細い首の白さ、うるんだ黒目の色っぽさ、紅《べに》を刷《は》いた唇のそばの小さな黒子《ほくろ》。

そのすべてに、つかの間、有栖は見惚《みと》れた。

「お父さまをそうお苛《いじ》めになっちゃいけません……元はといえばこのたびの一件は、わたしがお父さまにお頼みしたことが原因なんでございますから。

卑《いや》しい色街《いろまち》の女が生意気な口をきく、とご不快に思われるかもしれませんが、どうぞ、若さま……この年寄りに免じて、この場はご寛容にお納めくださいましな」

その人は要にむかって、つややかな島田の髷を深々とさげた。

6　六月の恋人たち

——有栖《ありす》が要《かなめ》と連れ立って芸者屋《げいしゃや》の門を出たのは、それから三時間以上も経ってからのことだった。

その家の芸者衆と女将《おかみ》は有栖たち三人を見送るため全員門口に集まっている。

たっぷり祝儀《しゅうぎ》を弾まれて誰も彼もがにこにこしている中、一人苦虫《にがむし》を嚙《か》み潰したような顔をしているのは春日氏《かすが》であった。

『――いけない、いけない、頭をあげてください、姐《ねえ》さん。ぼくみたいな若造が姐さんのような人に頭をさげられて、どうして平気でいられるものですか』

重たげな島田《しまだ》を下げ続ける芸者の肩を要はやさしく抱いて笑った。

『若さま』

『柳橋《やなぎばし》の名花が萎《しお》れてちゃいけませんよ。いつでも莞爾《にっこり》と顔をあげていなければ。……父上、こちらの姐さんの仲介《ちゅうかい》です。今回の件は、母上には内緒にしておきますよ』

父親の顔がぱっと明るくなった。

『ほ、本当か、要！』

『本当ですよ』

『そうか。うーむ、要、おまえを見直した。父の面子《めんつ》をたててくれるんだな！』

『いえ、父上のつまらない面子なぞ、潰れようが張り倒されようが心底どうでもいいですが、あんまりこちらの姐さんが気の毒なので』

あっさり片づけられ、父親はたちまち渋面《じゅうめん》となる。

『では、和解のしるしに一つ盃《さかずき》をあげようじゃありませんか、父上』

『盃？』

『ええ。酒も肴《さかな》もきれいどころも揃っているんですから。ここの二階で和解の宴《うたげ》をぱあっとにぎやかにいきましょうよ！　ぼくは今日、楽しい珍しい場所へ連れていってやるよ、と有栖に約束したんです。芸者置屋《おきや》の座敷になんて、女学生がそうそう上がれるもんじゃありませんからね』

『こ、この家で？　い、いや、だめだ、だめだ。要、おまえのことだ、どうせそれでまた私の弱みを新たに摑《つか》もうって魂胆《こんたん》だろう！』

『いやいや、父上に選択の余地なぞないんですよ。黙って財布をお出しなさい。姐さん、そういうわけで、今聞いたような運びになりましたからね、一つ、場所を作ってはもらえませんか。ぼくの大事な婚約者を怪しい茶屋だの待合《まちあい》だのに連れていくわけにはいかない。が、姐さんの処《ところ》なら安心です』

要と父親のやりとりに目を丸くしていたその人は、悪戯《いたずら》なウインクを要から投げかけられ、とうとう笑い出した。

——そうして嫌がる父親をひきずるようにして芸者屋の二階にあがった要は、やりたい放題であった。

唄がほしい、踊りが見たい、と一階でお茶を挽《ひ》いていた芸者衆が一人残らず座敷へ呼ばれる。笑いがほしい、と馴染《なじ》みの幇間《たいこもち》が呼ばれる。肴だ鰻《うなぎ》だ鮨《すし》だ鍋《なべ》だ……と料理がじゃんじゃん運ばれる。祝儀袋がどんどん配られる……飲めや歌えの大騒ぎ、払いはむろん全《すべ》て父親の財布である。

『――今夜初めてお会いしましたけれど、春日の若さまの、まあ垢《あか》ぬけて素敵なことったら！　まるで映画スタアみたような色男じゃありませんか』

『まだお若いのに遊び上手でいらして。まあ、ちっと末恐ろしいようでございますねえ』

『あの男ぶりに、あのご気性ですもの。お嬢さま、要さまはきっとお父さまよりもご出世なさいますよ。よい婚約者をおもちになりましたねえ』

『お兄さまは婚約者じゃないのよ』

と答えた有栖の声も、芸者たちの華やかな笑い声にかき消されてしまう。

女たちから薄めた梅酒を上手に勧められ、唄を聴いて、踊りを見て、有栖も初めてのお座敷遊びを大いに楽しんだのだった。

「――人力車《くるま》が来ましたよ、父上。ぼくは有栖を送っていきますから、こいつをお持ちになって、先に邸へお戻りになっていてください」

人力車の座席におさまった父親へ要はマリィの入ったドールバッグを渡した。

「か、要」

「わかっていますよ。約束は守りますので、ご心配なく。それではまたのちほど」

まだ不審顔の父親を見送ったあと、要は有栖の手をひいて芸者屋を離れた。

「若さま、お嬢さま、どうぞお気をつけてお帰りなさいまし……」

紫陽花《あじさい》のそばにすらりと立ち、白歯の美しいその人は、黒紋付《くろもんつき》の袖《そで》をふりふり、いつまでも二人を見送っていた。

「――どうだい、あの姿。まるで春信《はるのぶ》の浮世絵《え》でも見るようじゃないか？」

要の言葉に有栖はうなずいた。

「本当にきれいなお姐さんね。黒目がちな目がマリィとよく似ていたわ。……あの人がマリィの前の持ち主だったのね」

「そう。あの姐さんは柳橋《ここら》きっての名芸妓《げいぎ》だ。絵葉書や写真《ブロマイド》なんかも売られているから、遊び好きな男たちの間では、へたな女優なんかより、よっぽど名前が知られているよ」

「そうだったの」

「ごく若いころに異国の恋人をもって、その悲恋が歌にもなって、あの人を一躍流行妓《はやりっこ》に押しあげたのさ。名前は本名のまり子からとって鞠若《まりわか》。ついたあだ名が黒子《ほくろ》のマリィ……」

時刻は宵をとうに過ぎている。

並んで歩く二人のそばを芸者を乗せた人力車《くるま》が滑るように通り過ぎていった。

「さっきの宴の最中、あの人はお酌《しゃく》をしながら昔のことを話してくれたよ。あの人の昔の恋人は、商用で日本に来ていたフランスの青年だったそうだ。若い二人はいちずに将来を誓いあったが、青年の父親はこれを許さなかった。むりやり引き裂かれ、青年はフランスへ戻されて……必ずまた戻ってくる、そのときにはきみを花嫁にする、と青年はあの人に約束した。マリィはその時、彼からもらった贈りものだったそうだよ」

『この人形をまりへ贈る』

という日本語に、結婚を意味するフランス語のマリエ、それに夫のマリ、をかけた言葉遊びをして。青い目の恋人は彼女に笑顔で幸せな未来を誓った……。

「だが、その恋は結局実らなかった。恋人は二度と日本に戻ってはこなかった。彼がフランスに帰って一年後に結婚したことをあの人は人づてに聞いたそうだよ。

青年がこの国を発《た》ったのは紫陽花が盛りの六月だった。だから、今でも六月がくると、初恋の命日を迎えるようなきもちになる……とあの人は笑っていたよ」

有栖はほう、と息をついた。

「悲恋だわ」

「そうだね。でもあの人は花嫁人形のマリィを贈られた時から、その恋の終わりが悲しいものになることを予感していた、とも言っていたよ」

「まあ……どうして?」

「マリィの小物のあの紫陽花の花束《ブーケ》さ。あの花の色がどれほど移ろいやすいか、この国の人間なら誰だって知っているだろう? 紫陽花は心変わりの象徴のようなものだ。文化の土壌《どじょう》が違う異国の恋人は気にとめなかったようだがね。

欧羅巴《ヨーロッパ》では知らず、この国では六月の花嫁《ジューン・ブライド》は涙の雨に袖を濡らすのさ……」

もっとも、と要は言葉を継いだ。

「それも十年も昔の話だ。鞠若といえば、芸も姿も一流の芸妓、遠い日の初恋を愛《いと》しんでも、未練や恨みを抱いちゃいないだろう。実家であるあの芸者屋を経営するだけの才覚もあるようだし。……しかし、人形のマリィを抱いてお客の父上を見送るなんて、粋《いき》な姿とはずいぶん違って可愛《かわい》い人だね」

「あの人のマリィが伯母《おば》さまの手に渡ったのは、いったい、どういう経緯《いきさつ》だったの？」

「それは一時、芸者屋の経営が難しくなった時期があったそうでね。あの人は着物や宝石なんかと一緒に思い切ってマリィも手放すことにしたんだそうだ。顔の広いなじみの父上を頼り、買い手を探すことにしたんだが、それを母上が気に入ってしまい、マリィはそのまま春日の家に置かれることになってしまったのさ」

要はおかしそうに笑った。

有栖にも伯父《おじ》の戸惑いが理解できた。

妻の手元になじみの芸者にそっくりな顔の人形があり、しかも名前まで同じなのだ。

「マリィ、マリィ」と妻が呼び、人形を手にするたびに、伯父は鞠若との遊びを責められているようで、ひどく落ち着かない思いをしたに違いない。

「経営も持ち直したんで、マリィを買い戻したい、とあの人が言い出したこともあって、父上は人形を手放すよう、母上を説得することを考え始めていたんだよ。そこへある決定的な事件が起きた。で、すぐさまマリィを家から持ち出す必要に迫られたわけだ」

「決定的な事件？」

「はは、ぼくと主税《ちから》に、あの人と一緒にいるところを見られてしまったのさ。

半月ほど前のことだったかな、父上とあの人がさっきの芸者屋から出てきたところに、ばったり出くわしてしまったんだよ」

――それは、まったくの偶然だった。

要は主税にせがまれて、長く春日の家に勤めていたねえやの家を訪ねていった。

ねえやが勤めを辞めた理由は結婚だったが、ねえやの実家は柳橋の小さな芸者屋。嫁《とつ》いだ先もまた、同じ花街《はなまち》である深川《ふかがわ》の草履屋《ぞうりや》だった。

やさしく、明るく、いつもチャンバラごっこの相手をしてくれた気に入りのねえやに会いたいと主税はずっと思っていたが、場所が場所だけに父親の許しが出ない。

そこで、要がこっそり手を引いて、主税をねえやの実家へと連れ出したのである。

「主税さんを花街に連れていった、っていうのは、そういう理由《わけ》だったの……」

遊びが目的ではなかったのか、と有栖はようやく納得した。

伯父が要と主税をひき離すよう家の者に言い渡したのも、鞠若との件に関して要が弟によけいなことを吹きこまぬよう、警戒してのことだったようである。

「会ったのは暗がりだったし、洋装の人形と島田髷《しまだまげ》の芸者じゃようすも違うから、有栖の話で黒子《ほくろ》の共通点に気づくまでは、あの人とうちにあった人形のマリィが似ているなんて気づかなかったんだけれどね。――とはいえ、あの人は写真《ブロマイド》も出回っているほどの有名人だし、〝黒子のマリィ〟のあだ名も知られている。人形のマリィとあの人の結びつきに気づかれて、ぼくに弱みを握られてはかなわない、と父上は焦ったわけだ。そこで、騒ぎが起こる前に火種になりそうなマリィもぼくも家から追い払おうと考えたのさ」

「そうしてドールバッグや人力車に細工《さいく》を施《ほどこ》し、お兄さまの不在時を見はからってパーティーをひらき、人のいいお父さまを罠《わな》にかけたというわけね……」

(困った伯父さまだわ)

有栖は苦笑した。

「母上の性格からして、あの人のことを知ってもべつだん怒ったりはしないと思うけれどね。いろいろ疾《やま》しいところのある父上はそうは考えなかったようだ。マリィを持って帰った父上が、母上にどんな言い訳をするのか、今から楽しみだな」

有栖は要の笑顔を見あげながら、

「あの……ごめんなさいね、お兄さま」

「ん？」

「お兄さまを犯人だと頭から疑って、いろいろひどいことを言って。有栖は早合点《はやがてん》をしていけなかったわ。ごめんなさい」

「かまわないさ、そんなことは。おかげで父上に一つ大きな貸しができたからね。当分の間はあの家で好き勝手にやれるだろう……おや、また降ってきたようだ」

ぱらぱらと瓦《かわら》を叩き始めた雨に気づいて、要は上着を脱いだ。

被衣《かづき》の態《てい》で広げたそれをぱっと頭上にかかげると、

「おいで、有栖」

やさしく言った。

有栖は少し考えたあと、要のそばへ寄っていった。

「なんだい、へんに離れて。もっと身体《からだ》を寄せないと濡れてしまうじゃないか」

有栖のあけた微妙な距離をずいずい縮めながら、要は言った。

「小雨《こさめ》ですもの、大丈夫だわ」

「震えているね、可愛いな。ぼくを意識して緊張しているんだろう」

「道が悪いからよろけているだけよ」

「だったら手を引いてあげようか」

「けっこうです」

「恥ずかしがっているね。頬《ほお》が赤いぜ」

「これはさっき飲んだ梅酒のせいよ」

「正直に言ってごらん、有栖。今夜はぼくの洋装姿にどきりとしただろう？　ぼくと鞠若が言葉を交わしていた間、有栖がじいっと嫉妬《やきもち》の目を向けていたのを知っているんだよ」

「あれは、お姐《ねえ》さんの粋な姿に見惚《みと》れていただけよ。もうっ、お兄さまの自惚《うぬぼ》れって死ぬまで治らないんじゃないかしら」

　要の身体を押しやり、有栖は怒った。

「自信家で、一人合点が強くって、悪戯《いたずら》で、強引で……有栖は昔からお兄さまのそういうところが嫌いなんですからねっ！」

「有栖は嘘つきだなあ……知っているよ、きみがぼくを嫌っているのは、そういうろくでもない相手が初恋の相手だって事実を認めたくないからだろう」

「！」

　絶句する有栖を見て、要は笑っている。

「そばにいくと痛い目に遭《あ》わされると知っていても、叔母上《おばうえ》にお尻をぶたれるとわかっていても、小さな有栖がやっぱりぼくに寄ってきたのはおばかだったからじゃない……淡い恋心の発露ゆえさ」

「な、何を言っているのかわからないわ」

「そうかい？　じゃあこれからわかるようにならなくちゃ。有栖に初恋を教えてあげたのは兄さまだからね。初めてのデイトも、初めての芸者遊びも、初めての酒の味も……有栖の初めては、よいことも悪いことも、みんなぼくが教えてあげよう」

皮肉を返すひまもなく、有栖は要に押され、そばの生垣《いけがき》へ追いつめられた。

要は上着をはらりと捨てた。雨粒が有栖の頬に降りかかる。

要の顔がゆっくりと近づいてくる。

「お兄さまったら……！」

「いい子だからじっとしておいで」

「あ、雨が強くなってきたわ。こんなことをしていたら濡れてしまうわ！」

「遣《や》らずの雨ならぬ足止めの雨だね。ちょうどいい。この国の六月は、二人で濡れる恋の季節だよ」

気障《きざ》なせりふをさらりと言って、要は生垣に咲く白い花の枝を折りとった。

「――フランス人の恋人はやぼだったと思わないかい？　ぼくなら、色の移ろう頼りない紫陽花《あじさい》を愛の証《あかし》の花束になぞ間違ってもしないね……。

ぼくが恋の場面に選ぶとしたら、そう、名前も香もふさわしい、この花だよ」

雨に濡れた花びらの一枚をむしり、要は有栖の唇にそっと含ませた。

むせるような甘い香りにめまいがする。

要と二人、花びらや蜜を吸っては楽しんだ幼いころの記憶がよみがえった。

「懐かしい、甘い味だろう。これもぼくが有栖に教えてあげたものだったね」

「この花って……」

「くちなしさ」

おしゃべりはここまで。

白い花びらが二人の間にはらりと落ちる。

抗《あらが》う言葉も躊躇《ちゅうちょ》もまたず、悪戯な笑みを浮かべた要の唇が、有栖のそれに素早くやさしく重なった。


〈おわり〉

Watashi no kirai na oniisama

乙女小説は永遠に！

1　猟奇的な婚約者？

「――アアッ!?　轟《とどろき》さん、およしになって……！　一体どういうつもりです……！」

いやらしく近づく男の手を払いのけ、令嬢は美しいおもてを恐怖に歪めた。

「いいでしょう、環《たまき》さん」

迫る轟はニヤ〳〵笑っている。

「父上の借金のこと、兄上の横領事件のこと、全《すべ》てこの私が巧《うま》く処理してさしあげますよ。ククク、その代わり、ネエ、環さん……」

「厭《いや》、厭です。あっちへ行って頂戴《ちょうだい》！」

「ええい、往生際《おうじょうぎわ》のお悪い。観念なさい、環さん」

「あ、あなたは悪党です、悪魔です！　誰か、誰か、助けてえ……！」

あわれ、令嬢は悲痛に訴えるも、答えるのはただむなしき谺《こだま》ばかり。

ああ、清き処女《おとめ》の花は、無残にも悪党の手に散らされるのか……と思われた、その時であった。

「──そこまでよ！　悪党、轟！」

争う二人はハッと顔を上げた。

障子《しょうじ》が開く。

おお、皓皓《こうこう》たる月光を浴び、濡《ぬ》れ縁《えん》に立っていたのは一人の美少女である。

サーベルを腰に佩《は》き、西洋乗馬服に身を包んだ凛々《りり》しいその姿。

たちまち轟が血相を変える。

「お、お前は美少女探偵アリスッ……！」

「ザッツ・ライト（その通り）」

アリスはギトギト光るサーベルの切っ先を男の喉《のど》にぴたりと当てた。

「さあ、今すぐ環さんから離れなさい。観念することね。〝帝都人身売買事件《ていとじんしんばいばいじけん》〟の犯人があなたであることは、アリスの推理でわかっていてよ！」

「むむむっ。畜生《ちくしょう》ッ！」

「逃がさなくてよ！　びるぜんさんたまりーあ！」

聖母の御名を唱えつつ、もんどり打って逃げる男の背中に、アリスのサーベルが闇を切り裂いて躍りかかる。

「可憐《かれん》な乙女《おとめ》を餌食《えじき》にし、帝都に巣くう吸血鬼め！　聖母に代わって天誅《てんちゅう》よ！　アリスの正義の剣を受けるがいい！　ハアアアアッー！」

「ギャ――――――――――――ッ！」

※

『――飛び散る血飛沫《ちしぶき》！　闇に響く断末魔《だんまつま》の叫び！　美少女探偵の苛烈《かれつ》な仕置きはまだ続く！　アリスのふるう剣の下、悪党轟は血みどろでのたうち回り……』

「――お兄さま……お兄さま……要《かなめ》お兄さま……ねえ、お兄さま……」

何度呼びかけても反応しない相手に有栖《ありす》は業《ごう》を煮やした。

「要お兄さまったら！」

ようやく気づいたらしい、ペンを動かしていた要がふり返った。

「――おや、驚いた、有栖じゃないか」

要は目にかかるやや長めの前髪をかきあげた。

形のいいその口元に、見慣れた悪戯っぽい笑みが浮かぶ。

「いつからそこにいたんだい？　有栖が来ていたなんて知らなかったよ」

「おや、ではないわ、もう」

有栖はぷんぷんして言った。

「さっきから呼んでいるのに、お兄さまったら、ちっとも気づかないのだもの。これだけ耳元で騒いでもわからないなんて、熱中するにもほどがあってよ」

「ごめん、ごめん」

要はにこにこしてペンを置いた。

二階蔵《にかいぐら》を改造した部屋の中は夏でもひんやりと薄暗い。窓の傍に置かれた机には辞書やインク壺《つぼ》、原稿用紙などが雑然と置かれている。

高輪《たかなわ》の北にある春日《かすが》邸。

庭の一隅にあるこの古蔵は、春日家の長男、大学生の要の書斎となっている。

「今日は大学をサボタージュしたんだが、なんだか筆がノッてしまってね。ついつい作品世界に没頭してしまったようだ」

ウーン、と要は大きく伸びをした。

真っ白な開襟《かいきん》シャツにサスペンダーで吊った濃紺《のうこん》の夏ズボンという洋装なので、長い手足がひときわ目立つ。長身で痩《や》せぎすな要はハイカラ世代といわれて久しい大正《たいしょう》の現代《いま》にあっても、際立《きわだ》って珍しい西洋人体型である。

「有栖のその格好からすると女学校帰りだね。もうそんな時刻か。すっかり時間を忘れてしまったな。フー、今回の小説は我ながらいい出来になりそうだよ、有栖」

「まあ、そうなの、お兄さま」

有栖の声は冷ややかである。

「ところで、その小説のことで、有栖はお兄さまに質問があるのだけれど」

「ぼくの小説のことで？」

「ええ。——これはなんなの？　要お兄さま」

有栖は手にしていた包みから一冊の雑誌をとり出し、要に突き出した。

「『月刊・猟奇《りょうき》クラブ』だね」

とげとげしい有栖の口調と反対に、表紙タイトルを読む要はいたってのんびりしている。

「さほど有名ではないが、一部マニアからは熱狂的な支持を受けているエログロ志向の小説誌だ。今月の特集は〝戦慄の現場写真付き！　殺人鬼・切り裂きジャックの全手口〟。〝カラフルな錦絵《にしきえ》で読もう！　女殺油地獄《おんなごろしあぶらのじごく》〟。特別ふろくは〝色は匂《にお》へど血塗るるを〜阿《あ》鼻叫喚《びきょうかん》いろはカルタ〟。あっはっは、なんとも刺激的だね。しかし、有栖が読むにはまだちょっと早いんじゃないかい？」

「有栖はべつに中を読みたくて買ったわけじゃありません。問題なのはこの部分よ、お兄さま！」

有栖が目次を開くと中央に、

「大好評連載中！　新進気鋭の推理作家、春日要の冒険活劇『美少女探偵アリス』が読めるのは、猟奇クラブだけ！」

の文字が大きく躍っていた。

「この春日要って、お兄さまのことではなくて。名前も漢字も全《まった》く同じだわ」

「そうだよ。ぼくはペンネームは用いない主義でね」

「だったらこの探偵アリスって、つまりは有栖のことではないの！　元士族《しぞく》の娘だとか、剣術が得意だとか、目が大きくて中肉《ちゅうにく》中背《ちゅうぜい》だとか、やたらと有栖にそっくりよ！」

「うん。有栖をモデルにした探偵小説を投稿したところ、採用されたんだよ」

要はあっさり言った。

「今もちょうど続きを執筆していたところだよ。ホラ、『美少女探偵アリスの帝都事件帖《ていとじけんちょう》5〜寝た子も起きる子守り唄〜』。アリスが犯人の轟《とどろき》を正義のサーベルでズッタズタにする場面だ。血潮《ちしお》が飛び散り、肉が裂け、傷口はぱっくり開いて石榴《ざくろ》のようになり……いやあ、やっぱり美少女が醜《みにく》い悪党をやっつける猟奇場面は胸がすかっとするね！」

「全然しないわよ！」

有栖は怒った。

傷口がぱっくり開いて石榴のよう、などと聞いているだけで胸が悪くなりそうである。だいたい勝手に人をモデルにしておいて、よくもこう平然としていられるものだとあきれてしまう。

「お兄さまのばかっ。本屋さんで偶然、このタイトルを目にした時、有栖は恥ずかしさで卒倒するかと思ったんだからっ」

「まあまあ、画家でも、小説家でも、身内や妻がモデルにされるのはよくあることだよ。これも芸術家の伴侶《はんりょ》になった女の運命と思って、あきらめなさい」

要にはまったく反省の色がない。

「有栖はただのいとこよ。お兄さまの伴侶でも妻でもないわよ」

「でも、婚約者だろう?」

「それは要お兄さまが一人で勝手におっしゃっているだけでしょ」

有栖はあかんべえをした。

「そんな迷惑なお話、わたしは全然承知していないんですからね!」

「おや、そうかい?」

要はにやにやして有栖を見る。

「てっきり、ぼくたち二人の間で婚約《エンゲージ》は成立したものと思っていたけれどね」

「お兄さまったら本当に図々《ずうずう》しいわ」

「だって有栖、ぼくたち二人はもう熱い接吻《キッス》を交わした仲じゃあないか?」

有栖の目元がさっと赤らんだ。

「お兄さま……!」

「初めての唇を許した相手には将来の操《みさお》も許してくれるものと思っていたけれどなァ……それとも、有栖は今後もぼくに接吻だけを許してくれるつもりなのかな? 唇は許すけれど、その先は駄目？　うーん、それもなかなか先進的でエロティックな関係だとは思うけれど……ぶっ」

　有栖は『猟奇クラブ』を要の顔に投げつけた。

「有栖はお兄さまに唇を許してなんていません！」

「でも接吻したぜ」

「あ、あれは、お兄さまが、卑怯《ひきょう》にもスキをついて有栖の唇を奪っただけでしょ」

「奪われた唇か。いいひびきだね、次の作品に使えそうだ。『美少女探偵アリスの帝都事件帖６～奪われた接吻～』」

「お兄さま！」

「帝都の美女を次々襲う好色漢《こうしょくかん》、男爵《バロン》春日！　この悪の華たるデカダン美青年にイノセントな探偵アリスも花の唇を奪われてしまう！　これは読者が興奮すること請け合いだな。アリスと男爵の接吻シーンはあの夜を思い浮かべて、じっくりねっとり描くとしよう……おっとっと」

　有栖が壁に立てかけてあった箒《ほうき》を手にしたのに気づき、要が後ずさりする。

「スタップ、有栖。暴力反対」

「乙女の純情を弄《もてあそ》ぶなんて許せないわ。――覚悟なさいませ、お兄さま！」

　女学校でも「ミス・おてんば」のあだ名をほしいままにしている有栖である。

サーベルよろしくブンブン箒をふり回し、要は逃げ回り、蔵の二階に、二人の足音がドタバタ響いた。

「——お兄さまと婚約なんて、絶対しませんからね！　今度、接吻のことをお口にしたら承知しないいんだから」

「初めて触れた有栖の唇は柔らかかった。抱きしめた華奢《きやしや》な身体《からだ》はぼくの腕の中で小鳥のように震えていたね。ああ、忘れえぬ六月の甘い夜。ぼくと有栖はひしと抱きあい、花街《はなまち》の雨にしっぽりと濡れて……」

「きゃーッ！　いや、いやっ、お兄さまの助平《すけべ》！　あんぽんたんっ！　要お兄さまなんてもうもう大っ嫌い——ッ！」

壁に追い詰めた要にむかって、有栖は思いきり箒をふり下ろした。

——帝都の夏空にハイカラ女学生の声勇ましく響き、明治《めいじ》は遠くなりにけり。

婚約の、接吻の、愛情の……と色めいた言葉が矢継《やつ》ぎ早《ばや》に飛び交うものの、その関係は、といえば、実際にはなんの約束も取り決めもない、互いの母親が姉妹というただのいとこ同士である——少なくとも、今の時点においては。

橋本《はしもと》有栖、十六歳。

春日要、二十一歳。

同じ山《やま》の手《て》育ちの幼馴染《おさななじ》み。

どちらも年ごろの二人であれば、要は単なるいとこ同士の関係をそろそろ男女のそれに変えていきたいと希望し、有栖は断固それを拒否している。

富豪の春日家の嫡男《ちゃくなん》にして、前途有望な慶應義塾《けいおうぎじゅく》の学生。

心身健康、頭脳明晰《ずのうめいせき》、母親譲《ゆず》りの美貌《びぼう》に恵まれた好男子——と花婿候補としては一見非の打ちどころのない要だったが、幼いころから彼をよく知る有栖からすれば、その評価はだいぶ違ったものになる。

「嫡男ではあるが、これまでの放蕩《ほうとう》・自由が過ぎて、父親からは今にも勘当《かんどう》を言い渡されかねない勢い。おまけに趣味の犯罪研究や素人《しろうと》探偵ごっこに夢中になって、肝心《かんじん》の学業はそっちのけ。怪しげな事件を追いかけて一月《ひとつき》も姿を消すこともしばしば。なまじ美男子であるだけに、知らないところではどんな遊びをしているやらわかったものではない」

といったところである。

（小さいころから要お兄さまにはいじめられたり、からかわれたり、さんざんふり回されてきたんだもの……お兄さまのお世話役を一生押しつけられるなんてまっぴらだわ！）

——先日、要の母親が大事にしていた西洋人形「マリィ」を有栖の父親が紛失してしまうという事件が起こり、そのいざこざを円満におさめるため、父親同士の話し合いによって、有栖は要とムリヤリ婚約させられそうになった。

結局、事件は要を家から追い出したい父親による狂言だったと判明し、婚約話もご破算《はさん》となったのだが、その最中に、有栖は要に初めての接吻を奪われてしまったのである。

もっとも、接吻の直後、有栖は思いきり要に平手打ちを食らわせ、その後、しばらくは要と口もきかなかったので、接吻をしたからといって、二人の仲にはなんの進展があったわけでもなかったが。

要はめげずに有栖を口説《くど》き、ちょっかいをかけ、有栖は悪いいとこの戯言《ざれごと》と聞かぬフリをしている――と相も変わらぬ二人の関係なのである。

2　乙女の世界

「――本当に要《かなめ》お兄さまはいけないのだから……おかげで今日は放課後の予定がすっかり狂ってしまったわ」

要を箒でさんざん打ちすえ、ようやく気分を晴らした有栖《ありす》は鏡の前に立ち、乱れた小袖《こそで》の襟元《えりもと》と頭のリボンを直した。

「花のような美少女が大の男をコテンパンにする。この倒錯感《とうさく》がいいね。探偵アリスが轟《とどろき》をやっつけるお仕置きシーンにいっそう筆がノリそうだ」

まったく懲《こ》りていない要である。

「本当にしようのないお兄さま。少しは反省しないと伯父《おじ》さまに言いつけてしまってよ」

「ぼくがエログロ雑誌に通俗小説を寄稿していることをかい？　困ったな。父上が激怒してぼくを家から叩き出すさまが目に浮かぶじゃないか」

言葉と裏腹に、要は楽しそうである。

有栖はぴんときた。――廃嫡《はいちゃく》されて春日《かすが》の家を追い出されれば、却《かえ》って有栖の家に婿に入りやすい、と要は考えているに違いない。有栖の両親にしても、要が一人娘の婿養子になってくれることは大歓迎なのだ。

要の勘当＝二人の結婚、となりそうで、これは甚《はなは》だよろしくない展開である。

（危なかったわ。お兄さまのもくろみにうかうか嵌まるところだったわ）

「父上にご注進《ちゅうしん》といくかい、有栖？　『猟奇クラブ』なら、ホラ、そこに落ちているよ」

「お兄さまの思う壺《つぼ》になりそうだから、告げ口はやめにするわ。その代わり、反省しない要お兄さまとは、当分お口をきかないことにします」

有栖はツンとそっぽをむいた。

「可愛《かわい》い有栖とおしゃべりができないなんて我慢ならないね。どうかご機嫌を直して花の笑顔を見せておくれ、マイ・エンゼル」

歯が浮くようなセリフを平然と言って、要は有栖の小さな顎《あご》をすくった。

「半襟でも買ってあげようか。それとも夏用の手袋でも？　銀座《ぎんざ》でも、浅草《あさくさ》でも、上野《うえの》でも、お望みのデパートメントへ兄さまが連れていってあげるよ」

「ノオ・サンキュウよ。そんなことで、有栖を勝手にモデルにした一件を忘れさせようと思ってもムダなんだから……」

言いかけて、有栖はふと床に落ちたままの『猟奇《りょうき》クラブ』に目をやった。

（――あ。そういえば）

「どうしたんだい、有栖？」

いそいそと雑誌を拾い上げる有栖を見て、要が首をかしげる。

「半襟も手袋もいらないけれど、お兄さま、もしも本当にお願いを聞いてくれるのなら、有栖はサインがほしいのだけれど」

「ぼくのサインが？　むろんいいとも」

「ちがいます。今さら、お兄さまのサインなんてもらってどうするの」

有栖は『猟奇クラブ』を開いた。

「有栖がほしいのはね、このかたのサインなの」

『美少女探偵アリス』と大きく書かれた扉には、しなやかな肢体《したい》を乗馬服に包み、サーベルをかかげた美少女のイラストレーションが載っていた。

多分に日本的でありながらモダンなタッチの抒情画《じょじょうえ》である。

ページの端には「涙」の号が入っている。

「涙《るい》さまのサインがほしいの！　有栖は涙さまの大ファンなんだもの」

「涙サマ？」

「もちろん、川上《かわかみ》涙さまのことよ。涙さまの絵は今、『真珠姉妹《しんじゅしまい》』で大人気なんだから……まさか、お兄さまの小説に、あの涙さまが挿《さ》し絵《え》を提供していらっしゃるなんて思わなかったわ！」

「なんだい、その『真珠姉妹』っていうのは？」

「知らないの？　『月刊・乙女世界《おとめせかい》』で連載されている人気ナンバー・ワン小説よ。『真珠姉妹』は今、日本全国の女学生が争って読んでいる大人気作品なの。川上涙さまはその『真珠姉妹』で挿し絵を担当なさっているのよ。そもそも今日、有栖が学校帰りに本屋さんに寄ったのも、今日発売の『乙女世界』を受けとるためだったんだから」

しかし、要のせいで『乙女世界』と一緒に『猟奇クラブ』まで買うハメになり、有栖はなじみの本屋の店主にえらいこと怪訝《けげん》な顔をされたのであった。

「『乙女世界』に『真珠姉妹』ね。つまりは流行《はや》りの少女小説か」

要はうなずいた。

「それにしても、サマ付けに敬語遣いとは、またずいぶんな熱の上げようだな」

「だって、『真珠姉妹』は本当に大人気なのよ。今日だって本当は『乙女世界』を買った後、お友達のお家にお邪魔して、みんなでワイワイ感想を言い合う予定だったのだもの。わたしたち、仲のいいお友達同士で、毎月そんな会を催《もよお》しているの」

有栖は学校用の風呂敷包みの中から、『乙女世界』をとり出した。

(今月の涙さまの表紙もすてき……『真珠姉妹』の続きはどうなっているのかしら？　先月はいいところで終わっていたから……早く家に帰って読むのが楽しみだわ！)

——女学生の間で流行の少女雑誌にはいくつかの種類があり、それぞれの特色によって購買層が分かれている。

センスのいいふろくやグラビアで人気の『少女の友《しょうじょのとも》』。

「乙女のバイブル」と呼ばれた吉屋信子《よしやのぶこ》の『花物語《はなものがたり》』を掲載している『少女画報《しょうじょがほう》』。

そして、有栖が現在愛読している『乙女世界』などである。

『乙女世界』は大正《たいしょう》に入ってからの創刊で、先の二つに比べれば知名度も購買数もまだ及ばないものの、この二、三年でぐんぐん人気を伸ばしている雑誌であった。

その牽引力《けんいんりょく》となっているのが、昨年から始まった連載小説『真珠姉妹』と、その挿し絵を担当している川上涙の美麗《びれい》なイラストレーションなのである。

「『真珠姉妹』はね、二人の美しい女学生、月子《つきこ》さまと真珠子《しずこ》さまの数奇な運命を描いた大河ロマンスなのよ」

「大河ロマンス？」

「そう、二人はＳ《エス》（義姉妹《シスタア》の略）の関係だと思っていたのだけれど、そうではなかったの。なんと『ミス・月光《ムーン・ビーム》』こと麗《うるわ》しの月子さまは、理由あって女性として育てられていた倒錯の美男子だったのよ……！　真珠子さまもやがてそのことに気づき、二人は女学校の中で秘密の愛を育てていくの。でも、愛しあう二人には次々と困難が襲いかかり、その仲を引き裂かれてしまうのだわ……物語が面白いのはもちろんのこと、川上涙さまの挿し絵がまた素晴らしいの！　ね、ほら、これよ。素敵でしょう。有栖は、涙さまの繊細《せんさい》でリリカルなタッチが大好きで……」

興奮にまかせてしゃべっていた有栖は、要の笑顔に気づいて頰《ほお》を染め、口を閉じた。

「まあ……いやだわ、わたしったら」

「どうしたんだい？　兄さまは有栖の話を面白く聞いているよ」

「だって、一人ですっかり夢中になってしまって……これ、有栖のいけないクセなの。学校でもそうなのよ。『真珠姉妹』の話に熱中しすぎて、先日も、厳しい教頭先生に叱《しか》られてしまったの……」

数日前のできごとを思い出し、有栖はしゅんとなった。

「感受性鋭い青春時代、詩や小説や歌劇に夢中になるのは、しごくまっとうなことだよ、有栖。そんなモーロクしたハゲ教頭のお小言《こごと》なぞ気にすることはないんだよ」

「寿《ことぶき》教頭先生は別にハゲてもモーロクしてもいないわよ。お優しい校長先生に比べれば、そりゃ、いろいろと厳しいかただけれど……」

「寿教頭ね。おめでたい名前のわりに、頭の固い人物なんだな。

ま、ともかく有栖が現在『真珠姉妹』とやらに首ったけになっているのはわかったよ。涙のサインをご所望《しょもう》なんだね？」

「そうなの。でも難しいならいいのよ。ムリにお願いするつもりはないから」

「ノオ・プロブレムさ」

要は笑った。

「涙はぼくの友人だからね、サインの十や二十、なんの障《さわ》りがあるものか」

「えっ、涙さまがお兄さまのお友達？」

「高等科のころからの友人だよ」

(ええっ！　う、嘘みたい！)

「涙の本名は川上類《るい》というんだ。あいつは途中で進路を変更したから、大学は慶應《けいおう》と美校《びこう》に分かれてしまったけれどね」

美校は東京美術学校《とうきょうびじゅつがっこう》のことである。

要によると『猟奇クラブ』に最初の掲載が決まった時、編集者が挿し絵をどうしようかと口にしたので、ふと思いついて友人の涙を推薦《すいせん》してみたのだそうだ。

気安い友人だから、画料、スケジュール、その他、いろいろ都合をつけてもらいやすいだろう、と考えたらしい。

涙はこれを快諾《かいだく》し、作品を掲載したところ、読者の反応も上々であった。

が、涙が少女雑誌でそれほどの人気者だったことを要は全《まった》く知らなかったという。

意外な話に有栖は目を丸くするばかりだった。

――憧れの川上涙が要の友人とは！　なんという偶然、なんという幸運だろうか。

「そ、それじゃ、お兄さま、本当に、涙さまのサインをもらってきてくれるのね？」

「いいとも。涙にもしばらく会っていなかったしね、それじゃ、暑中見舞いがてら、涙の顔を見に行ってこようかな」

要は気軽に言って、立ち上がった。

「涙の家は根津《ねづ》なんだよ。女中のばあやを雇っての一人暮らしでね。帰りに上野あたりへ出て、ブラブラしてくるのもいいだろうし……どうだい、有栖も一緒に行くかい？」

「えッ、涙さまに会いに!?」

有栖は文字通り飛び上がった。

「で、でも、今日は、サイン帳も色紙も何ももってこなかったわ……それに、有栖は学校帰りのこんな格好なのだもの」

「入用《いりよう》なものは途中で買えばすむことさ。その格好になんの問題があるんだい？」

「だって、憧れの涙さまに会うならお洒落《しゃれ》をしたいもの！　ああ、せめて夏羽織《なつばおり》くらい着てきたら……どうしよう、どうしよう、さっきの騒ぎで髪もこんなくしゃくしゃだし」

有栖はあわてて鏡をのぞきこんだ。

「そんなに気になるなら、母屋《おもや》に行って、母上に相談してごらん。母上は喜んでドレス・アップを手伝ってくださるよ。母上のご趣味は有栖も知ってるだろう？」

要の母、春日夫人は可愛《かわい》い、きれいなものが大好きなハイカラ趣味のご婦人である。

「母上はお人形ごっこが大好きだからね。母上も喜ばれて、有栖もお望みのお洒落ができて、一石二鳥《いっせきにちょう》じゃないか」

「でも、ドレス・アップには時間がかかってよ。お兄さまはまっててくださる？」

「それで有栖姫のご機嫌が直るならね」

有栖はにっこりした。

「そうね、憧れの涙さまに会わせてくれるのなら、有栖を勝手にモデルにした一件は許してあげてもよくってよ！」

「ようし、それじゃ決まりだな。有栖に合わせてぼくも着替えるとしよう。西洋スタイルのモダンカップルと洒落こんで、人気画家、川上涙を訪問しようじゃないか」

言いながら、要がさっさとシャツを脱いで半裸になり、ズボンにも手をかけ始めたので、有栖は真っ赤になった。

「お兄さまのハレンチ！」

有栖はあわてて蔵を飛び出した。

3　真珠姉妹殺人事件

半刻ほどのち、着替えを終えた有栖《ありす》と要《かなめ》は市電を乗り継ぎ、根津《ねづ》へむかった。

時刻は四時を回ったばかり、車内は空《す》いている。

並んで座席に座った二人の話題は、もっぱら『真珠姉妹《しんじゅしまい》』のことである。

「女装美男子と女学生の禁断の恋――とはなかなか耽美《たんび》かつ倒錯《とうさく》的で面白そうだね。物語の詳細はどんなものなんだい？」

聞かれれば、もっぱら夢中の小説のこと、有栖も乗換場も忘れる熱心さでその内容を語って聞かせた。

『真珠姉妹』の主役は二人、帝都にある名門校、四葉《よつば》女子高等学校に通う五年生の月子《つきこ》と四年生の真珠子《しずこ》である。

しかし、全校生徒憧れの君である美少女の月子は、実は男なのだ。

もともとは男女の双子として生まれたのだが、双子の妹、月子は七つの時に病死した。その時、母は表向きに兄妹をとりかえ、それ以後、息子を月子として育てたのである。

いったい、それはなぜなのか？

月子の父はさる財閥《ざいばつ》の当主なのだが、母親は正妻ではなく、芸妓《げいぎ》あがりの妾《めかけ》だった。正妻には嫡子《ちゃくし》となる息子がいるが、この息子が甚《はなは》だ病弱。財閥当主の父は愛妾《あいしょう》の産んだ次男に家督を継がせることを考慮《こうりょ》していたのである。

嫉妬《しっと》深い正妻は妾とその子どもたちを鬼のごとく憎み、双子の息子の命を狙い始める。母は正妻の魔手から息子を守るため、彼を男子ではなく女子の「月子」として育てることにしたのだった。

「なるほど。つまり男女入れ替えの大元は歌舞伎《かぶき》にでもありそうなお家騒動ってわけか」

しかし、と要が首をかしげる。

「月子も月子の母親も、財閥当主の父親とやらに訴えて、正妻の悪行を止めることはできなかったのかい？　それに、男子の秘密を隠して女学校に通うというのは、着替えその他の場面で相当な苦労を強《し》いられそうなものだがね」

「月子さまの父親は多忙な経済人でしょ、たびたび洋行《ようこう》などもするから、あまり助けにはならないの。それに、正妻は巧妙に人を遣って殺害計画を進めるから、訴えようにも証拠がないのよ」

『真珠姉妹』の熱心な愛読者である有栖は、要の疑問にもすぐ回答を返せるのだった。

「女学校での生活に月子さまが苦労されているのはその通りよ。月子さまが秘密の女学校生活をなんとか維持していられるのは、校長先生のヘルプがあるからなの……四葉女子の校長は若いころ、月子さまの母親に大恩を受けていて、そのご恩返しに、月子さまの秘密に口を噤《つぐ》んで、協力してくれているの。口うるさい教頭先生の前では男子の秘密がバレないかと月子さまも真珠子さまもひやひやし通しだけれど、おやさしい校長先生の前では、ほっと気を抜くことができるのだわ」

「なるほど、学校のトップである校長が味方なのか。それならいろいろと融通《ゆうずう》がきくだろうし、秘密を抱える月子もずいぶん気が楽だろうね」

　要はうなずいた。

「――ところで、今の話を聞くところ、なんだか作中の学校と有栖の通う学校にやたらと類似点《るいじてん》があるように思えたのは、ぼくの気のせいかな？　話のわかる寛容な校長先生に、口やかましい厳格な教頭先生。おまけに名前が『四葉女子』ときている。有栖の学校は、そら、『三葉《みつば》女子高等学校』だったろう」

　要は有栖の腰のベルトを指して言った。

　春日《かすが》夫人が有栖に着せてくれたのは、七月はじめの季節にふさわしい、真っ白なマリンドレスである。

可愛い水兵《セーラー》のような三角襟《カラー》とチューリップのようにふんわり膨《ふく》らんだフランス袖《そで》、そのどちらにも黄水仙《きずいせん》色の縁どりがあり、同じ縁どりは膝下丈のスカートの裾《すそ》にも見られる。絹《シルク》のタイも同色の黄色、釣鐘《つりがね》型の帽子にも同色の幅広リボンが使われている。

白と黄色のすっきり洒落《しゃれ》た水仙娘。

いかにも都会的でモダンなデザインだった。

ドレスの腰の切り返し部分に有栖は拵《こしら》えのリボンではなく、女学校の紋章つきベルトをしていた。中央に三つ葉のクローバーを彫ったこのベルトは、和装、洋装にかかわらず、有栖の通う三葉女子高等学校の生徒が着用を義務付けられているものである。

三葉の紋章ベルトは名門女子高の証《あかし》。

憧れの川上涙《かわかみるい》に敬意を表する「正装」の意味で、有栖はこれをつけてきたのだった。

「要お兄さま、有栖の話だけでよくわかったわね、その通りなの。『真珠姉妹』の舞台は、うちの学校かもしれないのよ」

有栖は熱心に言った。

「校長先生、教頭先生の件もそうだし、学校内の描写もうちの学校に似ているの。授業の略語だとか、流行《はや》り言葉だとか、三葉の人間でなくてはわからないことが端々《はしばし》に出てくるのよ。だから『真珠姉妹』の作者はうちの卒業生か、在校生に違いないってもっぱらの噂《うわさ》になっているの！」

「ふうん。しかし、そのあたりのことは作者の経歴でわからないのかい？　そういえば、小説の内容ばかりで、作者の名前も聞いていなかったな」

「作者は、早乙女《さおとめ》アミさまというかたよ。でも、このかたは覆面作家だから……」

「覆面作家？」

「そうなの。早乙女アミ先生は、本名も年齢も経歴もいっさい不明、似顔絵も顔写真も出さないというミステリアスなかたなのよ」

「ははあ、そいつはいいね。覆面作家か！　正直、ぼくには『真珠姉妹』の内容よりもそっちのほうに興味が湧くな」

少女雑誌の看板となる人気作家は、グラビアページで写真とともに特集されることが珍しくない。愛読者会などにもゲストとして呼ばれることがままあるが、早乙女アミだけは例外だった。読者プレゼントのサインなどにも参加することがないので、筆跡からその人となりを推察することも不可能なのである。

「でも、作品を読んでいればお人柄は自然にわかるというものだわ……早乙女アミ先生はとても繊細《せんさい》なかたよ。実際の先生もおやさしい、素敵なお姉さまに違いないわ！」

電車をおり、根津の町を要と連れだって歩きながら、有栖は言った。

「作品はともかく、あまり作者に幻想を抱かないほうがいいと思うけれどね。作品と作者はあくまで別ものなんだから。例えば、このぼくがいい例だよ」

「お兄さまが？」

「そうさ、『美少女探偵アリス』の作者、春日要《かすが》がね！　——あんな猟奇趣味《りようき》の通俗三文小説の作者がこんなに明朗闊達《めいろうかったつ》でスマートな美男子なんていったい誰に予想できようか？　ことほどさように作品と作者は別ものってことだよ、有栖」

　大学生らしくもない洒落た中折れ帽子を目深《まぶか》にかぶり、目に涼しいペール・ブルーの麻《リネン》の三つ揃《ぞろ》いをすらりと着こなした要は活動写真から抜け出してきた俳優のようだ。

　西洋人めいた通った鼻梁《びりよう》に美貌《びぼう》の母によく似たやさしい目元。流行の洋装に身を包んだ絵のような二人を、お遣い帰りらしい女中や小僧たちが頬《ほお》を染めてながめて通る。

「美男子はともかく、お兄さまの自惚《うぬぼ》れ具合は文章の端々からもわかると思うわよ」

　有栖は言い返した。

「だいたい三文小説と自分で言うくらいなら、純文《じゅんぶん》とまではいかなくても、もう少し高尚なものを目指せばいいのに」

「なあに、猥雑《わいざつ》な三流があって初めて一流が生きるのさ。一流と高尚ばかりに囲まれちゃ息が詰まるよ」

　話しているうちに大通りを離れ、二人は背の低い板塀《いたべい》や小柴垣《こしばがき》で仕切られた小家の並ぶ静かな裏通りに入っていた。

　時刻は灯ともし時にかかり、藍色《あいいろ》の闇の中に家々の窓がぼうと鬼灯色《ほおずきいろ》に浮かび上がっている。夕べの勤行《つとめ》に焚《た》かれる線香の香《か》に混じり、どこかから漂ってくる夕餉《ゆうげ》の匂《にお》い。こちらからは気短な下町言葉の怒鳴り声が、あちらからは赤ん坊の泣き声が、かなたの窓からは三味線《しゃみせん》のつま弾《び》きが、通りからは吹き疲れたような豆腐屋の喇叭《ラッパ》の音が聞こえてくる。

有栖は周囲のようすを興味深くながめた。

まだ美術学校に通う学生の身で、女中を雇って一人暮らしをしていると聞いたので、川上涙も要同様、ブルジョワ学生なのかと思ったが、住まいに選んだこの地味な土地を見る限りでは、そうした青年ではなさそうである。

「――涙さまって、実際はどんなかたなの、要お兄さま？」

憧れの人物に会う瞬間がいよいよ近づいていると思うと、有栖の胸は高鳴り始める。

「作品と作者は別物、と言った手前、認めるのは癪《しゃく》だが、涙はあの抒情《じょじょう》的な画風そのままの男だよ。高等科時代も『川上は描き手よりもモデルに回れ』と同級生たちにからかわれていたくらいのきれいな男さ」

（まあ、涙さまはイラストのイメージ通りの美男子なのね……！）

「そうだ、涙なら、コンビを組んでいる早乙女アミのことも何か知っているかもしれないぞ。せっかくだから、いろいろ話を聞いてみるのがいいだろうよ、有栖」

「有栖は緊張で、とてもそれどころではなさそうよ、お兄さま」

涙の住まいは二階建ての小体《こてい》な貸家だった。

家の前にはきれいに打ち水がされており、板塀に這《は》わせた夕顔の花がひっそりと露を置いて涼しげである。

木戸を開けると、要は鬼灯や朝顔の鉢《はち》が並べられた玄関口へずんずん進んでいく。

名乗りをあげ、要は扉に手をかけた。

が、扉には鍵《かぎ》がかかっていた。

何度か続けて声をかけてみる。が、家の中はしんとしていて答えはなかった。

「お留守みたいよ、お兄さま」

有栖は内心の失望を隠して言った。

「涙さまは、どこかへお出かけなさっているみたいね」

「そんなわけないさ。出かけ前に、今から行くと電話で伝えておいたんだからね。何かの用で近所にでも出ているのかな？　ここでまつのもなんだし、庭へ回ってみよう」

玄関脇を回ると、赤いカンナの咲く小さな庭に面して縁側があり、そこのガラス戸が開けっ放しになっていた。

要はさっさと靴《くつ》を脱ぎ、縁側へ上がる。どうにも遠慮《えんりょ》のない態度だが、数年来の友人同士ということで、気がねはいらないらしい。要に促され、有栖も後に続いた。

（——わあ……ここが涙さまのおうちなのね）

帽子を脱ぎ、有栖はきょろきょろと家の中を見回した。

蚊遣《かや》りの残り香に混じってかすかに聞こえるのは絵具や顔料《がんりょう》の匂いだろうか。

壁には涙の手によるものらしい水彩の風景画が並び、柱には鉄器の花掛けにきれいな鉄《てっ》線花《せんか》が生けられている。通いのばあやの働きなのだろう、家の中は男の一人暮らしらしくもなく、よく整頓《せいとん》されていた。

有栖は庭に面した六畳間《じょうま》に腰をおろすと、ハンドバッグからとり出した手巾《ハンカチ》で額の汗を押さえた。要は足をくずし、脱いだ中折れ帽でぱたぱた煽《あお》いでいる。

「――フウ、暑いね。すっかり風がやんじまったな」

「襟《えり》をゆるめて、風の通るこちらへいらっしゃるといいわ、お兄さま。いくぶん涼しくてよ」

「ばあやがいれば冷やしコーヒーでも出してくれるんだが、どこへ行ったんだろう。……台所へ行って、何か飲みものをもらってこようかな。ここの家には最新式の冷蔵庫があるんだよ、有栖」

「およしなさいよ、お兄さまったら。よそのお宅のお留守に。あんまり無作法《ぶさほう》よ」

「なに、勝手知ったる友人の家さ。水の一杯くらいいいだろう」

要は立ちあがり、障子《しょうじ》を開けた。

隣も同じような日本間で、こちらを通って廊下《ろうか》へ出る造りになっているらしい。部屋を出ていきかけた要が「アッ！」とつぶやいて立ちつくした。

有栖は顔を上げた。

「どうかしたの、お兄さま?」

「——こいつは大変だぜ……有栖」

「え?」

「畜生《ちくしょう》、なんてことだッ!」

(いったい、どうしたのかしら)

有栖は立ち上がり、隣室をひょいとのぞきこんだ。

次の瞬間、目に入ってきた光景に、有栖は悲鳴をあげた。

部屋の隅に一人の青年が倒れていた。

女のように色が白く、頬は青ざめ、唇ばかりが赤い。長い睫毛《まつげ》をふせていてもそのやさしい美貌はよくわかる。

が、有栖の目を奪ったのは、青年の際立《きわだ》った美しさではなかった。

青年の華奢《きゃしゃ》な身体《からだ》は荒縄により、奇妙にも複雑な形で縛《いまし》められていたのだ。

そして、その胸には匕首《あいくち》が突き立てられ、浴衣《ゆかた》に包まれた青年の胸を真っ赤に染めているのである!

「お兄さま……!」

「——涙だ」

ガクガク震える有栖の身体を抱きしめ、要は言った。

「涙さま⁉　このかたが涙さまなの？」

「ああ、間違いない。なんてことだ。こうして久々に訪ねてきたというのに、まさかそこで殺された友人の死体を発見することになるなんて」

有栖はへたりこみそうになった。

要は横たわる涙のそばにしゃがみこみ、その首に触ったあと、かぶりをふった。

「――残念だが、これではもう蘇生《そせい》はムリだな」

「お兄さま……！」

「息はないが、身体はまだ温かい。殺害からそう経っていないようだ。他に外傷は見えないな。強盗殺人のようだが、室内に荒らされたようすはないし……おやっ、これはなんだろう？」

要はそばに落ちていた一枚の反故紙《ほごがみ》らしきものを拾い上げた。

走り書きのような乱れた手蹟《しゅせき》。そこにあるのは「早乙女アミ」の文字だった。

「早乙女アミ……これは涙のダイイング・メッセージかもしれないぞ、有栖」

「ダ、ダイイング？　そ、それってなんなの、お兄さま？」

「死者の伝言さ。絶命の直前、涙は何かを伝えたくて最期《さいご》の力をふり絞《しぼ》り、この名前を記したのかもしれない……例えば、自分を襲った犯人の名前だとか」

有栖は目を見開いた。

(そ、そんな……それじゃ、涙さまを殺した犯人が早乙女アミ先生だとでもいうの⁉)

「これは単純な強盗殺人ではないだろう。この執拗《しつよう》な縛めからは犯人の残虐《ざんぎゃく》性と変態性を強く感じる……うーむ、情欲による殺人か、それとも怨恨《えんこん》によるものか。このダイイング・メッセージからして、謎の覆面作家、早乙女アミが涙の命を奪ったのかもしれない！」

「そんな……！」

「むろん、確たる証拠はない。今のは推測に過ぎないよ。だが、無残に殺された親友のためにも、事件をこのままにしてはおけない……ぼくは涙を殺した憎むべき犯人を必ずこの手で捕らえ、罪の報いを受けさせてやる！」

要はきっぱり言った。

友情にあふれた要の言葉に胸を衝《つ》かれ、有栖はわっと泣き出した。

「本当にひどいわ。涙さまを……涙さまを誰がこんなひどい目に……！」

「大丈夫だよ、有栖。涙の敵《かたき》は必ずこのぼくがとってみせるから」

「で、でも危険よ、お兄さま。だって、相手は凶悪な殺人犯なのよ……！」

心配ないよ。要は悲痛に微笑《ほほえ》んだ。

「ぼくだって、伊達《だて》にこれまで素人《しろうと》探偵の経験を重ねてきたわけじゃないんだぜ？さあ、涙をふいて、有栖。ここから先は兄さまの領域だ。〝肝心《かんじん》かなめの素人探偵《ディティクティブ》〟春日要に全《すべ》て任せておきなさい。可愛《かわい》い有栖は何があってもぼくが守るよ……心配しなくても大丈夫だ」

要は有栖をひしと胸に抱きしめた。

このいとこがこれほど頼もしく思えたのは初めてである。

こぼれる涙を要の唇に吸いとられ、有栖はほっ、と安堵《あんど》の息をついた。

その時である。

「――ウウーン……」

唸《うな》るような男の声が聞こえた。

有栖は悲鳴をあげ、要の胸に抱きついた。

「お、お兄さま……！　今の声は何!?」

「落ち着いて、有栖」

「だってここにはわたしたちしかいないはずなのに声がしたのよ……！　も、もしかしたら、お兄さま、犯人はまだこの家の中に隠れているんじゃないかしら？」

有栖はあわてて周囲を見渡した。

次の瞬間、信じられない光景が目に飛びこんできた。

無残に殺された涙の死体がぱっ、とその目を開き、畳《たたみ》の上をもぞもぞと這い始めたのである！

有栖は文字通り飛び上がった。

「きゃ――――――ッ！」

4　ルイは友を呼ぶ

「いやーッ！　きゃーッ、きゃーッ！」

「大丈夫だよ、有栖《ありす》、落ち着いて」

「いやーッ！　お願い、こないでーッ！　きゃーっ、怖い！　お、おばけーッ！」

「え、おばけ？」

死体はふしぎそうに言って目をぱちぱちさせた。

有栖は卒倒しそうになった。

（し、死体が動いてしゃべった……！）

あまりの驚愕《きょうがく》・恐怖に、有栖はもはや声もない。

死体はしばらくきょろきょろしていたが、やがて要《かなめ》に気づいて、

「――ああ」

と笑顔になった。

「要じゃないか。来ていたんだね」

「よう、涙《るい》。お邪魔しているよ」

有栖を抱いたまま要は平然と答える。

（お兄さま⁉）

「玄関が閉まっていたから、庭から入らせてもらったぜ」

「え？　玄関が？」

青年は長い睫毛を上下させた。

「やあ、ごめんよ、それじゃ、表はばあやがお遣いに出る時に間違って閉めていってしまったのかもしれない。暑い中、閉め出したりして悪かったね、ふふ、ばあやは意外とうっかりさんだから……ウウーン、ところで、要、今、何時だい？」

「六時だよ。それにしても、ずいぶん愉快な出迎えをしてくれるじゃないか、涙？」

要はにやりとした。

「菱縄縛《ひしなわしば》りになって手品用の短刀を胸にぶっ刺し、べっとり血糊《ちのり》までつけてウエルカムとはね……！　はっは、さすが親友、嬉しいね、きわめてぼく好みの演出だよ」

「そういうつもりではなかったんだけれどね」

青年はにこにこしている。

くせのない長髪は細い肩にさらさらかかり、雪白の頬《ほお》にはほんのり血の色がのぼっている。花形女形《おやま》を思わせるその美貌《びぼう》は、あたかも薄紅《うすべに》に染まる酔芙蓉《すいふよう》のよう——もっとも、それは胸に突き立てられた匕首と真っ赤な血糊と荒縄の緊縛《きんばく》を見なければ、の話だが。

「これは挿《さ》し絵《え》のための格好なんだ」

涙は言った。

「挿し絵のため？」

「ウン。次の号の要の小説、『美少女探偵アリス』、あれに縄をかけられたアリスの挿し絵がほしい、と言っていただろう？　それで写真用のポーズをとっていたんだよ。緊縛絵は難しいからね。まさか年寄りのばあやに縄をかけるわけにもいかないから、自分でモデルをしていたんだよ」

涙は照れたように笑った。

「縄がけと撮影はばあやに頼んだのだけれど、途中でカメラのフィルムが切れてしまってね……なぜだか買い置きも見つからないから、ばあやに買いにいかせたのだけれど、横になってまっているうちに、ついついそのまま眠ってしまった」

「ははあ、それじゃ、これはばあやの仕事なのか」

涙の縛めを仔細《しさい》にながめ、要はつくづく感心している。

「素人技とは思えないな。この菱縄縛りは芸術的なできばえだぜ、涙？」

「ウン。挿し絵の依頼を受けて以来、縛り絵のモデルを必要とすることが多くなったからね。ばあやも普段から練習してくれているんだ。荒巻鮭《あらまきざけ》を駿河問《するがど》いにして吊るしたり、手作りチャーシューを亀甲縛《きっこうしば》りにしてみたり。ふふ、ばあやは忠義者で凝《こ》り性だから……」

「胸にぶっ刺したこの匕首はなんだい」

「ああ、この細工《さいく》は要の小説とはまた別口の仕事用なんだ。『月刊・鞭《むち》の血《ち》』の編集者から『現代残酷絵《ざんこくえ》特集』の依頼が来たから、そのモデル写真にねえ……」

和《なご》やかに会話を続ける青年二人を有栖はしばしぼうぜんとながめていた。

ようやく状況を理解するにつれ、むらむらと怒りが湧いてくる。

――また要にからかわれたのだ！

「要お兄さま～～～～！」

有栖は要を乱暴に突き離した。

「もうっ、何が殺人事件よ！　お兄さまったら、もっともらしいことを言って！　涙さまが単に眠っているだけだってわかっていて、わたしを騙《だま》したのね！」

途中で脈を確かめていたのだから、要が事実に気づいていたことは間違いないのだ。

「ごめん、ごめん。いや、つい悪戯心《いたずらごころ》がくすぐられてね。涙は昔から、いったん眠ったら起きないタチだし、しかも、この死体姿だろう。こいつはノらなきゃ損だと思って、思わず殺人事件を演出してしまったのさ。あっはっは！」

「あっはっは、じゃありません！　人を死ぬほど驚かせて、お兄さまのばか、ばかっ」

「要、こちらの元気なお嬢さんはどちらのかたなんだい？」

相変わらず芋虫《いもむし》よろしく寝っ転がった格好のまま、涙がのんびり尋ねる。

「ぼくの婚約者の有栖だよ」

「また、そういうでたらめを言って！」

「ああ、要の幼馴染《おさなな　じ》みの……。それじゃ、探偵アリスのモデルさんだね。はじめまして、有栖さん。川上《かわかみ》涙です。きみのことは要からよく聞いていますよ」

やさしい笑顔を有栖にむける。

要への怒りに我を忘れかけていた有栖は、そこでようやく正気をとり戻した。

（そ、そうだわ、ここは、憧れの涙さまのおうちだったのだわ……！）

有栖はあわてて正座をすると、涙にむかって丁寧《ていねい》におじぎをした。

「は、はじめまして、涙さま……あの、本日は、お忙しいところ、突然お邪魔をいたしまして……要お兄さまのいとこの、橋本《はしもと》有栖と申します」

「さまだなんて。涙でいいのに」

「そ、そんな、恐れ多い。だって、わたし、涙さまの大ファンなのですもの」

「え、ぼくの？」

「はい、そうなんです。わたし、毎月『真珠姉妹《しんじゅしまい》』を本当に楽しみにしていて……涙さま専用スクラップブックも作っているんです！」

「わあ、嬉しいなあ、絵描き冥利《みょうり》につきるというものだ。画壇《がだん》の評価より、一ファンの声だね。ふふ……ごめんね、せっかくの初対面なのに、こんな菱縄縛りの格好で」

「い、いえ、そんな、涙さま」

繊細艶麗《せんさいえんれい》な外見と違い、川上涙はいたって気さくな性格のようだった。

「——おーい、涙、写真のフィルムなら、これが買い置きぶんじゃないのか？」

要が蛇腹《じゃばら》式のコダック社のカメラとフィルムをもって奥から戻ってきた。

「あれ、それ、どこにあったんだい」

「なぜかそこの神棚《かみだな》に置かれていたよ」

「本当かい？　それじゃあ、ばあやが間違えて置いてしまったのかなあ、ふふ、ばあやは本当にうっかりさんだから……」

「いつまでも刺殺死体と話していたくないから、そら、ぼくが撮影してやるよ」

「それは助かるな」

要は死体役の涙を横たわらせたり、柱に寄りかからせたり、ひっくり返したり、さまざまな角度で撮影を始めた。

「——よし、こんなものだろう。それじゃ、そろそろ有栖も一緒に写るといい」

「えッ？　わたしも？」

「うん。憧れの涙サマと記念撮影だよ」

「だ、だけど、要お兄さま……」

どうせなら惨殺《ざんさつ》死体でない涙と写りたい——と有栖は思ったが、

「あ。じゃあ、よかったら、有栖さんもポーズをつけてもらえないだろうか」

涙が言った。

「ポ、ポーズですか？」

「うん。『現代残酷絵特集』で毒婦《どくふ》の絵を描くことになっているんだ。それの参考にできたらと思って。有栖さんがモデルになってくれると助かるのだけれど」

要が声をあげて笑い出した。

「そりゃいい。憧れの川上涙のモデルをつとめるなんて光栄じゃないか、有栖」

「だ、だけど、有栖は毒婦のポーズなんてどうやったらいいかわからないものっ」

「大丈夫、大丈夫、ぼくが指導してあげるから。いいかい、有栖、ここに座って、こうやって、血塗られた匕首《あいくち》を涙にむかってふりかざして……」

要がせっせとポーズをつける。

「——うーん、いいね、有栖。でも、もう少し思いきった表情をつけてみようか」

（ひ、表情って言われても！）

「なりきるんだよ、有栖。稀代《きだい》の毒婦、あるいは、悪女になりきるんだ。ここは酸鼻《さんび》きわまる殺人現場……情は拗《こじ》れて憎悪に変わり、貞女《ていじょ》は悪女に変貌《へんぼう》し、今や男の命は風前《ふうぜん》の灯《ともしび》……さあ、有栖、情夫をメッタ刺しにした『桜姫東文章《さくらひめあずまぶんしょう》』の桜姫を思い浮かべて！　あるいは客をズッタズタに切り裂いて金を奪った毒婦・高橋《たかはし》お伝《でん》もいいね！　因業《いんごう》、血みどろ、阿鼻叫喚《あびきょうかん》。そういうイメージでいってみよう、有栖。ハイッ！」

「ハイッ！　って言われても、いきなりそんなイメージ、わくわけないでしょッ」

有栖は泣きべそをかいて怒鳴った。

「だいたい、探偵アリスといい、これといい、どうして有栖は男をズッタズタにする女のモデルばかりやらされるの!?」

「ジャンヌ・ダルクしかり、凜々《りり》しい美少女には血が似合うのさ。ホラ、有栖、ちゃんと演技して。涙はもうきみに殺されかけている瀕死《ひんし》の男役になりきっているんだから」

（ひ、ひえぇー……る、涙さまがカッと目を見開いてこっちを見てる……！）

「そう、その表情だ、二人とも、そのポーズを保ってくれ。……ようし、いいぞ！」

カシャッ！　とシャッターが切られ、有栖は半泣き顔で血に濡れた匕首をふりかざし、縛られて海老《えび》ぞりになった涙が目を見開いて有栖をにらむという世にも恐ろしい修羅場《しゅらば》の光景がフィルムにおさめられた。

（何、この猟奇《りょうき》記念写真!?）

「――よし。いい写真が撮れたぞ」

要は満足げである。

「残酷絵の名人、月岡芳年《つきおかよしとし》の浮世絵、血まみれお仙《せん》の感じが出るんじゃないかな？　洋装だから首切りサロメのイメージもわくかもしれないぞ、涙」

「ああ、それはいいねえ。男の生首を皿に載っけた例のピアズリィの絵とか？」

「あれはちっと退廃的《デカダン》すぎるだろう」

「はは、そうだねえ、有栖さんなら八百屋《やおや》お七《しち》のほうが似合うかもしれないな」

──男殺しだ、悪女だ、狂恋だ、と怪しげな会話をする二人はいかにも楽しそうである。

話の弾んでいる二人を見ながら、有栖は思った。

（お兄さまの友人、という時点で察するべきだったのかもしれないわ……）

華やかな容貌《ようぼう》。外見と著しくギャップのある中身。猟奇趣味を嬉々として語る嗜好性《しこう》。

まさしく「類は友を呼ぶ」。

憧れの画家、川上涙は、要と同類の「美しき変人」であった。

──撮影後、ぶじ縄を解かれた涙は、刺殺死体の格好を普通のそれへとあらためた。

一連のできごとで有栖の中の、

「繊細優美な涙サマ」

のイメージはだいぶ崩れたものの、銀鼠色《ぎんねずいろ》の単《ひとえ》に濃紫《こむらさき》の夏帯をあわせて現れた涙の姿はやはり目に麗《うるわ》しく、彼女に気どりなく話しかけてくれるそのやさしさもまた、有栖には嬉しいものであった。

「――寝ているぼくを見て、殺人事件だと思ったたって……ははは、それは要がいけないね。有栖さんがびっくりするのもムリはないよ」

騒ぎの詳細を聞かされた涙は鷹揚《おうよう》に笑った。

有栖への礼儀《れいぎ》で、主人の涙は腕組みをしながらもきちんと正座姿だが、要のほうは遠慮《えんりょ》のない胡坐《あぐら》である。

「要の悪戯好きも相変わらずだ。高等科のころもそれで教師連にしょっちゅうにらまれていたっていうのにね。家でもその調子でお父上を怒らせているんじゃないかい？」

「なーに、ぼくみたように少々手のかかる相手がいて、教師も親もようやく本来の役割を果たせるってものだよ」

相変わらず反省のない要である。

「だが、さっきの悪戯に関しちゃ、おまえも悪いよ、涙。胸に短刀を刺した涙を見た時には、一瞬だが、さすがのぼくもぎょっとしたもの。まあ、ご丁寧に菱縄縛りで家人を拘束《こうそく》する奇特な強盗がいるとも思えなかったし、よく見れば、すやすや眠っているだけなのはすぐにわかったから、事態は見抜けたがね……」

そこで、要はふと気づいたように、

「そういえば、涙、あのダイイング・メッセージはなんだったんだ？」

「なんのことだい？」

「ホラ、涙のそばに落ちていた『早乙女《さおとめ》アミ』と書かれた、あの反故紙《ほごがみ》だよ」

「ああ。……あれなら、ただのメモだよ」

涙はうなずいた。

「今日の午後に『乙女世界《おとめせかい》』の編集者から電話があってね。その時に書いたものが、たまたま床に落ちたんだろう」

「じゃ、有栖が夢中になっている『真珠姉妹』のことだな。次の仕事の打ち合わせかい？」

「うん、まあ、打ち合わせは打ち合わせなのだけれど、小説ではなくて、雑誌の表紙のことでね……『真珠姉妹』には、今ちょっと問題が起こっているもんだから」

「問題？」

「うん。作者の都合で『真珠姉妹』はしばらく休載になるんだよ。今号でいったん連載をとめることになっているんだ」

思いがけない涙の言葉に、有栖は耳を疑った。

——『真珠姉妹』が休載!?

「そ、それ、本当ですか？　涙さま」

「本当だよ」

涙はのんびり言った。

「今号の『乙女世界』のどこかに、休載の告知が載っているはずだけれどね」

有栖は目を見開いた。

家に帰ってからじっくり読もうと思っていたので、告知ページには気づかなかった。

「で、でも、休載なんて……どうしてですか？　だって『真珠姉妹』は『乙女世界』の看板作品なのに……！」

「もちろん休載は人気の問題ではなくて、作者側の事情という話だったけれどね。学業に障《さわ》りが出てきたので、しばらく連載を休ませてほしい、と作者が希望していると聞いたよ。小説の連載は止まっても、とりあえず雑誌の表紙やイラストページは続けてもらいたいとぼくは編集部から言われているのだけれど」

「学業に支障が……？」

（それじゃ、やっぱり噂《うわさ》通り、早乙女アミ先生は現役《げんえき》の女学生なのだわ……！）

「涙、早乙女アミっていうのはどういう人物なんだい」

要が言った。

「有栖の話では、覆面作家でプロフィールもいっさい不明ということらしいが……」

「そうみたいだね。ぼくも詳しいことは知らないのだけれど」

「会ったことはないのか」

「うん。ぼくは編集者を介して原稿を受けとっているだけだからね。覆面作家の秘密を守って、編集者も外部に情報を漏《も》らさないようにしているようだし……」

「有栖によると、早乙女アミは三葉《みつば》女子の卒業生か在校生ではないかという話だったんだが……涙はその話をどう思う？」

——要は市電の中で有栖から聞いた話を語って聞かせた。

「三葉に通う現役女学生作家か……」

涙はうなずいた。

「ありうる話じゃないかな。ぼくもそれは考えたことがある」

「本当か」

「うん。というのもね、連載前に『挿《さ》し絵《え》の資料に必要なら』と作者が女学校の風景を撮った写真を提供してくれたんだよ。後で知ったけれど、その写真は三葉女子のものだったんだ。写っている学生たちは、みな、その紋章ベルトをしていたよ」

涙は有栖がワンピースの腰にしているベルトを指して言った。

「それと教室だったか廊下《ろうか》だったか、写真の中にカレンダーの写っている一枚があって、その暦《こよみ》は今年のものだった。だから卒業生ではなくて在校生なのかな、と思ったんだ」

有栖はうなずいた。

「——今の涙さまのお話から考えても、わたし、やっぱり早乙女先生は三葉の在校生だと

「根拠があるみたいだね」

「ええ。そうね、例えば……作中でモデルにされていると思われる、厳格な寿《ことぶき》教頭先生というのは、去年うちの学校にいらしたばかりのかたなの。つまり、去年までの卒業生にはほとんど馴染《なじ》みのない先生なのだわ。だからこの寿先生をモデルにしようと考えるのは、卒業生などではなくて、現在、寿先生と日々接している在校生だと有栖は思うのよ」

「それに、在校生なら学業に障りができたという理由も納得がいくな」

要は言った。

「あるいは、現役女学生作家・早乙女アミの噂が学校側の耳にでも入ったのかもしれないね。まだ学生の立場で、しかも三葉をモデルにした通俗小説を書くなどけしからん！　とそれこそ、その厳格な寿教頭あたりが激怒したとかさ。学校側が編集部に抗議をして作者を調べ、学校側から注意を受けた作者が執筆を中止した……なんて可能性も考えられる」

要の推測には信ぴょう性があった。

ファンクラブが発足されたり、授業中に最新号の話題で盛り上がって教師にお目玉を食らう事態がたびたび起こったり、と三葉における『真珠姉妹』の人気は日を追うごとに過熱しているのだ。有栖も叱責《しっせき》を受けた一人である。そこから、

「早乙女アミは三葉の生徒らしい」

という噂が学校側に届いた、というのは十分考えられる話であった。

（だけど、こんな風《ふう》に話の途中でいきなり休載になるなんて、あんまりだわ！）

「もしもこのまま物語が未完で終わってしまったら、と思うと残念すぎるわ……全国の女学生が『真珠姉妹』の続きを本当に楽しみにしているのに……！」

「そうだな。せめて休載の理由や再開の時期が明らかになっていれば、ファンも心の整理がつけられるというものだろうが」

落ちこむ有栖を見て、要が言った。

「涙、早乙女アミに関して、もう少し知ってることはないのか？　作者が同じ学校に通う生徒とわかれば、有栖も直接本人に会って、休載の事情を聞くことができるだろうし」

要の言葉に有栖ははっとした。

——確かにそうだ。

早乙女アミに会って事情を聞ければ、連載再開を懇願《こんがん》するなり、学校側に嘆願《たんがん》運動をするなり、なんらかの行動を起こせるというものである。

「そうは言っても、これまでに顔はおろか、電話で話したこともない相手だからね。編集者に問い質《ただ》せば、あるいは何かわかるかもしれないけれど……」

涙は目を閉じてしばし考えていたが、

「——あ、そう言えば……以前、渡された『真珠姉妹』の原稿用紙の裏に、走り書きがされていたことがあったっけ」

「走り書き?」

「うん。原稿と同じ手蹟《しゅせき》で、きれいな字だったね。ええと、確か……『作文の課題を学校に忘れたのでとって参ります。星子《ほしこ》』だったかな」

涙は畳《たたみ》の上に「星子」と書いた。

（ほしこさん……あるいはせいこさんと読むのかもしれない。小説のイメージにぴったりのきれいな名前だわ）

文章からすると、小説執筆の最中に課題の忘れ物を思い出し、書きかけの原稿を裏返して家人に伝言を残し、学校へ出かけた――というところだろうか。

「原稿の裏に伝言を書くというのは本人以外の行為とは考えにくいね。涙の言う通り字も同じなら、やはり作者のものだろう。〝星子〟が早乙女アミの本名なんじゃないかな」

「まあ、それならきっと探し出せるわ。星子さんなんてそう何人もいる名前ではないもの。わたし、明日、学校に行って、早速《さっそく》全学年の名簿を調べてみるわ！」

有栖は意気ごんで言った。

「そうだ、それと、まだ早乙女アミから借りたままになっていた写真があったよ。連載が休載になったし、写真を早めに返しておかなければ、と思って、それでさっき編集者から電話をもらった時『早乙女アミ』とメモをしたんだった」

思い出したように、涙がぽん、と手を叩く。

「何かの参考になるかもしれないし、一応、それも見てみる、有栖さん？」

「はい、ありがとうございます、涙さま」

三人は二階へあがった。

四畳半《じょうはん》と六畳間の二間だけの造りで、四畳半を寝室としているようだった。

勉強部屋らしい六畳間へ入ると、きれいに片づけられていた階下とは違って、室内にはものがあふれていた。書棚《しょだな》には画集や美術年鑑や洋書など、さまざまな本が並び、絵道具やガラクタなどが辺りの床に山と積み上げられている。

（うーん、『猟奇《りょうき》クラブ』と『乙女世界』と『鞭の血』が一つの棚に並んでいるのは、なかなか奇妙な光景だわ……）

書棚には他に雑誌『新青年《しんせいねん》』やコナン・ドイル、エドガー・アラン・ポーなどの原書があった。涙も要同様、なかなかの探偵小説好きのようである。

「――お、涙。ジゴマの赤本《あかほん》があるじゃないか」

書棚の一画を見て、要が言った。

「ああ、先日、上野《うえの》の古本屋で見つけたんだよ」

「懐かしいなあ。ジゴマは子どものころ夢中になって読んだものだ。活動写真もどれだけ観たかったことだろう」

「そうそう。大人になったら必ずジゴマを観にいこう、と思っていたのに、それも結局は果たせなくなってしまったねえ」

「ジゴマにプロテア、ファントマもさ。当時、父上が浅草《あさくさ》の電気館《でんきかん》へジゴマを観に行ったんだよ。それが心底羨《うらや》ましくてさ。何度一緒に連れていってくれ、とねだっても、子どもには早いの一言ですませられて、かなわなかった。今でも悔《くや》しくてならないね。……おっと、すまない。有栖をのけ者にしてしまったな」

黙って二人を見ている有栖に気づき、要が言った。

有栖は苦笑する。

「怪盗だの、美人探偵だの、お兄さまも涙さまも本当に犯罪物語が好きなのね」

「おや、有栖もジゴマやプロテアを知っているのかい」

「知ってるわ。フランスの活動写真、〝怪盗ジゴマ〟のシリーズに〝美人探偵プロテア〟でしょう？　わたしは見たことがないけれど、『真珠姉妹』の中に名前が出てきたもの」

有栖は棚に並んだ『乙女世界』を指した。

「花のパリーかロンドンか、月が鳴いたかほととぎす……という弁士《べんし》の名調子でジゴマの活動写真は始まるのでしょう。月子《つきこ》さまもジゴマやプロテアの活動写真に夢中になって、それを真珠子《しずこ》さまに熱心に語って聞かせる、というエピソードがあるの」

「へえ……月子が？」

「そう。姿は麗《うるわ》しのお姉さまだけれど、月子さまも中身は男の子なのですものね。お兄さまたちみたいに探偵ものや冒険ものがお好きなのよ」

「興味があるな。有栖、そのエピソードは雑誌のどのへんにあるんだい？」

有栖は積み上げられた『乙女世界』の中から該当《がいとう》する一冊を抜きとり、要に渡した。

要が『真珠姉妹』を読んでいる間に、涙が探し出した写真を見せてくれる。

写真は十枚ほどあり、どれも三葉女子の校舎や教室を写したものだった。

放課後にでも撮影したらしく、生徒は写っていない。

裏に書きこみなどもなく、早乙女アミを特定する手がかりにはならないようだった。

（となると、やっぱり学校で〝星子〟さんを探すのが一番の早道みたいね）

「あまり役には立てなかったようだね」

涙が言った。

「いいえ。おかげで星子さんという本名がわかったのですもの、大感謝ですわ」

「『真珠姉妹』がぶじ再開するといいね。あの仕事は読者の反響が大きいから、ぼくも続けたいと思っているんだよ」

「はい、涙さま。わたし、頑張って早乙女アミ先生を探してみます」

「もしも『真珠姉妹』が未完に終わりそうなら、今度はぼくが涙とコンビを組んで続きを書いてあげるよ……有栖」

『乙女世界』を閉じ、要が笑った。

「お兄さまが『真珠姉妹』の続きを？」

「そうだよ。まあ、ぼくが書くとなると、これまでの路線は多少変更するかもしれないがね……月子も真珠子も今までのやさしい、箱庭的乙女世界から、奥深く、妖しい、大人の猟奇世界へと手に手をとって旅立つことになるだろう」

（そんなことにならないよう、必ず早乙女アミさまを探し出さなきゃ）

有栖は思った。

（お兄さまの筆にかかったら大変だわ。月子さまは『女装《じょそう》探偵月光《ムーン・ビーム》』か何かにされて悪役の正妻を正義の剣でズッタズタにし、真珠子さまは毎回猟奇的な悪人に攫《さら》われて菱縄縛りや駿河問いにされる悪夢の展開になりかねない……そんなことは絶対させないわ。そうよ、全国の乙女の夢、『真珠姉妹』を守らなくては！）

5　名探偵・参上！

翌日。

いつもの時間に有栖《ありす》が学校へ到着すると、教室はすでに『真珠姉妹《しんじゅしまい》』の話題でもちきりだった。

「――あらっ、有栖が来たわよ」

教室に入ってきた有栖に気づいた友人たちが、早速かけ寄ってくる。

「おはよう、みんな」

「おはよう、有栖。ねえ、あなた、『乙女世界《おとめせかい》』の最新号は読んだ？」

「読んだわ。『真珠姉妹』のことでしょう」

「そうよ。ねえ、こんなに突然の休載なんて、あんまりひどいと思わないこと……！」

友人は身を揉《も》んで悔しがる。

「一回二回ならともかく、再開の時期も全《まった》く未定だなんて……。しかも、休載の理由さえ明らかにされていないのよ。あんまりだわ！」

「昨日、有栖が来なかったうちの集まりで、みんなもう大嘆《おおなげ》きだったのよ。わたし、ショックで泣いてしまったわ」

「ひょっとして、早乙女《さおとめ》先生は体調でもお悪いのではないかしら……それなら突然の休載も仕方のない処置だとは思うのだけれど」

怒る者、嘆く者、案ずる者――と反応はさまざまだが、みな『真珠姉妹』を愛していることは共通である。

友人たちの反応を前に、有栖はうなずいた。

「元気を出して、みんな。大丈夫よ、『真珠姉妹』はきっとまた再開されるわよ！」

「だけど、再開に関してはなんの情報も出ていないのよ」

「心配しないで。わたしがなんとかしてみせるわ！」

「えっ、有栖が？」

友人たちは一様にきょとんとする。

「なんとかするって……一読者の有栖に、いったい何ができるっていうの」

「まさかいつものおてんばで、編集部に乗りこんで直訴《じきそ》するつもりではないでしょうね？」

「およしなさいよ、ミス・おてんばさん。おきゃんは学校だけにしておきなさいな」

「そうよ。あんまりおてんばが過ぎると、お嫁の貰《もら》い手《て》がなくなるわよ、有栖」

おてんばおてんばと連呼され、さすがに複雑な心境になる有栖であったが、それくらいの活力がなければ早乙女アミ先生には近づけないのだ、とすかさず気をとり直した。

みなでなお『真珠姉妹』の話をしていると、ガラリと前方の戸が開いた。

「――いつまでおしゃべりをしているのですか、きみたち！　すでに始業の鐘は鳴ったというのに、なんという体《てい》たらく！」

「いっけない、寿《ことぶき》先生だわ……！」

生徒たちが大急ぎで席へ戻る。

厳格な寿教頭は上級生の英語も担当しているのだ。

ビン底メガネをキラリと光らせ、寿教頭は教室内を見渡した。

要《かなめ》の言うような「モーロクしたハゲ教頭」ならばよほど気が楽なのだが、実際はその反対、クルクルと強いクセ毛の前髪がかぶさったメガネの奥からつねに生徒たちを鋭く観察しているため、油断がならない人物である。

いつもはいつ当てられるか、と緊張する寿教頭の授業だが、今日の有栖は「早乙女アミ捜索作戦」のことで頭がいっぱい、英語どころではなかった。

(学籍簿は教員室にあるけれど、理由もなく見せてはもらえないわ……でも、この刺繡《ししゅう》入り手巾《ハンカチ》があれば、きっと大丈夫よね)

有栖の小袖《こそで》の袂《たもと》には美しい仙頭《スワトウ》の手巾《ハンカチ》が入っている。

そこに縫《ぬ》いとられた「星子《ほしこ》」の刺繡は、涙《るい》の家から戻った昨晩、有栖がせっせと施《ほどこ》したものだった。

──手洗い場で手巾《ハンカチ》を失くして困っていたところ、知らない生徒がそっとこれを置いて立ち去った。高価な品であるし、親切のお礼もしたいから、星子さんという生徒を探して手巾《ハンカチ》をお返ししたい──と先生に訴え、学籍簿を見せてもらうという計画である。

(これなら学籍簿を見るのに自然な理由よね。ふふ、完璧《かんぺき》な計画だわ……!)

「──ミス橋本《はしもと》。次の箇所《かしょ》の朗読を」

突然の指名に、有栖はぎょっとした。

（ど、どうしよう。ぜ、全然話を聞いていなかったわ）

あわてて隣の少女に尋ねる有栖を見て、教頭のビン底メガネがギラリと光る。

焦りは焦りを呼ぶ。得意の英語もすっかりカンが狂い、有栖は朗読でつっかえ、綴《つづ》りを三度間違え、習った文法をすっかり忘れて教頭を怒らせ、

「猛省《もうせい》を促しますよ！　ミス橋本！」

再度のお小言《こごと》の上、有栖はとうとう廊下《ろうか》に立たされてしまった。


放課後まで作戦を実行するのはとてもまちきれない。

昼休み、友人たちとの昼食を一人早めに切り上げると、有栖は教員室へむかった。

温厚な数学教師をつかまえ、早速《さっそく》「手巾《ハンカチ》作戦」を開始する。

これは予定通りうまくいき、有栖は学籍簿の閲覧《えつらん》をすんなりと許可された。

学籍簿を隅の机に広げ、有栖は上から順番に生徒名を丹念に調べていった。

五年生。「星子」という生徒はいなかった。四年生。これも同様である。もとより小規模の学校なので、全員の名前に目を通すのにそれほど時間はかからなかった。

有栖は信じられない思いで同じ行為を再度くり返した。

が、結果は同じだった。

「星子」という生徒は一人もいなかったのである。

(嘘でしょ、そんなことって……！　星子さんの名前が早乙女アミ先生につながる唯一の手がかりだったのに……！)

念のため「せいこ」の読みでも探してみるが、これもあてはまる生徒はいなかった。「早乙女」も「アミ」も同様である。早乙女アミに関連する名前は、学籍簿のどこにも載っていないのだ。有栖は呆然《ぼうぜん》と学籍簿をみつめた。

しかし、何度見たところで、名簿の上に「星子」の字が浮き出てくるわけでもない。

最初の揚々《ようよう》たる意気はどこへやら、有栖はすごすごと教員室を後にした。

教室へ戻る。中庭で昼食をとっていた友人たちはまだ戻っていなかった。

有栖は力なく椅子《いす》に腰をおろすと、机に突っ伏した。

――早乙女アミにつながる糸はぷつりと切れてしまった！

いっそ校内掲示板に『真珠姉妹』の再開を願う文章でも貼り出そうか？　と考えたが、学校側の目に入ることを考えたら、これは逆効果にしかならないだろう。

涙は『乙女世界』の編集に問い質《ただ》せば何か情報を得られるかもしれないと言ってくれたが、多忙な彼にそんな手間をかけさせるのも気が引ける。

(どうしよう。すっかり万策つきてしまったわ)

有栖が頭を抱えた時、きゃーっと甲高《かんだか》い声が廊下から聞こえた。

やがて、前方の戸が勢いよく開いた。

弁当の包みを抱えた友人たちが、四、五人、頰《ほお》を染めて有栖のところへ駆けてくる。

「――有栖！　あなたにお客さまよ！」

有栖はきょとんとした。

（お客さま？）

「とっても素敵な殿方《とのがた》よ、それも、お二人もよ！」

「まるで活動写真のスタアみたような、とびきりの美男子がたなの！」

「『橋本有栖の教室を知りませんか』っておっしゃるから、わたしたち、ここまで案内してきたのよ！」

「ねえ、あの素敵な方々はいったいどなたなの？　羨《うらや》ましいわ、有栖ったら！」

次々にまくしたてられ、有栖は呆気《あっけ》にとられた。みなのうしろに視線をむけた有栖は、ぎょっとした。

教室の戸口には要と涙の二人が立っていたのである。

（か、要お兄さま！　それに涙さまも……！　どうして二人がここに？）

色とりどりに華やいだ夏小袖の少女たちの中にあって、要はぱっと目をひく純白の三つ揃《ぞろ》いを着ていた。手には愛用の中折れ帽、足元には小粋《こいき》なフランス靴《ぐつ》。絹のタイとポケットチーフ、共布で揃えた青のピンストライプが洒落《しゃれ》ている。

隣に立つ涙はモダンな要とは対照的に和装姿である。華奢《きやしや》な身体《からだ》を包むのは単《ひとえ》を透かせた夏羽織《なつばおり》。博多献上《はかたけんじよう》の青帯の色は、連れの要の小物とりちぎに合わせたものなのか。

いずれが桜か橘《たちばな》か……見目麗《うるわ》しい青年二人の周りでは、大勢の生徒たちがきゃあきゃあと黄色い声をあげている。有栖は急いで二人に駆け寄った。

「要お兄さま……！」

「――やあ、有栖」

要は白い歯を見せて、にっこりした。

「いい子で勉強してるかい、マイ・エンゼル？　可愛《かわい》い婚約者の顔を見に来たよ」

「きゃーッ。あのかた、有栖の婚約者ですって！」

要の爆弾発言に周囲は沸き立った。

「う、嘘よ！　要お兄さまはただのいとこよ。婚約者なんかではないったら！」

「おや、ぼくとの婚約はまだお友達には秘密にしているのかい、有栖？」

「ひ、秘密も何も、わたしとお兄さまの間にそんな事実はないでしょっ」

有栖は真っ赤になって要をにらんだ。

「確かに、ぼくたちの間にまだ正式な婚約は成立していなかったね」

「その通りよ」

「そうだった。ごめんよ、有栖、兄さまは少々先走ってしまったようだ……今のところ、ぼくと有栖の間にある事実といえば、あの六月の雨の夜の激しい接吻《キッス》！　甘く情熱的な抱《ほう》擁《よう》と接吻！　ただそれだけだったというのに……」

「きゃ――――――――ッ！」

有栖と周囲は一緒になって絶叫した。

（お、お、お兄さま～～～～～！）

「おっと、しまった。接吻のことは、ぼくと有栖の二人だけの秘密だったぞ」

要はわざとらしく口を覆《おお》った。

「要お兄さまッ！」

「ああ、有栖が怒ってる。フー、わかっているよ、有栖……いつものあのお仕置きをするんだね？　『二人の大事な秘密を漏《も》らしたりして、いけないお兄さま。そんな悪いお口は有栖が接吻《キッス》でふさいでしまうから』。いいとも、有栖、さあ、カム・オン！」

「そんなお仕置きしたことないわよッ」

「ねえ、聞いた？　接吻《キッス》ですって！」

「おてんば有栖ったらやるわねえっ」

「可愛いお嬢さんがた、ぼくと有栖の秘密はここだけの話にしてくださいね」

笑顔をふりまき、ぬけぬけと言う要である。

「もうっ、早く出ていってちょうだい、先生に見つかったら大騒ぎになってよっ」

「大丈夫だよ、有栖さん」

涙がにこにこ言った。

「もちろん、学内にはきちんと校長の許可をとって入っているから。ぼくも要も、名刺を出して、身元照会をして入れてもらったからね、問題はないよ」

「そう。ついでにあちこちに顔のきく、父上の便利な名刺も一緒に出してね」

要はくすくす笑った。

「いったい何しに来たの、要お兄さま。こんなふうに涙さままで連れてきて！」

「そりゃ、もちろん愛する婚約者を心配して来たんだよ。——例の『真珠姉妹』の件は、ぶじ解決できたかと思ってね」

有栖は目を見開いた。

「探偵仕事はどうだったい、有栖。早乙女アミ先生は見つかったのかい？」

有栖は要をみつめ、肩を落とした。

「それが……だめだったの、お兄さま」

「名簿を調べられなかったのかい」

「いいえ、名簿は調べられたわ。でも、見つからなかったの。星子さんという名の人間は、うちの学校には一人も存在していなかったのよ……」

「そいつはヘンだな。ぼくらはさっき校長室で名簿を見せてもらったが、そこには星子の名が確かにあったよ」

　有栖はびっくりした。

「そんなはずないわ。だってわたし、何度も何度も名簿を確認したもの！」

「でも、いたんだよ。なあ、涙？」

「うん、確かに星子さんはいたね」

　有栖は笑顔の二人をまじまじみつめた。

　──要はともかく、涙が嘘をつくとは思えない。

　それでは自分が見落としたのだろうか。あれほど丹念に調べたのに？

　──そこへ、

「何を騒いでいるのですか、きみたち。廊下は談話室ではありませんよ！」

　寿教頭の声が廊下から聞こえた。

　まずい、と有栖はあわてたが、すでに遅かった。

　騒ぎの中心にいる有栖を見つけた教頭はビン底メガネをきらりと光らせ、カツカツと靴音高く近づいてきた。

「──ミス橋本！　またきみですか！　何度叱責《しっせき》されれば気が済むのです？」

「す、すみません、教頭先生っ」

「あなたがたはどなたですか？」

要と涙をじろじろとながめる。

「ぼくは有栖のいとこで婚約者です」

笑顔の要は平然と言った。

有栖は反論しかけてやめた。教頭の前でこれ以上揉《も》め事《ごと》を起こすのはよろしくない。

「春日《かすが》要といいます。学内に入る許可は頂いていますよ、教頭先生。このように校長先生の名刺ももっておりますし」

「春日さんは橋本さんに会いに来られたのですか。それならば規則通り応接室での面会をしていただかなくては。勝手に校内を歩き回られては困りますよ」

「すみません」

「こちらはどなたですか」

涙にけげんな視線をむける。

「怪しい者ではありませんよ。彼はぼくの友人です。川上《かわかみ》涙という男です」

「――えッ？」

驚きの声が周りをとり巻く生徒たちからいっせいにあがった。

「か、川上涙って、ま、まさか、あの？」

「『真珠姉妹』の挿《さ》し絵《え》画家の涙さま⁉」

「ええっ！　う、嘘でしょッ！　あ、憧れの涙さまっ⁉」

女生徒たちのざわめきはどんどん大きくなっていく。

騒ぎの中心にいる涙は変わらぬ穏やかな微笑をたたえている。

いっぽう対峙《たいじ》する教頭は硬直したまま動かなかった。

「――川上涙です」

涙は教頭にむかって片手を出した。

「あ、あの……！」

「はじめまして、というのも妙な感じですね。先生とはもうずいぶん長くお仕事をさせていただいていますから」

「川上さん……！」

「誌上だけの交流とはいえ、なんだか初めてという気がしませんね、ふふ」

「川上さん……そ、それではもう……」

「はい」

涙はにこにことうなずいた。

「ここにいる春日が事情を解き明かしてくれたものですから。突然押しかける形になってしまい、申し訳ありません。でも、こうしてお会いできて光栄です――早乙女アミ先生」

（早乙女アミ先生……!?）

一瞬聞き間違えかと思ったが、そうではないようだった。

涙はうろたえる教頭の手をとり、笑顔で握手をしている。

「え……さ、早乙女アミ先生って……」

涙の登場に興奮していた生徒たちは、思いもよらぬ発言にぽかんとした。

有栖が要を見ると、彼はうなずいた。

「そうだよ、有栖。『真珠姉妹』の作者、謎の覆面作家の早乙女アミの正体は、こちらの教頭先生だったのさ」

「嘘……！　そ、そんなわけないわ！」

「おや、どうしてだい？」

「だ、だって、早乙女アミ先生は女性のはずだもの。教頭先生は男性でしょ！」

「早乙女アミは、経歴や年齢同様、性別も明かしていなかったはずだけれどね」

「でも、本名は星子さんだって……！」

「だから、本名なんだよ。教頭先生の本名は星子寿《ほしこひさし》先生というのさ。星子というのは名前ではなくて、苗字《みょうじ》なんだよ」

有栖は目を見開いた。

星子が苗字……！

「かなり珍しい苗字だが、本物だよ。さっきぼくはそれを名簿で確かめてきた……ただし有栖の調べた学籍簿と違って、ぼくが調べたのは教員名簿のほうだったけれどね」

　有栖はあぜんとした。

「星子というのは、普通に聞いたら可愛《かわい》らしい女性の名前だろう？　生徒たちにからかわれるのを恐れ、星子先生は校長先生に頼み、学内では名前と苗字を逆にして寿《ことぶき》先生を名乗っているのだそうだ。ちなみに、星子先生は校長先生の甥子《おいご》さんだそうだよ」

「校長先生の……？」

「そう、驚いたことに早乙女アミの正体については校長先生も承知なさっていた。ついでに言うと、星子先生の本名の件は教職員の間ではべつだん秘密にされていないそうだよ」

　有栖は顔を真っ赤にして動揺している寿教頭をまじまじとみつめた。

「早乙女アミは三葉《みつば》の学内についてよく知っていた。が、知っているのは生徒だけではなく、教師も同じだろう？　そう考えると、全《すべ》てのことが当てはまる。例えば『作文の課題をとって参ります』という例の走り書き、あれは課題を提出する側ではなく、添削《てんさく》する側の発言だったのさ。教頭先生は独身者用の宿舎に入っているそうだから、あれは他の先生にあてたものだったのだろうね、最後に〝星子〟と苗字を書き添えたのもそのためだ。『真珠姉妹』休載の理由も同じだよ――学業に障《さわ》りが出たため、というあれは、作者ではなくて、きみたち生徒側のことを言っていたんだ。『真珠姉妹』に熱中するあまり、学業が疎《おろそ》かになっている生徒がずいぶんいるようだからね」

要は笑いながら生徒たちを見渡した。

「お兄さまは学籍簿と教員名簿を全部調べて、そういう事実に思い当たったの？」

「いや、ぼくは最初から早乙女アミは生徒ではなく、教職員の中にいるはずだと当たりをつけて、ここへ来たんだよ」

「まあ、どうして？」

「怪盗ジゴマがヒントになってね」

有栖は戸惑った。

——怪盗ジゴマ？

「『真珠姉妹』の中で、月子《つきこ》が詳しくジゴマの活動写真について語っていたろう？

有栖やここにいるお友達はまだ小さかったからあまり記憶にないだろうが、フランスで撮られた怪盗ジゴマという活動写真は、封切り時、日本じゅうで大変な話題となった作品だったんだよ。熱狂的な人気をもって観客に迎えられ、ジゴマは全国に一大怪盗ブームを巻き起こした。……ところが、あまりにも人気が出すぎたために、やがて、憂慮《ゆうりょ》するべき事態が起こってしまった」

「憂慮するべき事態？」

「そう、ジゴマのブームは娯楽《ごらく》の枠《わく》におさまりきらず、犯罪者たちにまで影響《ひんぱつ》を及ぼすようになってしまったんだ。封切り後、怪盗ジゴマを真似《まね》た窃盗《せっとう》や強盗事件が頻発したんだよ。これを重く見た警察は、風紀をかく乱する悪《あ》しき映像として怪盗ジゴマを問題視し、翌年にはジゴマの上映を早々に禁止してしまったんだ。以後、ジゴマの活動写真も出版物も世間から姿を消すことになったのさ。

さて、ジゴマが上映されたのは、たったの一年間、明治四十四年のことだった。その時、有栖は何歳だったかな？」

有栖は頭の中で引き算をした。

「七つか八つか、そのくらいだわ」

「そう、早乙女アミがもしも三葉の在校生なら、そのくらいの歳《とし》でジゴマの活動写真を、しかも詳細を熱心に語れるほど、くり返し観たことになる。数々の犯罪便乗犯を生み出した社会的問題作、ジゴマをね！　当時十二、三歳の男のぼくですら、父上の反対に遭《あ》い、ジゴマを観ることは許されなかった。まして、名門三葉に入るほどの良家の子女が十にも満たない歳で映画館に通い、ジゴマを観る。これはまずありえないことだよ」

要は肩をすくめて笑った。

「そうした推理から、作者の早乙女アミは生徒ではなく、教員の中にいるとわかったのさ。調べてみると、はたして教員名簿には星子さんの名があった……教頭先生は今年二十八歳だそうだよ。当時、ジゴマを観ていてもおかしくない年齢だね」

要は星子教頭を見た。

「――教頭先生、いや、早乙女アミ先生。『真珠姉妹』の休載は生徒たちを想ってなさった処置だということは、校長先生から伺《うかが》ってぼくも理解しているつもりです。ですが、あのような形での物語の中断は、却《かえ》って芳《かんば》しくない結果を招きはしないでしょうか」

「春日さん……」

「生徒たちは、いえ、全国の少女たちは先生の書かれる『真珠姉妹』を本当に愛しているのですからね……文学史には残らないかもしれませんが、読者たちが大人になった時、『真珠姉妹』は自分の青春の一部だった、大好きだった、と懐かしく思い返せるような素晴らしい作品だと思いますよ。そうした少女たちの想いを裏切るのは可哀《かわい》そうです」

教頭は要をみつめ、うなずいた。

「――休載は私にとっても苦渋《くじゅう》の決断だったのです。私は男ですし、生来このような四角四面な性格なので……なかなか生徒たちと親しく語り合うことができません。ですが、『真珠姉妹』を執筆して以来、全国の少女たちから心情あふれるたくさんの手紙をもらい、励《はげ》ましを受け、本当に嬉しく思ったものです。早乙女アミというペンネームは『乙女の友《アミ》であれ』という意味で伯父《おじ》の校長がつけたものですが、執筆を続けていくうち、いつしか本当にそのような心情になりました」

教頭は周囲の生徒たちに目をやった。

「キラキラ輝く青春の時期、少女が少女でいられる時期はとても短い。女性には、男ほど人生の自由は許されていませんからね……ですから私は『真珠姉妹』の中に、恋や友情や冒険や涙など、美しく輝くものをありったけ詰めこみ、日本全国の少女たちに届けたいと思ったのです」

（教頭先生……）

「その反面、『真珠姉妹』に熱中して勉学を疎かにする生徒たちを見て、私はやはり教育者として心を痛めずにはいられませんでした」

要はうなずいた。

「まあ、読者は多感な少女たちですから、熱中が度を超すこともままあるでしょう。それには『どうか皆さん、学生の本分を忘れないようにしてください云々《うんぬん》』という作者からのメッセージを作品の最後にでも載せ、対処なさってはいかがですか」

「そうですね……」

教頭はメガネのブリッジを直した。

「ですが……こうして早乙女アミの正体が私だと知れてしまっては、残念ながら、執筆の再開は難しいように思われます」

「なぜですか？」

「私はここにいる生徒たちの夢を壊してしまいましたから」

教頭はうなだれた。

「みなは作者の早乙女アミに、美しい憧憬《どうけい》と幻想を抱いていたはずです……その正体が私のような冴えない男だとわかっては、とても今までと同じような純粋なきもちで『真珠姉妹』を楽しむことはできないでしょう」

教頭の言葉に、その場はシンとなる。

有栖もそれを否定できなかった。早乙女アミはその繊細《せんさい》な作風から、たおやかで美しい少女か、やさしいお姉さまに違いない、と思いこんでいたのだ。

それが、実際は厳格な教頭先生だったとわかり、イメージが変わった感は否《いな》めない。

「ぼくは早乙女先生の正体が明らかになったところで、読者たちの憧れが壊れることなどないと思いますけれど」

涙がのんびり言った。

「川上さん……」

「例えばこのぼくがそうですし……こうしてお会いした早乙女先生は、想像していた通りのかただったな、と思いましたよ。あの繊細な作風と流麗《りゅうれい》な手蹟《しゅせき》の通り、美しいかただったな、と」

「ありがとうございます、川上さん。ですが、そのようなお世辞《せじ》はもう……」

「お世辞ではありませんよ」

涙は笑顔でかぶりをふった。

「ぼくはこれでも絵描きですし、多少はものを見る目をもっていると自負していますからね……早乙女先生、失礼ですが、メガネを外していただけませんか？」

「メガネ、ですか……？」

教頭は戸惑ったように涙を見た。

「あの……川上さん、その、私は視力がとても弱いものですから、愛用のこれがないと、ほとんど何も見えないのですが……」

「ふふ、今だけですから。それとその前髪もあげて……そうそう、そのように」

にこにこ笑う涙に言われるまま、教頭はおずおずとビン底メガネをとった。

長いクセ毛の前髪を片手でかき上げる。

（――嘘……）

教頭の顔を有栖はあぜんとしてみつめた。

周りの生徒たちも絶句している。

「どう思う、要。これでも『真珠姉妹』の愛読者たちは失望するかな？」

「おまえの目は確かだね、涙」

要はピュッと口笛を吹いた。

「これは失望するどころの話じゃない。素顔を公開したら、作者への憧れが二倍にも三倍にも膨《ふく》らむのは間違いないよ！」

ゾチックな美男子であった。

形のいい額。高い鼻。くっきりとした二重瞼《ふたえまぶた》に長い睫毛《まつげ》と切れ長の目。

星子教頭の素顔は活動写真のスタア、ルドルフ・ヴァレンティノを思わせる世にもエキゾチックな美男子であった。

――憧れの覆面作家が身近な教師、しかも絶世のハンサムだと知った生徒たちの歓喜はもはやここに記すまでもない。

教頭は改めてみなに事情を説明した。

それによると、もともと『真珠姉妹』の執筆は伯父である校長の勧めだったという。

三葉がモデルの学園少女小説。これが人気になれば、三葉の名が全国的に広まると考えたらしい。早乙女アミのペンネームにはじまり、作品タイトル、小説の構想、「星子」をもじった「月子」の名前など、全《すべ》て伯父の案だったというのだから、校長は経営の才能に長《た》けたかなりのアイデアマンである。

(計算外だったのは、『真珠姉妹』の人気が出すぎてしまったことくらいかしら)

校長だけが知っている月子の秘密、女学校で過ごす男子の苦労、といった作中のエピソードも、寿教頭じしんの経験と事実に基づいたものだったのだ。

教頭の説明を聞きながら、有栖はさまざまな符号にうなずいた。

「――みなさん、学生らしく勉学に勤《いそ》しむと約束してくれますか……？　それならば私も

『真珠姉妹』の執筆をこれからも続けていきたいと思います」

　素顔の星子教頭の言葉に全員が首のもげるほどうなずき、『真珠姉妹』の再開はここにぶじ決定されたのであった。

「――川上さん。いろいろご面倒をおかけして、本当に申し訳ありませんでした」

　教頭の言葉に、涙は笑顔を返した。

「ぼくも『真珠姉妹』の仕事が続けられて嬉しいです。今後とも、どうぞよろしくお願いします」

「こちらこそ。川上さんの美麗《びれい》な挿《さ》し絵《え》あってこその『真珠姉妹』なのですから」

　かたや目を奪われる異国的ハンサム。かたや大和《やまと》的美青年。

　笑顔で握手を交わす「真珠姉妹の黄金コンビ」を生徒たちはうっとりとながめている。

　午後の授業を知らせる鐘が鳴った。

　要は中折れ帽をあみだに被《かぶ》り、涙を見た。

「さてと！　いつまでも勉強の邪魔をしていちゃいけないな。そろそろぼくたちは失礼しようか、涙」

「そうだね」

「それじゃ、有栖。兄さまは行くよ。乙女たちの憂《うれ》いを晴らせてよかった。事件も、ぶじ解決したことだし、有栖はお友達と一緒に午後の勉強を頑張りなさい」

並んで戸口へ向かいかけた二人を有栖は急いで追いかけた。

「——お兄さま……！」

要が足をとめ、ふり返る。

「あの……どうもありがとう、お兄さま。おかげで『真珠姉妹』の再開も決まってみんな幸福だわ。いろいろ問題が片づいて、教頭先生も喜んでいらっしゃるわ」

「いいんだよ」

要はウインクした。

「愛する女性のピンチに駆けつけてこそ、名探偵だからね。可愛《かわい》い有栖とお友達の笑顔が見られて、ぼくも嬉しいよ」

（お兄さま……）

「今回は涙にもいろいろ協力してもらったからね。今度、お礼代わりにまた絵のモデルにでもなってあげておくれ」

有栖は笑顔でうなずいた。

「毒婦《どくふ》のモデルでも、悪女のモデルでも、有栖は張り切ってなんでもするわ！」

「そりゃ楽しみだ」

「本当にありがとう。要お兄さまへのお礼は、またあらためて考えさせてちょうだいね」

「フム、お礼なら、ぼくはこれをもらっていこうかな。さいわい、教頭先生はまだメガネを外したままのようだしね」

（――え？）

次の瞬間、クイ、と顎《あご》をすくわれ、要の唇が有栖のそれに深々と重なった。

「きゃ――――――――ッ！」

二人のキスシーンを間近に目撃した生徒たちが絶叫する。

硬直している有栖を後に、笑顔の要は涙の肩をポンポン叩《しか》き、教室を出た。

「――大胆《だいたん》なマネをするねえ、要。後でまた有栖さんに叱られるんじゃないのかい？」

「なーに、かまうものか。有栖のお仕置きなら慣れているさ。それより肝心《かんじん》なのはぼくと有栖の仲を周知のものにしちまうことだ。こうして既成《きせい》事実を重ねてどんどん外堀を埋めていけば、二人の結婚は確実になるだろう。人前で接吻《せっぷん》まで交わしたとなれば有栖は嫌でもぼくの婚約者扱い、横から手を出す悪い男もいなくなるさ。あっはっは！」

明るい笑い声が遠ざかっていく。

ようやく自分をとり戻した有栖は要の背中にむかい、真っ赤になって怒鳴った。

「やっぱり、要お兄さまなんて大っ嫌い――――――ッ」

『真珠姉妹』は翌々月から連載を再開。月子と真珠子《しずこ》の純愛に、全国の少女は再び胸をときめかせることとなった。

これは乙女がまこと乙女らしかった頃――今は昔の大正《たいしょう》時代のお話である。

〈おわり〉

Watashi no kirai na oniisama

おうちに帰るまでが誘拐です

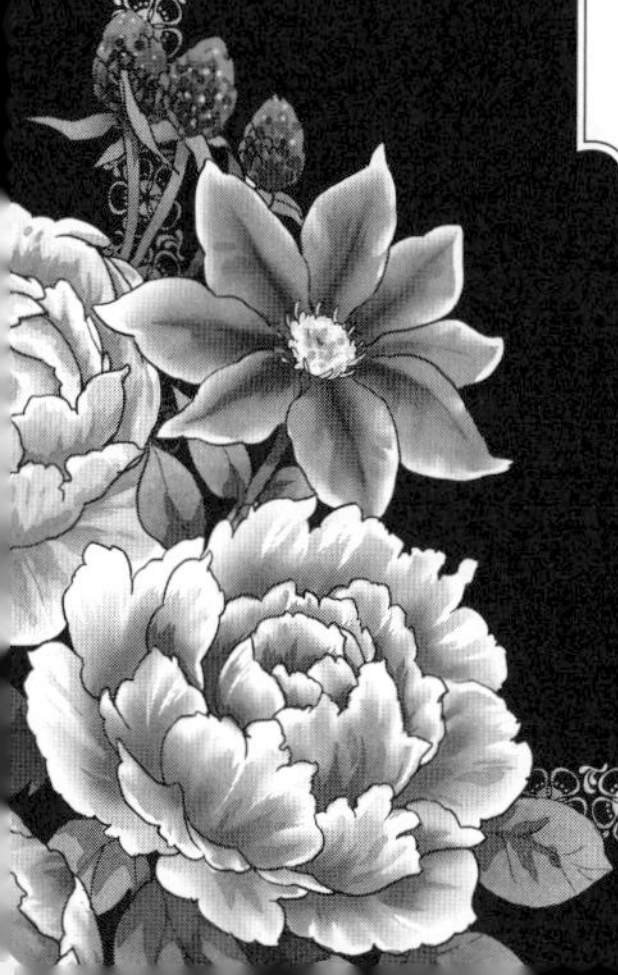

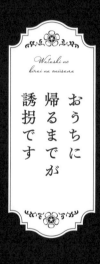

プロローグ

とほい空でぴすとるが鳴る。
またぴすとるが鳴る。
ああ、私の探偵は玻璃《はり》の衣装をきて、
こひびとの窓からしのびこむ、
床は晶玉、
ゆびとゆびのあひだから、
まっさをの血がながれてゐる、
かなしい女の屍体《したい》のうへで、
つめたいいきりぎりすが鳴いてゐる。……

「まさかこんな場所で殺人事件に出くわすとは思わなかったな」
青年の言葉に、連れの娘はふり返った。

「殺人事件？」

「そうだよ。こいつはどう見たって殺人事件だろう？」

青年は笑いながら、目の前のそれを指した。

彼ら二人の前にあるのは一枚の立て札である。

四角い木板には黒々とした墨《すみ》で巧《たく》みな楷書《かいしょ》が綴《つづ》られている。

頼りなく揺れるオイルランプの光の下、娘は立て札の文字に目を凝《こ》らした。

——ここは人形小屋の天幕《テント》。

秋祭りの客を呼び込む見世物小屋の一つだ。

外からは祭囃子《まつりばやし》のにぎやかな音色や、客たちの笑い声などが聞こえてくるが、薄暗い天幕の中はひっそりとしており、見物人の姿もまばらだった。

「『とほい空でぴすとるが鳴る。またぴすとるが鳴る。ああ、私の探偵は玻璃の衣装をきて、こひびとの窓からしのびこむ』……」

青年は立て札に書かれている文章を読みあげた。

「これは萩原朔太郎《はぎわらさくたろう》の『殺人事件』という詩の冒頭部分なんだよ。『月に吠える』という有名な詩集に載っているものだ」

「まあ、詩のことだったのね。いきなり殺人事件なんて言うものだから、驚いてよ。……それじゃ、この人形はその詩を再現した光景ということなの？」

娘が指さしたロープの向こうには、芝居のセットにも似た造りものの部屋がこしらえられていた。

壁にはガラスを張った小さな窓が一つ、床には〝晶玉〟ならぬビー玉がびっしりと敷き詰められており、その上には等身大の女の人形が青色インクの血を流して倒れていた。

「蠟人形《ろうにんぎょう》を見るのは今日が初めてだけれど、よくできているのねえ……まるで、本物の人間が倒れているようだわ」

娘はしきりに感心している。

「このお人形、胸の上に、小さなきりぎりすの細工物《さいくもの》を置いているのね」

「詩に見立てているんだろう。ホラ、ここだ。『かなしい女の屍体のうへで、つめたいきりぎりすが鳴いてゐる』……『殺人事件』という詩の忠実な再現というわけだよ」

「ああ、なるほどね」

「それにしても確かにこいつはよくできた人形だ。肌の肌理《きめ》の細かさといい、けぶるような睫毛《まつげ》といい、震えがくるような美人だね」

きらきら光るガラス玉の上に仰向《あおむ》けに倒れている女の人形は、潰《つぶ》し島田《しまだ》に銀細工の簪《かんざし》、無地のお召《め》しという和装姿の美人であった。

新橋色《しんばしいろ》と呼ばれる明るい青緑の袷《あわせ》に、黒繻子《くろしゅす》に博多《はかた》の昼夜帯《ちゅうやおび》、大正緑の丸ぐけの帯締めを合わせたやさしくも婀娜《あだ》な姿。

ほっそりした指にはきらきら輝く青い指輪をはめている。

「ねえ、そろそろ行きましょうよ。このお人形、あんまりよくできすぎて、なんだか怖いような気がするわ」

熱心に人形をみつめる恋人への嫉妬《やきもち》半分、本物の恐れ半分、娘は青年の袖《そで》をひいた。

「暑くって、喉《のど》が渇《かわ》いたわ。外へ出て、冷やしコーヒーでも飲みましょうよ」

「そうだね。祭りの混雑に閉口して逃げてきたが、ここはあんまり寂しすぎるようだ。ちょっと屋台をひやかして、それからシナ料理でも食べに行くとしよう。……おやっ？」

「どうしたの？」

立ち止まった青年に倣《なら》い、娘も足をとめた。ギイイィーッ・チョン、ギイイィーッ・チョン……ときりぎりすの鳴き声が聞こえてくる。

二人は顔を見合わせた。

「あのきりぎりす、細工物じゃないぞ。生きていたんだ。ホラ、ぴくぴく動いているよ」

「まあ、本物の虫だったのね。それにしても、今までよくおとなしくしていたこと……」

再び人形に近づいた二人は戸惑った。

辺りには相変わらず虫の鳴き声が響いていたが、肝心《かんじん》のきりぎりすは少しも羽根を動かしていないのだ。波に揺れる小舟のごとく体をぴくぴく上下させているだけである。

「動いているのはきりぎりすではないわよ……」

娘はつぶやいた。

「動いているのはその下の人形のほうだわ……ねえ、あれ、人形の胸が動いているんだわ！」

「いや、違う——人形じゃないぞ。あれは本物の人間だ。生きた人間の女だ！」

次の瞬間、美女人形の双眸《そうぼう》がカッ、と開き、細長い首をぐるりと巡らせて二人を見た。

「ひっ!?」

青ざめたおもてに血の色の唇。乱れてかかる島田のほつれ毛が凄《すさ》まじい。

むくりと起き上がった美女人形が青い血をしたたらせた手をぬっと伸ばしてくると、二人は悲鳴を上げた。

直後、パン！　パン！　と爆竹のようなただならぬ音が天幕内に響いた。

突然のことにあたりが凍りつく。

「——おい、今のは銃声じゃないか？　誰かがピストルをぶっ放しやがったんだッ！」

客の一人が叫ぶと、さほど広くもない天幕内にたちまち恐慌《パニック》が広がった。

ものを蹴飛《けと》ばし、他人を押しのけ、我も我もと小さな出口めがけて殺到する。

客の一人に突き飛ばされた娘を青年が抱きとめる。

よろけた娘は気配に気づいて顔を上げた。

目の前に美女人形の白いおもてが迫っている。赤い口からしわがれた声が発せられた。

「貴女《あなた》……行かないで……」

「キャアアアアッ！」

——天幕の外では、祭囃子の笛の音が夜風に乗って流れている。

草陰ではつがいを求めて鳴くきりぎりすの声。

そして、遠い空ではピストルが鳴る。

またピストルが鳴る……。

1　日曜日の陰謀

女学生にとって、日曜日の朝寝坊は貴重な愉《たの》しみの一つである。

洗面器にざんぶと顔をつっこんで大雑把《おおざっぱ》に顔だけ洗い、手拭《てぬぐ》い片手にさっさと家を飛び出していける気楽な男子学生と違って、お洒落《しゃれ》や流行に関心の高い十代の乙女《おとめ》たち、髪を結うにも着物を着るにも時間がかかる。

必然、毎日の起床も早くなるわけだが、授業のない日曜日だけは、みな、そうした日課や緊張から解放されるのだった。

十月中旬《なかば》のこの朝、十六歳の橋本有栖《はしもとありす》も朝寝の床で至福の時を過ごしていた。

「――おはよう、有栖。お寝坊さんね。もう七時を過ぎているわよ」

揺すぶられ、有栖はまどろみの淵《ふち》からひきあげられた。

「ンンー……？　お母さま……？」

「あらあら、可愛《かわい》い声を出しちゃって。お起きなさいな。今朝はとってもいいお天気よ」

有栖はいやいやをして布団を肩まで引き上げた。

「今日は日曜日でしょ……有栖は昨日、夜ふかししてしまったの……お願い、お母さま、もう少し寝かせて……」

「今日は二人でお芝居見物に行くのよ。早く起きておめかしなさいよ」

「お芝居はお昼過ぎからだもん……もうちょっとだけ寝たいの……んん……もうちょっとだけ……」

「有栖ったら本当にお寝坊ねえ。困った子。いーい、早く起きないとこうしてタマをけしかけちゃうんだから」

「ニャーン」

丸々太った三毛猫《みけねこ》のタマが有栖の頭に乗せられた。

「いいもん……にゃんこは好きだから……おいで、タマや、わたしと一緒にお寝坊しましようね……」

「それじゃあ次はわんこの狆々《ちんちん》先生もけしかけちゃうわ」

「ワフーン、ワフーン」

「うう……凄《すご》い勢いで顔をペロペロされてる……抱っこしてあげるから、おとなしくしてください、狆々先生……」

さかんに顔をなめてくる狆々先生こと老犬の狆《ちん》を有栖は布団の中にひきこんだ。

「にゃんこもわんこも懐柔《かいじゅう》されちゃったわね。それじゃあ最後はお母さまよ」

「お母さま……？」

「ハイカラ娘には西洋流で起こしてあげるわね。有栖のほっぺに朝の接吻《キッス》をしてあげる。んんー、マイ・ディア、グッド・モオニング」

「きゃっ、いやよ、お母さまったら！　お、起きます、起きます。もう起きるから、お願い、よしてえ！」

布団に潜りこんできた母の桂子《けいこ》に接吻やらくすぐりやらで責められ、有栖は悲鳴をあげてジタバタした。

蹴飛ばされてはかなわない、とタマと狆々先生があわてて外へ逃げ出していく。

「――まあ、どうなさったのですか、奥さま、お嬢さま」

騒ぎを聞きつけた女中のばあやが顔をのぞかせた。

「あっ、ばあや。ねえ、お母さまったらいけないのよ。ふざけてわたしに抱きついて接吻《キッス》なんてなさるのよ！」

「有栖がいけないのよ、ばあや。いつまでもお寝坊をして起きないのだものー」

「なんですかねえ、お二人とも。子どものような。ご朝食が調いましたから、そろそろお居間へおいでなさいまし」

「んー、青菜のおみおつけのいい匂《にお》い」

娘とひとまとめにして叱《しか》られた母親は、朝餉《あさげ》の匂いにクンクン鼻をきかせている。

十九で有栖を産んだ母の桂子《けいこ》は三十路《みそじ》を半ば過ぎた年齢《とし》。といっても華奢《きゃしゃ》な手足のつくりと生来の陽気な気質が手伝って、外見だけなら姉といっても通る若さである。

髪かくしと呼ばれるパーマネントの洋髪に、白のブラウスに細縞《ほそじま》模様のスカートがたいそうモダンな新婦人の姿。長い睫毛にふちどられた大きな目は娘の有栖にそっくりだ。

「大きなお寝坊さんと遊んだら、すっかりお腹が空《す》いちゃったわ」

耳にかかるゆるいウエーブを直し、母親は笑った。

「さ、タマ、狆々先生、あちらで朝ご飯をいただきましょう。有栖も早く着替えていらっしゃいね。まあ、なんでしょ、胸元も足周りもはだけて、お嫁入り前の娘があられもない格好」

「お母さまが子どもっぽいおふざけをなさるからです」

「久しぶりに有栖のおへそを見ちゃったわー。有栖は顔はわたし似だけれどおへその形はお父さま似ね。お乳《ちち》のあたりもわたしに似ればいいのに、そこは残念ながらまだお父さま似……」

「お母さまっ」

ホホホと笑い、母親は部屋を出ていった。

有栖はイーと舌を出す。年ごろの乙女に胸のことを言うのはあんまりひどい、もう一度布団を被《かぶ》って拗《す》ねてみせようかしら、と思ったものの、

「うう、わかりました、狆々先生……ちゃんと起きます……もう二度寝はしません……」

「もう起きれ」

と顔をペロペロしてくる狆々先生に応え、有栖はよろよろ布団を出た。

寝床を上げていると、台所のほうから母親の明るい声が聞こえてくる。

ばあやとご飯炊きの下女とでおしゃべりが弾んでいるらしい。

（お母さまが日曜の朝にいらっしゃるなんて、幾週ぶりかしらね）

女流歌人として名の知られる母は、本来の文筆活動の他にも婦人会の役員だの慈善院《じぜんいん》の協力役だのをこまめに引き受け、あちこち飛び回っている。

先月は新聞社主催の講演旅行とやらで関西へ出かけ、半月近く家を留守にしていた。

戻ってきたのは三日前である。

——有栖が着替えと洗面を終えて居間に行くと、卓《テーブル》にはすでに父と母が揃っていた。

「いただきます」

と手を合わせ、家族三人の食事が始まる。

漂う味噌汁の湯気と香のものを嚙《か》むぽりぽりという平和な音。和《なご》やかな食卓の風景を見回し、父親はにこにこしている。

「うーむ、いい朝だ。今日は秋晴れのよい天気だね、有栖？」

「そうね、お父さま」

「空気が爽《さわ》やかで実にきもちがいい。なんだかウキウキしてしまうなあ、素晴らしく理想的な日曜日というところだな。そう思うだろう、有栖？」

「ええ、本当に、お父さま」

しかし、父親の上機嫌は天気ゆえではなく、久しぶりに母の桂子が日曜の朝の食卓にいるからであるのは明白だった。

十も年下の美人で奔放《ほんぽう》な妻に父親はベタ惚《ぼ》れしており、結婚生活もそろそろ二十年近くになるというのに、妻への愛情はいっこうに衰える気配がないのである。

「天気はいいし、ばあやの飯は美味《うま》いし、家族はみな元気だし。つい食欲も進んでしまうよ、わっはっは！　さて、今日の予定はどうなっているのかな、桂子さん？」

「午前中はばあやと少し庭の手入れをして、午後は有栖と二人でお芝居を見にいってまいりますわ」

健啖《けんたん》に箸《はし》を動かしながら母親が答える。

「帝劇《ていげき》で、今、『サロメ』がかかっていますから。お芝居にはお友だちの黒澤《くろさわ》さんもご一緒される予定ですのよ」

「黒澤さん。確か、洋画の会で知り合いになったご婦人だったかな」

「ええ、そうですわ」

「一緒に行かれればよかったんだが、今日は夕方に仕事が入っているからな。せっかくの休日なのにつまらないな……いっそそちらの用事は断って、私も芝居に行こうかな？」

「あら、よろしいのですわ、あなた、ムリなさらないで。お芝居ならいつでも行けますもの。――ところで、あなた、ここのところ、ほっぺにご飯粒がついていましてよ」

自身の左頬《ひだりほお》を示して、母親はにっこりした。

「本当かね？　やあ、すまない、すまない」

「ホホ、うっかりさんですこと。さ、とってさしあげますからこちらをお向きになって」

「こうかね？」

「それじゃ届きませんわ。もうちょっとお顔をお近づけになって」

「こうかね？」

「そうですわ。それじゃとりますわよ。ちゅっ」

「ワッ!」

頬に音をたてて接吻《せっぷん》をされた父親が派手に後ろへひっくり返る。

「よ、よしなさいよー、桂子さんはー! 有栖の前でまたそんな悪戯《いたずら》をして……!」

「ま、あなた、妻のわたしに接吻《キッス》されるのは、おいやなの?」

「いやなわけがないですよ、奥さんだもの。でも、コホン、やっぱりちょっと恥ずかしい……」

「ホホ、その照れたお顔が見たいんですの。本当に可愛いかたね。ウン」

「イテテ。ヒゲをひっぱるのはよしなさいよ」

(朝からよくやるわ)

互いの胸だの腕だのをつねくりあっている両親を、有栖はあきれ顔でながめた。

給仕のばあやもとっくに慣れっこで、

「ハアー、コレが始まるとちっともお膳《ぜん》が片づきませんねェ」

とブツブツ言いながら空《から》のお櫃《ひつ》をもって台所へ立ってしまう。

「お父さま、お母さま、いつまでもおふざけをなさっていると、おみおつけが冷めましてよ。残りのお菜《かず》も有栖がみんないただいちゃいますからね」

「あら、有栖がヤキモチをやいていますわ。一人つま弾《はじ》きにされて淋《さび》しいのね」

「うむ、なんだかんだ言っても有栖はまだまだ赤ちゃんなのだろうな」

（だめだわ、これは）

懲《こ》りずに卵焼きを「あーん」などとやっている両親を無視し、有栖は食事を続けることにした。

夫婦仲がいいのはまことにけっこうだが、元士族《しぞく》の男子として、父のありさまは少々情けない気がしないでもない。厳格だったという亡き祖父が、溶けたアイスクリンのごとき息子のこのデレデレ顔を見たら、即刻手討《てう》ちにしていたのではないだろうか。

（――それにしても、お父さまはともかく、さっきのお母さまの態度はなんだかちょっと気になるのだけれど）

仕事をよしてみなと一緒に芝居へ行こうか、と言った父親をとめ、母はそのまま米粒云々《うんぬん》……でうまいこと話題をそらした気がするのだ。

普段の母なら父の言葉をよろこんで容れ、家族揃っての外出に即座に切り替えていただろうと思うのだが……？

「ところで、今日のお芝居に有栖は何を着ていくつもり？」

母親が尋ねる。

「特に決めていないけれど。そうね、藤色の縮緬《ちりめん》の着物でも着ていこうかしら」

「久しぶりの女同士のお出かけだもの、お母さまは洋服にするから有栖もそうなさいな」

「そう？　別にいいけれど……」

「そうねえ、秋口に作ったローズピンクのツーピース、あれが大人っぽくていいと思うわ。確か似合いの帽子もあったでしょ。我が家自慢の娘らしくきれいにしてちょうだい。お母さまはとびきりおめかしした有栖が見たいのだもの」

有栖は眉《まゆ》を寄せた。

いつもの母は有栖の外出着にあれこれ口を出すことなどまずない。

（ますますもって怪しいわ、お母さま。なんだかイヤな予感がするわね）


十一時過ぎ、有栖と母は高輪《たかなわ》の家から車で銀座《ぎんざ》へむかった。

劇場の食堂はいささか味気ないので、まずはなじみの西洋料理店で昼食をすませてから丸《まる》の内《うち》の帝劇へ回ろうという母の計画である。

各種ハムの前菜皿、好物のマカロニ入りスープ、店の名物のロースト・ビーフ、デザートにはチーズとフランス産チョコレート。

時間をかけての贅沢《ぜいたく》な午餐《ごさん》に有栖はすっかり満足した。

それでも開演にはまだ時間が余り、二人は銀座をぶらつくことにした。

「――銀座らしく、洒落《しゃれ》たアベックが大勢いるわね。見ているだけで目に楽しいこと」

爽やかな秋晴れの下、母は道行く男女の洋装を楽しそうにながめる。

有栖は母に編んでもらった長い髪を薄紫のリボンをかけた灰色の釣鐘型帽子《つりがねがた》の中に押しこみ、ローズピンクのツーピースに、長い真珠のネックレスを合わせている。

色と華やぎと道行く異性の視線は娘の有栖に譲《ゆず》り、母の桂子はシックな茶色のニットのスーツに身を包んでいた。

「どうって何が？」

「堂々と腕を組んで、寄り添って。若い人ほど西洋式で大胆《だいたん》ね。有栖はどうなのかしら？」

「あんなふうにデイトをしたことはないの？　ちょっぴり不良な告白をしても大丈夫よ。お父さまには内緒にしておいてあげるわ」

「そんなのあるわけないわ。銀座には何度かお友達と来たきりよ」

「もうお嫁入りの話も出るころなのに、てんでねんねなのね、有栖ったら。それでも通学途中に知らない学生さんから小袖《こそで》の袂《たもと》に恋文を入れられたり、男性の知り合いからデイトに誘われたことくらいはあるのでしょ？」
（デイト）
と言われて有栖の頭にぱっと浮かんだのは、五つ年上のいとこの顔だった。

通学路で真っ赤な顔の男子学生から恋文を押しつけられたことも、遊びに行った友人の家でその兄弟から遊びに誘われたことも何度かあるが、実際に異性と二人きりで出かけた経験といったら、有栖には今のところその青年とのものしかないのである。

（だってよく知らない男の人と二人だけで出かけるなんて、怖いような気がするのだもの……その点、要《かなめ》お兄さまは昔からよく知っていて、なんの抵抗もないけれど）

幼馴染《おさななじ》みのいとこ、春日《かすが》要。

気障《きざ》で自信家で悪戯好きの、一族きっての問題児。

未だにデイトの経験は要だけ、などと有栖が言うのを聞いたら、あの自惚《うぬぼ》れ屋の青年はどれだけ得意顔になるだろうか。

有栖は頭をブンブンふって要の顔を脳裏《のうり》から払った。

「要さん？」

いきなり母がその人の名を口にしたので、有栖はびっくりした。

「お、お母さまったら、有栖の心を読んだの？　でも、あの、違うのよ。お兄さまとのあのおでかけはごく気軽なもので、デイトというほどのものではなかったし……」

「何をごちゃごちゃ言っているのかしらね、有栖ったら。ホラ、あそこにいるのは要さんでしょ。お母さま、街で知り合いを見つけるのは得意なのよ」

母の視線を追った有栖は、道路を隔《へだ》てた通りを見て、目を丸くした。

（まあ、本当にお兄さまだわ……ずいぶんな偶然もあるものね）

噂《うわさ》をすればなんとやら、いとこの要が立っている。

道路を隔てて少しく距離があったが、彼が母の目を即座に惹《ひ》いたのもふしぎはなかった。

人込みから頭二つほど出た長身の要は活動写真の看板のように目立っていた。

あみだに被《かぶ》ったソフト帽に仕立てのいいダブルのスーツ。共布のタイとネッカチーフ。およそ大学生らしくもないモダンな格好だが、手足の長い西洋人体型の要には憎らしいほど似合っている。

最先端のスタイルに加えて、母親譲りのやさしい美貌《びぼう》、魅力的な微笑。

いとこの春日要は花の銀座にあっても、ぱっと人目をひく華やかな青年であった。

「人待ち顔ね、要さん。お友だちと約束でもしているのかしら」

「あちらへ渡って声をかけてみましょうか、お母さま」

「ホホ、有栖、それは野暮《やぼ》になりそうだからよしておきましょ。邪魔をしては悪くてよ」

（野暮？）

母は人込みを指した。

派手な着物を着た断髪の美人が要に駆け寄っていくのが見えた。

相手に気づいた要が笑顔で手をあげる。つられたように女の顔もぱっと笑顔になった。

二人は二言、三言、言葉を交わしたあと、並んで歩き始めた。

人込みから相手をかばうように要の手が女の肩に回される。顔を見合わせた二人は微笑《ほほえ》み合った。常日頃から女をエスコートし慣れた男の、いかにも自然な仕草である。

（まあ、お兄さまったら……！）

「要さんにはきれいなお友達がたくさんいるようね」

母はのんびり言った。

「あの美人さんはまるきりの素人《しろうと》さんでもないようだわ」

「素人さんではないって……」

「派手な着物の好みや、化粧《けしよう》の濃さ、つけた宝石から見ても、普通の家の娘さんではないでしょ。要さんより、二つ三つは年上に見えたし。あの断髪からして粋筋《いきすじ》の女性でもないだろうから、カフェやダンスホールの女給さんか、女優か、歌手か……ま、そんなところじゃないかしら」

要と連れの女性は通りに面した一軒の店へと入っていった。

白壁の新しい、洒落た飾り窓の並んだ西洋風の建物である。

入り口の上にかかげた看板には「木蘭《ムーラン》宝飾店」と記してある。

(木蘭《ムーラン》宝飾店……どこかで聞いた名前だわ)

有栖はしばし記憶を巡らせ、思い出した。

以前に〝エジプトの虹《にじ》〟という豪華な七色ダイヤモンドの首飾りを展示して話題を集めた宝石店だった。

〝エジプトの虹〟は、無色透明のダイヤモンドを真ん中におき、その周りを赤《レッド》、橙《オレンジ》、黄《イエロー》、緑《グリーン》、青《ブルー》、紫《バイオレット》という虹の色と同じ六つの色つきダイヤで彩った珍しい逸品《いっぴん》である。

〝エジプトの虹〟の展示で、「木蘭宝飾店」は一挙に知名度をあげたのだ。

「――難しい顔をしているわね。やっぱり気になって、有栖？」

　ふふふと笑い、母は有栖の顔をのぞきこんだ。

「気になるって、何が？」

「要さんのことに決まっているでしょ。昔から有栖をお嫁にもらいたいと口説《くど》き続けていた要さんだもの。それなのに、あんな浮気《わるさ》の現場を見てしまって。妬《や》けてしまう？」

「全然」

　有栖はツンとそっぽをむいた。

「ちっとも妬けなくてよ、お母さま。だって、有栖はお兄さまがそうした遊びにずいぶん通じているらしいことくらい、とうの昔に承知していたもの」

「あら、そう？」

「ええ。なにせ伯父《おじ》さま泣かせの道楽長男ですものね。大学をサボタージュしては銀座やら新橋《しんばし》やらに出かけていって、ああいうきれいなお友だちをせっせと増やしているに違いないと前々からにらんでいてよ……ぼくのエンゼルだの、花のような可愛《かわい》い笑顔だの、きみをぼくのお嫁さんにしたいだの、いつもお兄さまが有栖に言う気障なセリフも、きっとカフェやダンスホールできれいなお姉さんたち相手に吐いている口説き文句と同じなのね。だからお兄さまの求愛なんて信用できないのだわ！」

「なんだかずいぶんムキになっているようだけれど」

「全然ムキになってなんかいません。さ、そろそろ時間だわ。帝劇へ行って『サロメ』を観ましょ、お母さま。ちっとも自分に振り向かない男の首をチョン切らせたすてきな王女さまの話を楽しみましょ！」

「『サロメ』をそうまとめられては、作者のオスカー・ワイルドも泣きそうね」

大通りの辻《つじ》でタクシーを拾い、有栖と母は帝劇へむかった。


開演二十分前に劇場へ着くと、ロビィも廊下《ろうか》もすでに人であふれていた。

(さすがに休日だけあって、たいそうな混雑ね)

「今日は三越《みつこし》、明日は帝劇」

の宣伝文句で知られる帝国劇場はその名の通り、帝都の誇る一大劇場である。

もっとも、ヨーロッパ渡りのオペレッタにしても、アメリカ渡りのミュージカル・ショウにしても、人気役者と観客を集め、もっぱら話題の中心となっているのは帝都の中枢《ちゅうすう》を東に外れた浅草六区《あさくさろっく》の劇場群のほうである。

客層の幅広い浅草と違い、帝劇の客は山《やま》の手《て》あたりに住む富裕層が大半を占《し》め、劇場に足を運ぶ理由も観劇と歓談が半々というところ。着飾った女同士が綺羅《きら》を張りあい、おしゃべりに花を咲かせる、いわばブルジョア階級の社交場なのだ。

「有栖、お母さまはお化粧室へ行って、それから、お友だちの黒澤さんを探してみるわ。ロビィで待ち合わせをしているの。ずいぶんな混雑で落ち着かないから、有栖は先に席へ座っていらっしゃい」

「わかったわ」

有栖たちの席は一階の中央だった。

客の大半はまだロビィにたむろしており、座席はほとんど埋まっていない。

切符を手にきょろきょろしながら暗い通路を歩いていた有栖は、ふいに横から出てきた女とぶつかり、よろめいた。

「アラッ、すみませんね、お嬢さん、失礼を」

「いえ、大丈夫ですわ」

答えながら退いた有栖は片足を宙に踏み出し、あっと声をあげた。

段差に気づかなかったのだ。あわてて体勢を立て直そうとしたが、もう遅い。

階段状の通路の上から転がり落ちそうになって、有栖はとっさに目をつぶった。

(きゃあ、どうしよう！)

――ふいに背後から伸びてきた腕が有栖の身体《からだ》を抱きとめた。

逞《たくま》しい男性の腕だった。やすやすと有栖を引き上げ、踊り場へと戻す。

男からは、かすかな煙草《たばこ》の匂《にお》いと外国産らしい洒落たコロンが香った。

ぱさり、という音に足元を見ると、黒のソフト帽が落ちている。

「――大丈夫ですか？　お嬢さん」

「は、はい。大丈夫です」

息を弾ませて有栖は答えた。

「ありがとうございました。危なく、下まで転がり落ちるところでした。ご迷惑をおかけしまして……」

「ここでまっていてください」

（――え？）

男は有栖をその場に置いて、いきなり通路を走り出した。

見ると、先ほど有栖にぶつかった女が出入り口へとあわてて駆け出している。

が、男のほうが早かった。追いついた女の腕を青年はぐいと引き寄せた。

「あれッ、旦那《だんな》、何するんですよ」

「とぼけてもムダだ、お前の仕事はお見通しだぞ。観念してさっさと獲物を出すがいい」

「チッ！」

女は忌々《いまいま》しげに舌打ちし、着物の胸元からとり出した何かを床に投げ捨てた。

男の視線がそちらへ移った時、背後の出入り口から団体客がゾロゾロ入ってきた。

二人の間に客たちが入る。そのスキを逃さず、くだんの女は男の手を遮二無二《しゃにむに》ふりきると、そのまま脱兎《だっと》のごとく逃げ出してしまった。

有栖はぽかんと一部始終をながめていた。

床のものを拾い上げ、男が戻ってくる。

差し出されたものを見て、有栖は目を見開いた。

「まあ、わたしのお財布だわ……！」

「あれは女掏摸《スリ》です。うっかりぶつかったと見せかけたあの一瞬、素早くあなたの財布を盗みとったんですよ、お嬢さん」

有栖は手にさげたハンドバッグを見た。いつのまにか口が開いている。

「まるで気づきませんでしたわ。それじゃ、わたし、二重に助けていただいたんですね」

「手慣れた仕事からして、常習犯でしょう。劇場の者につき出せればよかったんですが、逃がしてしまって残念なことをしました」

「でも、こうしてぶじお財布をとり戻してくださったのですもの。……それにしてもあの女掏摸、凄《すご》い技術をもっていますのね。身体が触れたのなんてほんの一瞬でしたのに」

有栖には軽くぶつかったとしか認識できなかった。その一瞬でバッグの口金を開き、手巾《ハンカチ》やらコンパクトやらのある中、財布だけを抜き出したのはたいした技だ。

「なかなかの美人でしたし、よい着物も着ていたし……あれじゃ、誰も女掏摸とは気づかないでしょうね。きっと、ドロボウ業界ではけっこうな凄腕《すごうで》なのだわ」

しきりと感心している有栖を見て、男はふっ、と笑った。

「面白いお嬢さんだな。掏摸に遭《あ》ったとなれば、怯《おび》えるか、うろたえるかが普通の娘さんの反応でしょうに」

「あ、ごめんなさい。きちんとお礼も申しあげずに、くだらないおしゃべりなんてして。あらためて、ご親切にありがとうございました」

有栖は頭をさげた。

「――席を探していらしたのですか?」

床に落ちたじしんの帽子と有栖の切符を拾い上げ、男は言った。

「そうなんです。母と一緒に来ているのですけれど、母はロビィでお友達を探していて」

「この番号はあちらですよ。よければぼくが案内しましょう」

「重ね重ねありがとうございます。でも、これ以上、ご面倒をおかけするわけにはいきませんから」

「面倒ではありませんよ、お嬢さん。あなたの席はぼくの隣ですからね」

有栖は目をぱちくりさせた。

黒のソフト帽を形よくかぶり直し、男は微笑んだ。

「橋本有栖さんですね」

彫りつけたような二重《ふたえ》の目にじっとみつめられ、有栖はわけもなくどきりとした。

日に焼けたなめらかな肌。日本人離れした高い頬骨《ほおぼね》。外国仕立てらしい黒のスーツは逞しい男の身体を形よく包んでいる。

歳《とし》は三十にはいくつか足りないぐらいだろう。立派な体格に洋装がよく似合っているが、やや切れ長の目のせいか、東洋的な美丈夫《びじょうふ》という印象が強い。糊《のり》のきいたシャツは目にまぶしいほど白く、絹のネクタイはわずかの歪みもなく結ばれている。

「すぐにあなただとわかりましたよ、有栖さん。話に聞いていた通りのお嬢さんだ」

（え？　話って？）

「とはいえ、こんな変わった形でお会いすることになるとは思わなかったが……。偶然ですね。いや、運命というべきなのかな」

「あ、あの……すみません、どうしてわたしの名前をご存じなのですか？」

「お母さまからまだ何も聞いていらっしゃらないようですね」

（お母さま？）

「――あら、義堂《ぎどう》さん」

有栖はふり返った。

母の桂子が笑顔で通路をおりてくる。

「こちらにいらしたのね。ロビィをずいぶん探してしまったわ」

「すみませんでした。先に席を確かめておこうと思ったので」

「お母さまのお友達がたもずいぶんいらしていてよ。どうぞ、ロビィへいらっしゃいな。黒澤さんがお顔を見せたら、みなさんよろこぶでしょう。ふふ、もっぱら夫人連の人気を一身に集めていらっしゃる〝黒髪のギィ〟ですものね」

「日本で聞くと、そのあだ名も面映《おもは》ゆいですね」

（黒澤さん……？）

有栖はまじまじと青年を見た。

母の知人の黒澤夫人には有栖も面識がある。当然、今日の観劇を一緒にするのもその人だと思っていたのだが、このなりゆきはいったいどうしたことだろう。

「ご紹介するわね、有栖。こちらは黒澤義堂さん。お友達の黒澤タキさんの息子さんよ」

母はにこにこと言った。

「お歳は二十六歳、ちょうど有栖と十違いね。長く外国にいらして、昨年帰国なさったのよ。有栖も知っているでしょう、義堂さんのおじいさまはあの日本画家の大家、黒澤琅玕《ろうかん》先生、お父さまは有名な美術商でいらっしゃる黒澤周《あまね》さんよ。お母さまのタキさんも女流ヴァイオリン奏者として活躍なさったかただし、黒澤家は生粋《きっすい》の芸術家一家でいらっしゃるのよね」

「ぼく一人が落ちこぼれというわけで」

「ホホ、珍しくご謙遜《けんそん》ね。義堂さんも、美術と文芸評論家の若き俊英として文壇《ぶんだん》でも注目されていらっしゃるのでしょ」

　母は愛想よく言って、戸惑う有栖の肩を引き寄せた。

「これが娘の有栖よ、義堂さん。顔も性格もわたしに似て少々おてんばなのだけれど」

「お母さま……」

「元気な子犬みたいで可愛《かわい》いでしょ。親バカを許してちょうだいね。でも、有栖は学校の成績もなかなか優秀だし、お友達も多いし、明るくて健康で我が家の自慢の娘なの」

「本当に、お母さまそっくりの美人だ」

　黒澤義堂は有栖の手をとった。

「お会いできて嬉しく思います。あらためて、黒澤義堂です」

「あ、あのう……」

「どうぞよろしく、マドモアゼル有栖」

　流れるような仕草で有栖の手の甲に口づけを落とす。

　慣れぬ西洋流の挨拶《あいさつ》に、有栖は頬を染めてどぎまぎした。

（もう、はめたわね、お母さま……）

　有栖は横目で母をにらんだ。

　父が一緒に来るのを拒《こば》んだ理由も、有栖の服装をずいぶん気にしていた理由も、ようやくわかった。

今日の目的は観劇などではない。

年ごろの有栖と黒澤青年を引き合わせようとする、いわばお見合いだったのだ。

2　黒髪のギィ

有栖《ありす》を真ん中の席に置き、三人は『サロメ』を鑑賞した。

これも見合いの一部なのかと思うと有栖は落ち着かず、なかなか劇に集中できなかったが、黒澤義堂《くろさわぎどう》のほうは年上の余裕でくつろいでいた。

『サロメ』は遊学先のフランスとイギリスで鑑賞し、浅草《あさくさ》でもつい最近観てきたばかりだそうで、舞台転換の合い間にそのようすを有栖に話して聞かせてくれる。

「──今まで観た中では浅草オペラの『サロメ』が一番強烈でしたね」

肘かけに腕を置いて優雅に頬杖《ほおづえ》をつき、義堂は小声で言った。

外国製だという銀縁《ぎんぶち》のフィンチ型眼鏡《めがね》をかけた姿は、前にもましてインテリゲンチアな紳士といった雰囲気《ふんいき》である。

「強烈とおっしゃいますと」

「強烈といいますか、過激といいますか。あなたのようなお嬢さんの前で口にするのは少々ためらわれますが……まあ、一言で言うとエログロですね」

目を丸くする有栖を見て、義堂は笑った。

「『サロメ』の後半、七色のヴェールの踊りの場面は知っていますか？　踊りながら女優が一枚ずつヴェールを外していく場面は、もちろん外国でも観ましたが、浅草オペラの演出ときたら、そんなものじゃない。野次《やじ》に合わせて女優がどんどん服を脱いでいき、ついには下着と薄い腰巻一つという格好になるんです。最後は素っ裸に近い女優が脱いだ下着を観客席に投げていましたよ」

「まあ……！」

「男だらけの館内はやんやの喝采《かっさい》。投げ入れられた下着を争ってペラゴロ（オペラファン）同士はつかみ合いの大ゲンカ。ま、今日は観客席に下着が飛んでくる心配はないでしょう……この『サロメ』は帝劇《ていげき》らしく、実にお上品だ」

からかうように言って、長い脚を組み直す。

話してみると黒澤義堂は一部のスキもない端然《たんぜん》とした紳士、というわけでもなく、それなりにユーモアも解する、なかなかくだけた性格のようだった。

あちらが普段通りのようすなのだから、こちらも見合いの相手だからとむやみに意識することはないのかもしれない。

そう思うと、緊張していた有栖も、途中からはそれらを忘れ、舞台と黒澤の巧《たく》みな解説とを楽しむことができたのだった。

「——なかなか面白かったわね。翻訳劇《ほんやくげき》は退屈なものもずいぶんあるけれど、今日の『サロメ』はよかったわ」

幕がおりると、母親は満足そうに言った。

ぞろぞろ客席を離れていく人々と一緒に、有栖たちも立ち上がった。

舞台の横には休憩時間二十分の掲示が出ている。

『サロメ』は一時間半ほどの一幕劇なので、劇のほうはすでに最後の場面まで演じられており、後半の一時間には短いオペレッタが組まれていた。

「——おや、義堂くんじゃないか。久しぶりだな。お父上は元気かね」

食堂にむかう途中、恰幅《かっぷく》のいい年配の男性が義堂を呼びとめた。

「これはどうも、先生。ご無沙汰《ぶさた》をしております」

「相変わらずの男ぶりだな。また、近いうちに我が家へ遊びに来るといい。琅玕《ろうかん》先生にもよろしくお伝えしてくれたまえ」

「ありがとうございます。先生もどうぞぶじに議会をお勤めください」

「やあ、黒澤さん。帝劇にいらっしゃるとは珍しいですね」

今度は若い男たちが義堂をとり囲んだ。

モダンな洋装姿の、若き芸術家グループといった雰囲気である。

「しばらく倶楽部《くらぶ》にも顔を出していないじゃありませんか。みな、淋《さび》しがっていますよ」

「そうですよ、またパリのお話を聞かせてほしいな」

「ぼくらを見捨てちゃあんまりひどい。もっと相手をしてくださいよ、ギィ」

（まあ。去年、外国から戻ってきたばかりにしては、ずいぶんお知り合いが多いみたい）

「――おじいさまは画壇《がだん》の重鎮《じゅうちん》でいらっしゃるし、お父さまは政治活動にも熱心なかただから、お顔が広いのよ。義堂さん自身も有名な美術サロンや文芸倶楽部のメンバーだし」

有栖の表情を読みとったように母親が言う。

「義堂さんは次男で、長男のお兄さまは新進気鋭の洋画家。ご親類には外交官や大学教授もいらして、黒澤家は華やかなご一族よ。義堂さんはあの通り魅力的なハンサムさんだし。どう、有栖、花婿候補としては悪くないかたでしょ？」

「知りません、お母さまったら」

有栖はそっぽをむいた。

「騙《だま》し打《う》ちのようなことをなさるなんてひどいわよ。有栖一人が何も知らないで恥ずかしかったわ。黒澤さんを紹介するなら、もっと普通に会わせてくださればいいのに」

「『お婿さん候補の黒澤さんに会ってちょうだい』と言って、素直に従ったかしら？」

「だって……有栖はまだ結婚なんて考えていないし……」

「じき十七でしょ。お母さまがお嫁入りをした歳《とし》よ。わたしが有栖の歳には、片手に余るボーイフレンドとペンフレンドと崇拝者《すうはいしゃ》がいたものよ。それに比べて有栖ときたら、ああ、なんてことでしょ。十六にもなって、デイトの経験もないなんて！　せっかく可愛く産んであげたのに、その甲斐《かい》がないというものだわ。もう、この親不孝娘」

「そ、そんなこと言われたって……」

母親に責め立てられ、有栖はたじたじとなった。

「——そんなに心配なさらずとも、有栖もデイトの経験くらいはありますよ、叔母上《おばうえ》」

ふいに、背後から聞き慣れた青年の声がした。

(この声は)

「要《かなめ》お兄さま……！」

「デイトの相手は誰かというなら、それはもちろんこのぼくです」

いとこの要がにこにこして二人の背後に立っていた。

(ど、どうしてお兄さまがここにいるの？)

「まあ、要さん」

母親もさすがに驚いた顔である。

「お久しぶりです、叔母上」

「あなたもいらしていたの」

「はい。なんとも嬉しい偶然ですね」

　要は気どった仕草でソフト帽をもちあげた。

「目を引く美人姉妹がいると思って足をとめたら、叔母上と有栖でした。

　叔母上は相変わらずお若くお美しいですね。去年《こぞ》より今年はまさり、昨日より今日は珍しく、つねに見飽《みあ》きぬ美しさ……とは、まさしく叔母上のことでしょう」

　相変わらず、歯の浮くようなセリフを平然と口にする要である。

「帝劇は要さんの好みではないでしょ。観劇なんて珍しいこと」

「おっしゃる通り。今回は友人の一人が舞台に出ているので、観に来たんですよ。後半のオペレッタはパスして、そろそろ帰ろうかと思っていたところだったんですが……」

　要は笑いながら有栖の顔をのぞきこんだ。

「兄さまは嬉しいよ、有栖。ようやくぼくの求婚を受け入れてくれる気になったんだね」

　有栖はきょとんとした。

「何を言っているの、お兄さま?」

「はは、恥ずかしがらなくてもいいんだよ。途中からだが、叔母上との会話は聞こえたから。結婚だのお嫁入りだのの話をしていたろう」

「それは……」

「そろそろお嫁入りの歳なのに、有栖はうぶで心配だわ、デイトの一つもしたことはないの、などと聞かれて困っていたんだろう。しかし、その時、有栖は心の中でこう考えていたに違いない。『どうしよう、本当はお兄さまと何度もデイトをしていること、お母さまには言えないわ。だって、有栖がしたのはデイトだけでないのだもの。そう、キで始まってスで終わる、すてきにいけないあのこと、恋のいろはのいの字のこと！　お母さまには言えないわ。ああ、あの秘密を思い出すと胸のどきどきがとまらない……！』……いや、何も言わずともいい。有栖のきもちは兄さまがみなわかっているからね」

有栖の抗議に耳を貸さず、要は一人合点《ひとりがてん》にうなずいている。

「ちっともわかっていないわよっ」

「意地っ張りの有栖だから、今さら叔母上にぼくのお嫁になりたいとは本心を言い出せないんだね。なんて可愛《かわい》いんだろう。今すぐきみに白無垢《しろむく》を着せて初夜の床《とこ》へ運んでしまいたいよ……ところで披露宴はやっぱり精養軒《せいようけん》あたりで行うのがいいかな？」

（この稀代《きだい》の自惚《うぬぼ》れ屋につける薬がどこかにないものかしら）

有栖は真剣に考えた。

「何から何まで都合のいい解釈をなさらないで。確かに結婚の話はしていたけれど、そこに要お兄さまは全っ然、登場しませんから！　結婚話は他の人とのお話なのよ」

「なに、他の人なんているものか。有栖の花婿候補は後にも先にもぼくだけだろう」

自信家の要は平然と言った。

「先はともかく、後はそうでもないのよ、要さん」

母親が笑って口をはさむ。

「叔母上？」

「有栖の噂《うわさ》を聞いて、お嫁さん候補にしたいとおっしゃるかたが現れたの。今日、この劇場へはそのかたと有栖を引き合わせるために来たのよ」

「なんですって？」

要は眉《まゆ》を寄せた。

「それでは本当に、このぼく以外に有栖の夫候補がいるというわけですか？」

「そうなの」

「なんということだ。叔母上もぼくの有栖への積年の想いはご存じでしょう。若者の心を弄《もてあそ》ぶとは、なんとも残酷《ざんこく》な仕打ちをなさいますね。うーむ……わかったぞ。こいつは父上の差し金だな」

「春日《かすが》さん？」

「ぼくに嫌がらせをして喜ぶ人物といったら、父上の他に思い浮かびません」

要と父親の春日氏はすこぶる仲が悪いのである。

「誰の差し金でもなくてよ、要さん。あなたが有栖をお嫁にのぞんでいるのはむろん承知しているし、うちのお父さまも賛成していらっしゃるけれど、なにしろ肝心《かんじん》の有栖の返事がノウの一点張りでしょ。要さんとのご縁をまとめる、まとめない、でもう何年もお話が進まないのだもの。このままズルズルこの状態が続いて、有栖がお嫁入りの時期を逃してしまっては……と親としては心配でならないというわけ」

母親は笑いながら有栖の頬《ほお》をつついた。

「そこへちょっといいお話が来たものだから……花婿候補といっても大仰《おおぎょう》な話ではないし、承知も不承知も有栖の心まかせにするつもりでいるし、とにかく一度紹介だけでもと思って、この場を調えたわけなのよ。ホホホ、どうぞ、恨まないでちょうだいね」

ちょうどそこに仲間と別れ、黒澤義堂が戻ってきた。

「――たいへん失礼をしました。今日はやたらと顔見知りに会うようです」

有栖と母に笑顔をむけた義堂は要に気づき、おや、という表情になった。

「春日くんか？　これはまた……珍しいところできみに会うものだな」

「黒澤さん」

要はかすかに目を見開き、

「もしかして、有栖のお相手というのは黒澤さんのことですか？」

母親はうなずいた。

「要さんも黒澤さんをご存じなのね」

「ええ。黒澤さんとは、某《ぼう》文芸倶楽部《くらぶ》で時々お会いしていますから」

（まあ、そうだったの。世の中って狭いものね）

かたや高名な芸術一家の次男、かたや富豪の実業家の嫡男《ちゃくなん》というブルジョア階級の子息同士、加えてどちらも文筆に携《たずさ》わる立場となれば、知り合いであってもおかしくはない。

とはいえ、向かい合う青年二人の間に漂う空気は、なにやら微妙なものだった。

「──そういえば、橋本《はしもと》さんと春日くんはご親戚《しんせき》だったのですね」

要と有栖を交互にながめ、義堂が言った。

「わたしの姉が要さんの母親なのよ。家もお互い高輪《たかなわ》の近所だから、家族同然ね。要さんは有栖のいとこで、幼馴染《おさななじ》みにあたるかたなの」

「加えて、ぼくは有栖の婚約者でもあります」

と要が言い、

「全然違います」

と有栖が訂正《ていせい》し、

「自称婚約者なのよ」

母親がまとめる。

「自称婚約者？　ああ……そういえば、春日くんが執筆している探偵小説は、確か美少女探偵アリスというシリーズだったね」

義堂は切れ長の目を細めて有栖を見た。

「なるほど。あれは、有栖さんをモデルにしていたのか」

「要お兄さまが、わたしに無断で勝手に作品を投稿してしまったんです」

「となると、作中に出てくる男爵《バロン》春日とかいうあの悪漢《あっかん》も、春日くんじしんがモデルなのかな。事件の合い間にやたらと探偵アリスに言い寄っては抱きついたり、唇を奪ったり、寝台におし倒したり、サーベルで服を裂いたりしていた、あの好色漢《こうしょくかん》」

有栖はぎょっとした。

エログロ雑誌に連載している要の小説のことは承知していたが、まさかそんなきわどい内容になっていたとは。

「拙著《せっちょ》に熱心に目を通していただいているようで、光栄です」

目で抗議する有栖に要はしらんぷりを決めこんでいる。

「しかし、有栖がモデルの小説を読んでいただいているのなら、黒澤さんにもご理解いただけるでしょう。ぼくと有栖の間に何人《なんぴと》たりとも入り込めない深い絆《きずな》のあることを」

「深い絆？　いや、毎回、探偵アリスにいやらしいことをしかけては、男爵《バロン》春日がひっぱたかれていた場面しか思い出せないが……」

「男が言い寄り、女が拒《こば》む。古今東西《ここんとうざい》あらゆる男女がふまえる恋の作法《さほう》です。探偵アリスと男爵《バロン》春日もその例に外れません。しかし、そうして恋の丁々発止《ちょうちょうはっし》をしている間に二人の絆は強固になっていく。ぼくは有栖に求婚し続けてはや数年、ひっぱたかれた回数に比例して、二人の愛情も確実に深まっているというわけです」

（また勝手な理屈を言っているわ）

義堂も苦笑している。

「要するに、きみは有栖嬢にふさわしいのは自分のほうだと主張しているのだね。しかし、客観的に見たら、その意見には異議を唱えざるをえないようだよ、春日くん」

「と、おっしゃいますと」

「なんといってもきみはまだ学生で、将来も定まっていない身だろう。しかもお父上とは悶着《もんちゃく》が絶えないと聞いている。今のところ、花婿候補としてはぼくに軍配《ぐんばい》が上がるのではないかな」

要はうなずいた。

「口惜《くちお》しいですが、確かにそうかもしれません。新進気鋭の評論家として売り出し中の黒澤さんと違って、学生のぼくには、まだ大した稼《かせ》ぎもありませんしね。あとは将来の出世をアピールするか、男としての魅力で有栖の心を揺さぶるかしかない……。ま、最後の点に関しては、ぼくのほうが少々有利になると思いますが」

男ぶりは自分のほうが上である、という含みを聞きとり、黒澤はぴくりと眉《まゆ》をあげた。

「大した自信だな」

「それに、二十一と十六で、ぼくと有栖は歳回《としまわ》りもちょうどいいですしね」

「二十一も二十六も、たいして変わりはないだろう」

「ぼくのほうが背も高いですしね。ついでに手足も長いです」

「背丈は確かにきみに譲《ゆず》るが、ぼくのほうがウエイトがあるよ」

「残念ながら有栖の好みはマッチョ派よりもスマート派なんですよ、黒澤さん」

そんなことを言った覚えはない、と有栖は思ったが、笑みを浮かべて牽制《けんせい》しあっている青年二人は見えない火花を散らしあい、肝心の有栖の存在など忘れてしまったかのようである。

周囲の客たちも好奇の視線をむけている。

どちらも人目をひくハンサムな青年で、しかも、にらみあう二人の間には有栖がいるのだから、おのずと状況は知れるというものだ。

「もう、お兄さまったらこんな所でよしてちょうだい。みなさん、見ていらっしゃるわ」

「有栖。もちろん、きみはぼくを選んでくれるだろう？　小さなころからきみを見守り、有栖のおねしょの数もおへその形も知っている兄さまだよ」

「おねしょのことを言われてよろこぶ女の子がいると思って」

「十も年上の男なんて有栖の好みじゃないだろう？　よしなさい、よしなさい。意地を張らずに素直に兄さまにしておきなさい。二十六の黒澤さんなんてもうオジサン、浦賀沖《うらがおき》に黒船《くろふね》を見た世代だよ」

「お兄さま！」

オジサン呼ばわりされた義堂はこめかみはピクピクさせているが、さすがに紳士らしく要の軽口にも我慢強く耐えている。

――と、先ほど義堂をとり囲んでいた青年グループがいつの間にか彼の背後にずらりと並んでいた。

「――義堂さん、失礼ですが、今の会話は聞かせてもらいましたよ」

「春日くんはずいぶんとまた無礼な口をきいているじゃありませんか」

「たかが探偵小説書きふぜいが生意気だね」

「一つぼくらが懲《こ》らしめてやりましょう」

たちまち不穏な空気が漂い始めるが、当の要はのんびりしたものだ。

「彼らは若手の詩人に新人画家に役者の卵たち、といった面々だよ、有栖。黒澤さんはもともと画家志望だったこともあって、世に出あぐねている若い芸術家たちを支援しているんだ。それは立派な活動だと思うが……彼らはその好意を笠《かさ》に着て、ムダに威勢がよすぎるようだね」

「おいッ、聞こえたぞ」

「低俗な三流雑誌にしか作品を発表できない三文文士《もんぶんし》ふぜいが生意気なっ！」

「三文文士、大いにけっこう。あいにくぼくは情熱をもってあの雑誌に作品を発表しているんでね。誇りをもちこそすれ、それを恥じたりはしていないよ。『探偵小説家・春日要』は誰の力や威光に頼ったわけでもなく、ぼくが自力で掲げた看板だ」

余裕ある要の態度によけい刺激されたようだ、青年たちの顔が朱に染まった。

「おい、きみたち、やめないか。場所をわきまえろ」

義堂が懸命に制すが、なにしろ逸《はや》り気《ぎ》な青年たちである。彼の言葉も耳に入らぬかのように、気短な数人が今にも要に飛びかかろうと踏み出してくる。

「――ギィ」

と、集団の中から、ひときわ小柄な青年がすべるように歩み出た。

黒のとっくりセーターに黒ズボン、黒の革靴《かわぐつ》と、義堂と合わせたような黒ずくめ。

有栖は青年の際立《きわだ》った容姿に目をみはった。

白い肌に凄《すご》いような一重《ひとえ》の目。形のいい赤い唇。二十代前半だろうが、それ以上の年齢が測れない。何やら少女めいた美貌《びぼう》の青年だった。

「どうしたんですか。ぼくがいない間に、おかしなことになっていたみたいですね」

「安里《あんり》」

「ここは一つ、ぼくがおさめましょうか」

安里と呼ばれた青年は義堂が手で押し留めていた大柄な青年に近づいた。

小柄な安里と比べると、大人と子どもほども違いがある。

が、安里が相手に顔を近づけ、二言三言言葉をかけると、血気に逸っていた青年のようすが見る見るうちに鎮まっていくのがわかった。

ぱちん、と安里が指を鳴らすと、どういう合図なのか、青年がまるで主人の命令に忠実な犬のように無言で背後へさがっていったので、有栖は目を丸くした。

（あんなに興奮していた人を、あっという間に鎮めてしまったわ。猛獣使いみたい）

休憩の終わりを知らせるベルが鳴った。

野次馬たちが、それを区切りにばらばらと散り始める。

ようやく好奇の視線から解放され、有栖はほっとした。

「わたしたちも後半のオペレッタはパスしたほうがよさそうね」

一部始終をながめていた母親が笑って言った。

「今、座席に戻ったら、舞台の役者たちより注目を集めてしまいそうだわ。……義堂さん、大丈夫かしら？　よければ食堂へ入るか、それともどこかへ場所を移さないこと？」

「――みっともないところをお見せして、まことに申し訳ありませんでした」

青年グループから離れ、義堂が戻って来る。

「有栖さんにも、たいへん失礼を。ぼくたちのせいで、嫌な注目を集めてしまった」

「お気になさらず。黒澤さんにはなんの非もないことですもの」

「悪い連中ではないのですが、血気盛んな面々なので、すぐに騒ぎを起こすのです。一度火がつくとなかなか鎮めるのが難しく……安里がいてくれて助かりました」

　義堂はため息をついた。

　青年たちを制している間に乱れたのだろう、きれいに撫《な》でつけていた前髪が額に落ち、紳士然としたこれまでの姿とは少々違ったようすである。

　かきあげた甲斐《かい》もなく、またぱらぱらと落ちてきた前髪に義堂は顔をしかめた。

　有栖はハンドバッグから櫛《くし》をとり出し、義堂に差し出した。

「あの、黒澤さん、よろしければお使いになってくださいませ」

「有栖さん」

「あまり櫛を貸し借りするものではないと言いますし、女もので失礼ですけれど」

「いや、そんな。助かります。ありがとう」

　義堂は櫛を受けとった。

「——鬱金香《チューリップ》と蝶々《ちようちよう》の模様ですか。とても可愛《かわい》い櫛だ。……二十六のオジサンのぼくが使うには、少々可愛らしすぎるようだな」

「まあ、黒澤さんはオジサンなんかではありませんわ。要お兄さまが失礼なことを言って、許してくださいね。お兄さまは昔から立派な大人の男性に反抗する、いけないクセがあるのです。おへそが曲がっているのですわ」

「春日くんの性格をよく把握《はあく》しているのですね」

「それは、兄妹のように育ったのですもの。もっとも、お兄さまとの思い出は、騙《だま》されたり泣かされたり、さんざんなものばかりですけれど。チャンバラごっこで壺《つぼ》を割ったり、障子《しょうじ》を破ったりで、母に泣くまでお尻をペンペン叩かれたことも……あ、いえ、その」

自分でおてんばを告白してしまったことに気づき、有栖はあわてて口を覆《おお》った。

義堂は笑いだした。

櫛を受けとろうとした有栖の手に、義堂のそれがそっと重ねられる。

「黒澤さん」

「有栖さん、あなたはやさしくて明るくてしっかり者のお嬢さんだ。ぼくが妻になる人に求めていたものを全《すべ》て備えている。あなたと結婚できたら新生活は健《すこ》やかで刺激的なものになるでしょう。あなたをご紹介していただいて、本当によかったと思っています」

（まあ……）

「エッヘン」と二人の会話を聞いていた要が咳払《せきばら》いをした。

「有栖、兄さまを妬《や》かせるのはそのへんにしてもらいたいね。なんだい、今のいい雰囲気《ムード》は」

「後半の舞台は始まっているのかしら。オペレッタは見ないでもよろしいですか、黒澤さん？　それじゃ、お母さま、食堂へ行って飲み物でもいただきましょうよ」

「だめ、お兄さまはいらしてはいけません。さっきみたいな騒ぎはもうお断りよ」

勝手についてこようとする要を有栖はぐいぐい押し戻した。

(お兄さまがいたら、黒澤さんとはりあって、また収拾《しゅうしゅう》がつかなくなりそうだもの!)

「黒澤さんに失礼なことを言った罰よ。今日はお兄さまとはここでご機嫌ようよ」

「マイ・エンゼル。ぼく一人だけつま弾《はじ》きとは、あんまりひどい仕打ちだよ」

「そんなに一人が淋《さび》しいのなら、さっきまで銀座《ぎんざ》でデイトしていた美人さんにでも会いにいけばいいのではなくて?」

ふいを衝《つ》かれた要がびっくりした顔になる。

珍しく要を言い負かせたことに満足し、有栖がその場を離れようとした時だった。

客席のほうから、わあっ! と大きな声が聞こえた。

(何かしら?)

後半のオペレッタがよほど奇抜な開幕《オープニング》を演出したのだろうか。

間もなく、バタバタという足音が近づいてきた。

先ほど要とやりあった青年グループたちである。

が、今は要には目もくれず、大急ぎで義堂のもとと駆け寄ってくる。

「——黒澤さん。よかった、まだいらしたんですね。たいへんですよ、事件です!」

「有栖」

「何かあったのか」

「ええ、それが、舞台にサロメが。サロメが現れたんです」

　有栖と母親は顔を見合わせた。

「サロメ？」

　義堂もけげんそうに眉《まゆ》を寄せる。

「なんのことだ？『サロメ』なら、もう前半の舞台で終わっているだろう」

「芝居の話じゃありませんよ、ギィ」

　安里と呼ばれるくだんの美青年が言った。

「噂《うわさ》のアレですよ。例の美女人形が現れたんです」

（美女人形……？）

「幕があがって、いきなり舞台中央のせりが上がったと思ったら、そこに、美しきサロメの活人形《いきにんぎよう》が。誰かが噂の美女人形だと叫び出し、客席は大騒ぎになっています」

「それじゃ、例の愉快犯《ゆかいはん》が現れたのか」

　要が言った。

「この真昼間から。しかもよりにもよって、隣に警視庁《けいしちよう》のあるこの帝劇に？」

　青年たちがうなずくのを見て、要はくるりと踵《きびす》を返した。

「あっ、お兄さま？」

（お兄さま、珍しく真剣なお顔をしていたわ……いったい場内で何が起こったのかしら）

美女人形とはなんのことだろう。それに、サロメの活人形とは？

「お母さま、わたしもちょっと見てくるわ」

湧きあがる好奇心を抑えきれず、有栖は急いで要の跡を追った。

「――お兄さま！　まってちょうだい」

要がふり返り、にやりとした。

「ついてきたのかい、有栖。フットワークの軽さはさすがに美少女探偵アリスだね」

「だって、気になるのだもの。ねえ、お兄さま、いったい美女人形ってなんのこと？」

「美女人形を知らないのか。それなら、説明するより実物を見たほうが早いだろう」

ふと見ると、少し離れた後ろから義堂と青年たちも後を追ってきていた。

一階席の出入り口は客たちでひどく込み合っていた。

要は巧《たく》みに人の流れを避け、有栖の手を引いて階段をあがった。

どこへ行くのかと思っていると、貴賓席《きひんせき》が並ぶ廊下《ろうか》を早足で進んでいく。

「――よし、ここなら舞台中央がよく見える。一階は人が多くてまともに舞台に近づけないからね。黒澤さんたちは一階へむかったようだな」

要は開けっ放しになっている扉の一つを見つけ、さっさと中へ入った。

「ここは特別席でしょ？　勝手に入ってしまっていいのかしら」

「もう誰もいないのだから問題ないさ。こういう高価なボックス席には、たいがい人に見られちゃまずい客が一組二組は陣取っているものだ。政治家とそのお妾《めかけ》とか、有閑夫人《ゆうかんマダム》とその火遊び相手とかね。ここの客は事件が起こったのを見て、駆けつけた記者たちにでも注目されてはかなわないと、さっさと出ていったんだろう」

一階を見おろすと、舞台前には黒山の人だかりができていた。劇の取材に来ていたらしい記者たちは舞台にむけてさかんにフラッシュをたいている。

「あの連中にはいいスクープだろうな。さて、舞台が見えるかい、有栖。あれがサロメの活人形のようだ」

有栖は手すりに身を乗り出し、舞台へ目を凝《こ》らした。

（あれは……）

――劇場関係者だろう、舞台中央に十数人の人間が集まっている。

その中央に、豪華な椅子《いす》に座って目を閉じている一人の女が見えた。

きらびやかな古代風の装飾品。豊かな胸と腰を大胆《だいたん》に露出したオリエント風衣装。

強く縮らせた黒髪を長くおろし、額には花鈿《かでん》のごとき紫色の宝石を貼りつけている。

膝の上には銀の大皿に載せられた男の生首。

王女サロメが恋し、その恋ゆえに首を刎《は》ねさせた預言者、ヨカナーンの首だ。

「――あのサロメは、さっきまで『サロメ』を演じていた女優とは別人だね」

ボックス客が忘れていったらしい遠眼鏡《オペラグラス》を目にあて、要は言った。

「あのサロメが活人形……つまり、あそこに座っているのは本物の人間ということ?」

「そうだよ。膝の上に置かれたヨカナーンの生首はさすがに作りものだが、椅子に座っているサロメのほうは本物の美女だ。あの顔といい、柔らかな身体《からだ》の線といい、あれほど精巧な人形はとても作れるものじゃない」

「でも、あのサロメは少しも動かないわ——それこそ、お人形か死体みたいに!」

「薬を飲まされているからさ。目立たぬ細工《さいく》で背後の椅子に固定されているから、意識はないものの、身体はあんなふうにポーズを保っていられるんだろう。そら、周りの男たちがまた彼女の脈を確かめているよ。死体なら、彼らがあんなにやたらと触るはずがない」

「薬を飲まされて……? じゃあ、あのサロメの格好は、椅子に座っているあの女の人が望んでしているものではないの……?」

「もちろん違う」

要はきっぱり言った。

「あれは女性の意志を無視した、悪趣味な誘拐犯《ゆうかいはん》の仕業《しわざ》だよ。〝美女人形の怪〟とも呼ばれている、この数カ月の間に帝都で起こっている奇妙な事件の一つさ。別名、連続美女誘拐事件。ぼくが知る限りで、今回のこれは四度目の事例だ」

突然、開幕を知らせるベルが鳴り響いた。

有栖は驚いて周囲を見回した。この状況でオペレッタが始まるわけもない。

「サロメが動いたぞ。どうやら、今の音で眠りから醒《さ》めたようだな。大勢の客たちの目の前で人形が目を覚まし、人間に戻る……これも、先の三つの事件と同じパターンだ」

要は目に当てていた遠眼鏡《オペラグラス》を有栖に渡した。

「よく見てごらん、有栖。あのサロメは素晴らしい美人だぜ」

有栖は二つの穴をのぞきこんだ。

――ラピスラズリを思わせるブルーのアイシャドウ。濡れた薔薇《ばら》の花びらを押し当てたような赤い唇。すっきりとした鼻梁《びりょう》は濃いノーズシャドウでいっそう強調され、彫りの深い、異国人めいた女の顔立ちをひきたてている。

長い睫毛《まつげ》が何度となく震え、瞼《まぶた》が開かれた。

舞台のライトのまぶしさに女は瞬きをし、ぼんやりと周囲を見渡した。

次に女が見せた反応はまったく思いがけないものだった。

固唾《かたず》を呑《の》んで自分をみつめる何百という客たちにむかって、眠りから醒めた女は、まさしく恐れを知らぬサロメのごとく、あでやかで妖艶《ようえん》な微笑をむけたのである。

「オオ――――ッ！」という歓声が怒濤《どとう》のように階下で起こった。

「サロメが笑ったぞ！」

「美女人形が蘇《よみがえ》った！　蘇ったッ！」

「おい、写真だ、写真ッ！」

場内にひびく興奮の声。記者たちの激しいフラッシュが雷光のようにたかれ、微笑《ほほえ》むサロメの額に貼られた宝石を小さな星のように輝かせた。

3　美女とダイヤモンド

美女人形再び現る！

帝都を騒がす白昼の怪

帝国《ていこく》劇場に飾られたサロメの活人形《いきにんぎょう》

二月前から帝都を騒がせているかの連続婦女誘拐犯については、賢明なる読者諸兄《しょけい》もすでにご存じであろう。妙齢《みょうれい》の女性を次々に拐《かどわ》かし、美しき活人形にせしめて観衆のもとにさらすという不可解な犯行を繰り返している正体不明の悪漢《あっかん》である。その悪漢が昨日、丸《まる》の内《うち》の帝国劇場にて四度目の犯行を披露した。

※

十月×日午後三時五十分過ぎ、同劇場に於《お》いてオペレッタの開幕を待っていた観客たちは、思わぬ光景に息を呑んだ。開幕のブザーを待たずに幕が上がった直後、舞台中央のせりが上がり、そこにサロメの装束を纏《まと》った妖艶なる美女人形の出現を見たのである。先の三例の犯行に違わず、被害者の美女は睡眠薬を服用させられ、意識朦朧《もうろう》たる状態にあった。証言によると、被害者女性は前日の夕刻、近所へ買い物に出た途中、見知らぬ男に黒塗りの自動車で拉致《らち》され、目覚めた時には同劇場の舞台上にいたという。

女性を診察した○○医学博士は「精神的な混乱は少しく見られるが、肉体的な危害はなく、被害者の健康は確かなものである。また、その貞操《ていそう》の清らかなることに一点の疑いもないことを女性の名誉のために断言したい」と語った。

被害者女性の肉体的・経済的被害のないことはこれまでの事件と同じである。また、現場には女性の額に貼りつける形で小粒のパープルダイヤモンドが残されており、〈現場に残されるダイヤモンド〉も先行する三つの事件と共通することを指摘しておきたい。

騒動後、帝国劇場に隣接する警視庁からは即座に警官が駆けつけ、「帝都連続婦女誘拐事件」の新たな発生事例として、捜査を開始した。警察は現場となった舞台のせりの操作等を含め、現在、劇場関係者から詳しい話を聞いている。

肉体を奪うでもなく、金品を奪うでもなく、ただお眼鏡《めがね》にかなった美女を美しく飾りつけて人々の目にさらす、この犯人の目的はなんなのであろうか。

とまれ、この不可解な悪党の毒手にかかり、第五の美女人形とならぬよう帝都の婦女子がたはゆめゆめご用心なさるようにと、記者はここにあらためてご警告申しあげる。


有栖《ありす》は新聞を机に置いた。

(ゴシップが売りの大衆紙らしい記事だわ。写真も大きく掲載されているし)

「――おはよう、有栖。今日はずいぶんと早いのね」

「本当。有栖にしては珍しいみたい」

教室へ入ってきた友人たちは、新聞を手にした有栖を見て、「どうしたの?」と笑った。

「難しい顔をして新聞を見て。有栖ったら、まるでオジサンみたい」

「『美女人形再び現る』……ああ、例の美女誘拐事件ね。学校にこんな新聞をもちこんだりして、よっぽどこの事件に興味があるの」

「昨日、わたし、帝劇にいたの。この現場に居合わせたのよ」

「ええっ! 本当? じゃあ、サロメの活人形を実際に見たの?」

たちまち少女たちの顔が好奇心に輝く。

「本物はどうだったの? 活人形はやっぱり、たいへんな美人だった?」

「それより犯人は？　ねえ、劇場に誘拐犯らしい怪しい男はうろついていなかった⁉」

有栖は苦笑した。

「犯人なんて、そんなのに気づくはずがないわ。わたし、昨日、現場に遭遇《そうぐう》するまで、〝美女人形の怪〟なんて事件が起こっていたことさえ知らなかったのだもの。先週の金曜日までは試験で忙しかったし、新聞や雑誌にもそんなに気をつけていなかったから」

有栖の通う三葉《みつば》女子高等学校は帝都でも有数の名門女学校である。

先週は学校の試験週間だったため、有栖もその準備のために試験勉強に励《はげ》まなければならなかった。家政の勉強を主とする実科《じっか》の女学校と違い、三葉の中心はあくまで学問、卒業後は女子大に進む生徒も多くおり、学業に関して生徒たちは相当厳しいレベルを要求されるのである。

「そういうわけだから、誰か事件について詳しいなら、もう少し教えてくれない？　新聞には昨日の事件のことしか書いていないのよね」

「アラ、そんなのお安いご用よ。話題の事件だからずいぶん詳しく知っているわ」

――彼女たちによると、最初の〝美女人形事件〟が起こったのは、今から二月前のことだそうである。

日曜日、東京市中のある神社で、恒例の秋祭りが開かれていた。

屋台や小屋が並び、多くの客を集める中に、「古今東西《ここんとうざい》の珍しい人形を披露する」という謳い文句の見世物小屋があった。

天幕の中には、からくり人形や菊人形などと共に、精巧な蠟人形が飾られていた。中でも「殺人事件」という立て札のもとに殺人現場を再現した猟奇的な見世物があり、死体役の女の人形の美しさが客の驚嘆をそそったが、その死体人形がいきなりむくりと起き上がったものだから、客たちは驚いた。

直後、ピストル音に似た音が聞こえたため、狭い天幕内は大混乱になったという。

近くの交番から巡査が駆けつけ、事情を聞くと、人形に見立てられていたのは生きている美女、「綱次《つなじ》」の芸名で新橋《しんばし》に出ていた芸者だった。

彼女はここしばらく喉《のど》を痛め、両国《りょうごく》の実家に帰っていたのだが、当日の昼すぎ、髪結《かみゆ》いから帰る途中で何者かに背後から口をふさがれ、車に押し込まれた。

当て身をくらい、次に気づいた時には見世物小屋の中にいたというのである。

『――目を覚ますと、見覚えのない薄暗い場所におりました。パンパンという木の爆《は》ぜたような音が聞こえました。何人もの男女がわめきながら入口のほうに走っていて、まわりが大騒ぎになっていて、何がなんだかわからず、恐ろしくなって……とっさに目の前にいた娘さんにすがりついてしまいました』

と綱次はその時の状況を語ったそうである。

巡査は天幕を設置した香具師《やし》を尋問した。

が、こちらは単なる日雇いの男で、天幕や人形を準備したのは他の人物だった。老いた香具師は若い男に前金を渡され、客引きと切符切りを頼まれたばかりだという。

綱次は睡眠薬を飲まされていたが、特に乱暴されたようすもなく、このことは後の医師の診断でも明らかにされた。

何もかもが不可解なできごとだったが、もっとも奇妙だったのは彼女の指にダイヤモンドの指輪が残されていたことだった。それは小粒だが希少なブルーダイヤモンドで、金の輪も含めて相当の値打ちがあると鑑定されたのである。

「警察も困惑したそうよ。宝石を奪う誘拐犯ならわかるけれど、宝石を与えていなくなる誘拐犯なんて、前代未聞ですものね！　指輪は特に盗難届けなども出ていなかったから、しばらく警察が預かって検査したあと、『まあ、迷惑料としてもらっておきなさい』と綱次さんに返されたのですって。普通、拾得物として扱われても、拾い主に一年は渡されない決まりでしょ。なかなか温情ある処置だとは思わないこと？」

「そうよね。いきなり誘拐されて、わけのわからない見世物小屋に放置されて、世にも恐ろしい思いをさせられたのだもの。それくらい当然だわ！」

有栖はきっぱりと言い、友人たちもウンウンとうなずいた。

「それが第一の事件よ。次の事件が起こったのは、その二週間後。これも日曜日のこと、発見者は、某《ぼう》水族館に遊びに来ていた学生だったんですって」

よく晴れた日曜日で、水族館は多くの家族連れや学生たちでにぎわっていた。

一階の外れに休憩所があり、そこへ腰をおろした男子学生が、台座の上に人魚の彫刻があることに気がついた。長い黒髪がつやつやとした東洋的な姿で、船人を惑わす人魚の伝説にふさわしい、すこぶる美しい造形である。

若い男らしく、魅惑的な裸体像に興味をひかれた学生は手を伸ばしてみた。

すると、これがひやりと冷たい石膏《せっこう》の彫刻などではなく、血潮《ちしお》の通った柔肌《やわはだ》の女性、肉《にく》襦袢《じゅばん》と長い尾の衣装をつけた本物の人間であることがわかった。

美女の首にはグリーンダイヤのペンダントかけられていたという。

「――彼女は銀座《ぎんざ》のモデル倶楽部《くらぶ》に所属する若い人妻で、前の夜、帰宅途中に誘拐されたらしいの。自動車に乗せられたことは覚えているけれど、後の記憶はないのですって」

「前の事件と同じ状況なのね」

「ええ、やっぱりケガなんかは負っていなくて、ただ さらわれて人魚の格好をさせられただけなのね。このダイヤも盗品の届けはなかったから、後で彼女に渡されたそうよ。

で、次の事件はその三週間後、これまた日曜日に起こったのよ。場所は小石川《こいしかわ》の植物園。薔薇《ばら》の温室に入ったお客さんたちが、満開の薔薇に囲まれて眠っているきれいな女の子を発見したの。白のドレスを着たその姿は、まるで眠《ねむ》り姫《ひめ》か白雪姫《しらゆきひめ》みたいだったそう」

直後、温室内に音楽がひびき、見ると、茨《いばら》の茂みにオルゴールが置いてあった。

この音で倒れていた少女は目覚め、心配する客たちに事情を語った。

少女は近くに下宿する十八歳の少女歌手の卵で、前日、劇場からの帰り道に見知らぬ男と遭遇し、ムリヤリ車に連れ込まれたという。

その後の記憶は何もない、と語る少女の指には、鳩の血色に輝くレッドダイヤモンドの指輪がはめられていた。

通報を受けて警察が捜査を行ったが、先の二件同様、犯人の目星はつかなかった。

わかっているのは誘拐犯が自動車を自由に使える立場の若い男である、ということだけである。

ここにいたって、事件はがぜん世間の注目を浴びるようになった。

次々に誘拐され、活人形に仕立てられる美女たちと、現場に残されるダイヤモンド、という魅力的なモチーフが人々の興味をそそったのだ。

一つの新聞が〝美女人形の怪〟と事件を名付けると、以後は各紙がこれに倣《なら》った。

(――そして、昨日の帝劇のサロメの事件が四つ目というわけね……)

それにしても、詳しく知るほどに奇妙な事件である。

金目当てでもなく、性的な目的でもなく、怨恨《えんこん》が動機とも思われない美女の誘拐。

ただのお騒がせ目的なのか、あるいは変質者の歪んだ自己顕示欲《けんじよく》の顕れなのか？

(なんにせよ、すこぶる要《かなめ》お兄さま好みの事件ではあるわね)

「そういうわけだから、有栖も週末の外出には気をつけたほうがいいわよ。わたしなんて事件を警戒して、昼間でも人気《ひとけ》のない通りは避けているくらいなんだから！」

「大いなる杞憂《きゆう》ねえ。誘拐犯が狙うのは指折りの美人だけって、ご存じないの？」

「オフコースだわ。だからこそ用心しているの。なんといってもこの美貌《びぼう》だものね」

一人がおどけてしなをつくると、その場がどっと沸いた。

教室の前扉がガラリと開かれた。数学を担当する女教師が入ってくる。

「まあ、かしましいこと。まるで小鳥の巣のようね。始業のベルはとっくに鳴っていますよ、みなさん！　さあ、先日の試験の答案を返しますから、覚悟なさい」

「きゃあ、恐怖の時間だわ。どうしよう、今回はてんで自信がないのよ」

みなが悲鳴をあげて席へ戻る。有栖も机の上の新聞を急いで畳《たた》んだ。


——授業を終えた有栖が帰ると、家には珍しく母の桂子《けいこ》がいた。

「有栖、今日の予定は何かあるの？」

狆々《ちんちん》先生を膝に抱き上げ、母は言った。

「特にないわ。課題も出ていないし……何かご用なの、お母さま？」

「春日《かすが》のおうちにお遣いを頼まれてくれないかしら。お姉さんの好きな伊勢屋《いせや》のお菓子が手に入ったから、届けてほしくて。それに、お庭のダリヤがきれいに咲いたでしょ。おすそわけにもっていってちょうだいな」

有栖は眉《まゆ》を上げた。

「どうしてお母さまがいらっしゃらないの？　いつもはご自分でいらして、伯母《おば》さまと半日もおしゃべりなさってくるでしょ」

「お母さまは忙しいのだものー」

「狆々先生と遊んでいらっしゃるわ」

「はばかりさま。これは遊んでいるんじゃなくて、芸を仕込んでいるのよ。ハイ、狆々先生、お手。お座り。ちんちん。ぐうたら。ホホホ、お上手ねえ」

ぐたっ、と横向きに倒れてぐうたらして見せる器用な狆々先生である。

「——昼間、お姉さんと電話で話したのよ。昨日の有栖と義堂《ぎどう》さんのことが、要さん、ずいぶんショックだったみたい。今日は大学も行かず、蔵に閉じこもっているのですって」

母は笑って事情を明かした。

「お兄さまが大学をサボタージュするのなんて、いつものことでしょ」

「でも、昨日は要さん、いつになく難しい顔で帰宅した、ってお姉さんが言っていたわ。それも、ずいぶん遅くにね。心配だから、元気づけに顔を見せてきておあげなさいよ」

「お母さまったら、まるでわからないわね。そんなふうにお兄さまに肩入れなさるなら、どうして有栖と義堂さんを会わせるようなことを考えられたの？」

「義堂さんのことは、承知も不承知も有栖に任せると言ったでしょ」

　母親は肩をすくめた。

「義堂さんが気に入ったのならよし。あるいは、紳士的な義堂さんに会って、やんちゃな要さんの魅力を再認識したならそれもよし……。とにかく、何らかの刺激を与えなくちゃ奥手の有栖は動かないのだもの。今の有栖は思春期のトゲトゲと固い貞操《ていそう》の皮とに守られた栗ね。トゲと皮をひっぺがして、中身の美味《おい》しさを引き出すには、少々乱暴でも火中に放りこんで、パンと爆《は》ぜるのを待つしかないとお母さまは思ったの」

「勝手に火の中へ放りこまれちゃたまらないわ」

「ライオンもわが子を崖《がけ》から突き落とすというじゃない？　ま、わたしが焚《た》きつけるまでもなく、要さんと義堂さんが恋の炎を燃やしてくれたのはよかったわね。ふふふ」

（つまり、お兄さまと義堂さんの対立も想定ずみだったのね。食えないお母さまだわ）

　しかし、要に会いに行くことについては有栖にも異存はなかった。

　美女人形の事件について、要の話を聞いてみたいと思っていたからだ。

　昨夜は騒動のせいで、要とも義堂ともあわただしく別れてしまったが、その後、事件についで、要がつかんでいる事実があるかもしれない、と有栖は考える。素人《しろうと》探偵を気どっている要だ。事件の詳細について、新聞記者以上にいろいろ知っているかもしれない。

「それでは、いってまいります」

菓子を包んだ風呂敷とダリヤの花を手に、有栖は家を出た。

要の家なので気どりもいらない、通学時のままの銘仙の小袖《こそで》に袴《はかま》姿である。

大通りに出てさして進まぬうちに、そばでクラクションが鳴った。

「有栖さん」

黒の自動車がとまった。助手席のドアが開き、道に下り立ったのは黒澤《くろさわ》義堂である。

「まあ、黒澤さん」

「こんにちは。よく似た人だと思ったら、やはりあなただった」

帽子をとって挨拶《あいさつ》をした義堂は「お花の稽古《けいこ》ですか？」とダリヤの花を見て言った。

「いいえ、母のお遣いで、春日のおうちへ行くところなんです。黒澤さんはどちらへ？」

「麻布《あざぶ》の知人を訪ねる予定なのですが、まだ時間があったものですから、お宅にご挨拶へうかがおうかと思っていたところです。昨日はあんなふうにつまらない別れかたをしてしまったでしょう。それがどうにも気になって」

「ご丁寧《ていねい》にありがとうございます」

有栖は頭をさげた。

「春日くんの家も、確か高輪《たかなわ》でしたね。乗ってください。送りましょう」

「いいえ、そんな。歩いても大した距離ではないのですもの」

それでも重ねて乗車を勧められたので、有栖は最後には礼を言って車に乗りこんだ。

「——こんにちは、有栖さん」

義堂と並んで後部座席に入ると、運転席の青年がバックミラー越しに挨拶をした。安里《あんり》と呼ばれていた昨日の美青年だった。今日も黒シャツに黒のジャケット姿である。

「安里、春日くんの家へ行ってくれ。有栖さんを送っていくことにした」

安里はうなずいた。

「それじゃ、住所を教えてもらえますか、有栖さん」

「あ、はい。よろしくお願いします」

車はなめらかにスタートした。

「——よけいなお世話ですが、もう少し警戒しなければいけませんよ、有栖さん」

ハンドルを操りながら、安里が言った。

「警戒？」

「男の車にそうあっさりと乗りこんではね。例の婦女誘拐《ゆうかい》事件のこともある。注意しないと、有栖さん、次の美女人形とされるのはあなたになるかもしれませんよ」

（まあ）

「ばかなことを言うな、安里」

義堂が苦笑する。

「有栖さんはぼくの車と知って、信用して乗ってくれたんじゃないか」

「その信用が危ないと思うけれどな。ギィが噂《うわさ》の誘拐犯でないとも限らないんですから」

「ぼくが次々に女性を拐《かどわ》かす異常者に見えるか」

「まあ、それはないですね。ギィは女性に関しては相当手堅いほうだから。その歳《とし》にしては少々真面目《まじめ》すぎるくらいに……それでいまだに独身なわけですし」

「大きなお世話だ」

気軽な口をききあう二人の会話を聞きながら、この安里という青年は昨日の青年グループの面々とは少し違う立場にいるようだ、と思った。

少女めいた美貌から受ける控えめな印象に反して、義堂に対してずいぶん遠慮《えんりょ》のない口をきく。それだけ親しい間柄ということだろう。彼の運転手役を務めているところからして、秘書的な仕事も任されているのかもしれない。

「それにしても、昨日の事件は驚きましたね」

義堂が言った。

「まさか、自分が噂の事件現場に居合わせることになるとは思わなかった。新聞を読みましたが、やはり例の誘拐犯の仕業《しわざ》のようですね。これで四件目の犯行だとか」

「ええ、わたしの学校でもずいぶん話題になっていますわ」

二人はしばし〝美女人形の怪〟の話で盛り上がった。

「春日くんも昨日は劇場に残っていろいろ調べていたようですね。やはり探偵小説家らしく、こうした事件には強く魅《ひ》かれるものらしい」

「お兄さまは普段から素人探偵を名乗って、ほうぼうの事件に首をつっこんでいるんです。警視副総監の息子さんがお友だちとかで、警察にも知り合いがいるようですわ」

「素人探偵？　春日くんが？」

義堂は切れ長の目を見張った。

「それは知らなかった。探偵小説の執筆だけでなく、そんな活動までしていたのか」

「それなら、今回の事件も、春日くんに解決してもらうのがいいかもしれませんね」

安里が言った。

「お兄さまはあくまで自称探偵ですもの。こんな大事件は荷が勝ちすぎると思いますわ」

「そんなこともないと思いますよ、有栖さん。ぼくは彼の推理力はなかなかのものだと思っています。……もっとも、もう少し軽口を控えて、人をからかうクセをなくせば、ムダに敵を作ることもなくなると思いますが」

バックミラーに映る安里の白いおもてにはおかしそうな表情が浮かんでいる。

「敵」というのは昨日、帝劇で要と揉《も》めた青年グループのことらしい。

安里によると、彼らと要が衝突したのは昨日が初めてのことではなく、以前にも一悶《ひともん》着《ちゃく》あったのだそうだ。

きっかけは、彼らのグループに属する新人青年作家と要との軋轢《あつれき》である。

今年になって、この新人作家はある文芸誌に探偵小説の連載を任された。

初めての連載に青年は大いに張り切り、構想も、人物造形も、終盤に用意された事件のトリックも、練《ね》りに練った自信作を第一回作品として掲載した。

この作品はかなりの好評を博し、続く第二回目も同様で、一回目よりもさらなる好評と期待の声を得るにいたったという。これをよろこび、彼と仲間たちは倶楽部のバアで祝杯をあげることにした。

そこに要がいたらしい。

要はにぎやかにグラスを重ねる彼らとは離れ、友人となじみの女給と三人で酒を飲んでいたのだが、くだんの青年作家が要にからんで彼の作品をひやかし始めたという。

かたや大手文芸誌での連載、かたや大衆エログロ雑誌での連載——という互いの立場の違いに驕《おご》った発言で、要にかなりの軽口を叩いたようだ。

要は特に怒りもせず、酔った青年作家の言葉を聞いていたという。

相手のおしゃべりが一通り終わると、

『ぼくも作品は読ませてもらいましたよ。時に、あれは全部で何回の連載なんですか？』

あれは全八回の連載で、最終回には意外な結末と驚天動地《きょうてんどうち》のトリックが用意されているのだ、と相手が答えると、要は笑い、こう言ったという。

『では、ひき続き執筆を頑張ってください。もっとも、ぼくには最初の二回で犯人も動機もトリックも全部わかってしまったので、残りの連載を読む必要はなさそうですがね』

そして、犯人とトリックをその場ですらすら解説し始めたのだそうである。

要の推理はズバリ、的《まと》を射《い》ていたらしく、青年作家はみるみる真っ青になった。その場には彼の仲間だけでなく、雑誌の担当編集者や、彼を激賞した文芸評論家などもいたため、青年新人作家はまったく面目をなくしてしまったのだった。

「——連載は予定通り八回まで続きましたが、早々にトリックを見破られたことがよほどショックだったんでしょう。その後はすっかり筆に精彩を欠いてしまい、結局、尻すぼみといった格好で連載終了となってしまったんです」

有栖はため息をついた。

いかにも要らしいエピソードである。

「お兄さまは人をおちょくったり、怒らせることに関しては天才的なんですわ。それで、いつも春日の伯父《おじ》さまを激高させているんです」

「しかし、安里、最初に春日くんにケンカを売ったのは相手のほうだったんだろう。それなら、春日くんが相応の応酬《おうしゅう》をするのも当然だ。大勢の前で作品を貶《けな》されてはな」

義堂が言った。

「昨日の騒ぎにしても、つっかかっていったのは、春日君ではなく、彼らのほうだった。

それに、春日くんの言葉にはうなずけるところがあったよ。特に、自分は三文文士《もんぶんし》かもしれないが、それは誰の威光や力を借りたものでもなく、自力で作った看板だ、という言葉にはぼくもずいぶん痛いところを衝《つ》かれた」

　有栖はあわてた。

「あれは、決して黒澤さんにあてこすりを言ったわけでは……」

「わかっています。春日くんの言葉が耳に痛くひびいたのは、ぼくに親の七光を浴びている自覚があるからですよ。画家の夢をあきらめ、評論家の道へ進みましたが、今のぼくの立場は祖父や父の威光にあずかるところが大きいですからね。それに比べると、春日くんは父君の力をまったくあてにしていない。自由な立場の彼から見ると、一族の威光や名声やしがらみにとらわれているぼくなどは、ずいぶん旧弊《きゅうへい》な人間に映るでしょう」

　有栖は義堂の端整な横顔をみつめた。

　彼が美術や文芸の評論家として、あるいは若い芸術家たちの支援家として、世間から高い評価を受けていることは聞いている。

　それでも、すでにそれぞれ名を成し、確固たる名声と立場を得ている家族の中では、彼もそれなりに重圧や劣等感を抱えているのだろうか。

「その真面目さがあなたのいいところですよ、ギィ」

　安里が言った。

「誰もがルール破りの自由人となる必要はないんですから。人にはそれぞれ、役割がある。ムリに慣れないダンスを踊る必要はないでしょう。……さあ、着きましたよ、有栖さん。このあたりでいいですか」

安里は春日邸の門の少し手前で車をとめた。

距離のわりに時間がかかったのは、話のために少し遠回りをしたからだろう。

義堂がすぐにおり、有栖の側に回ってドアを開けてくれる。

「ギイ。忘れていますよ」

運転席に残ったままの安里が声をかけた。

「そうだった。有栖さん、これを。手土産《てみやげ》代わりにと思い、もってきたのですが」

「まあ、きれいな鬱金香《チューリップ》……！　今のこの時期にこのお花が見られるなんて」

赤い鬱金香《チューリップ》の花束を有栖はびっくりして受けとった。

開花時である春に求めても高価な洋花である。

「昨日、櫛《くし》をお借りしたお礼です。櫛に鬱金香《チューリップ》の模様があったので、お好きかと思って。安里の知り合いに温室をもっている友人がいるそうで、調達してくれたんですよ」

義堂は運転席に笑顔をむけたが、安里はツイと首を奥へひっこめた。

「本当にご親切にしていただいて。ありがとうございます、黒澤さん」

「いいえ。お母さまにもよろしくお伝えください」

助手席のドアを開け、義堂は言った。

「今日は短い時間だったので、肝心《かんじん》な話ができませんでした。今後のぼくたちのことは、また次の機会にでも、ゆっくりお話しさせてください」

「は……ええと、あの、それは……」

「それでは、また」

有栖の返事をまたず、義堂は笑顔を見せて、助手席におさまった。

走り去る車を有栖は見送り、それからダリヤと一緒に抱えた鬱金香《チューリップ》をみつめた。

正式な見合いであれば、返事は仲人を通して、諾《だく》か否《いな》かの二通り、始末も簡潔である。

しかし、母のもくろんだ「新時代式」の出会いであるから、どんなふうに対処すればいいのかわからない。

そうでなくてもその手の方面に疎《うと》い有栖はまごまごしてしまうのである。

(黒澤さんは申し分のない紳士でいらして、結婚相手としてなんの不足もないお相手だと思うけれど)

しかし、そのことを嬉しく思うより戸惑う自分がいるのである。

これは自分が結婚というものにまだピンときていないせいなのか、それとも義堂をそういう相手とは考えられないからなのだろうか。

アレコレ思いを巡らせながら、有栖はとりあえず春日家の門を開いた。

4　名探偵はくせになる

「まあ、有栖《ありす》、来てくれて嬉しいわ」

伯母《おば》の春日《かすが》夫人はいつも通り、笑顔で有栖を迎え入れた。

「桂《けい》ちゃんが有栖をお遣いに出したと電話をくれたから、楽しみにまっていたのよ」

「こんにちは、伯母さま」

「ずいぶん早かったのね。まあ、きれいなダリヤだこと。桂ちゃんは趣味が多くて本当にまめね……あら、珍しい鬱金香《チューリップ》まであるの？」

「ごめんなさい、伯母さま、これは途中でお母さまのお知り合いに会って、有栖がいただいたお花なんです」

菓子を渡し、ダリヤと一緒に鬱金香《チューリップ》にも水をあげておいてほしいと頼むと、伯母は快《こころよ》く引き受けてくれた。

応接間に移ると、女中が紅茶と菓子を運んできてくれる。

しばらく談笑した後、要《かなめ》はまだ書斎代わりの蔵にいる、と伯母は言った。

「食事もあちらへ運ばせて、今日はほとんど母屋《こちら》に顔を見せていないの。でも、さっき、お友達やら誰やらが訪ねてきて、なんだかにぎやかにしていたようだけれど」

「それじゃ、お兄さまはお元気なのね」

「そうね。でも、昨日は本当に、いつもとようすが違ったのよ」

　春日夫人は首をかしげた。

「お茶を勧めても、お風呂を勧めても、上の空で、何か考えこんでいるふうだったわ。進路のことでお父さまにガミガミ言われても、いつもほど口答えをせず、大人しくしていたし……でも、いつの間にか居間に飾ってあるお父さまの写真にヘンなおヒゲを落書きして仕返ししたりして、やっぱり最後には怒らせていたけれど」

　要が元気かどうかは「父親をどの程度怒らせたか」で判断されているらしい。

「有栖が顔を見せてくれれば、要もよろこぶわ。少し相手をしてやってちょうだいね」

「ええ、伯母さま」

　母屋《おもや》を離れた有栖は、周囲を警戒しながら庭を進んだ。

（前にもこの辺りで落とし穴に落とされたもの。油断はできないわ）

　ふと見ると、蔵の入り口から男が二人出てくるところだった。

　一人は学生服の上にトンビと呼ばれる袖《そで》のない長マントを羽織《はお》り、慶應《けいおう》の校章が光る丸帽をかぶっている。典型的な男子学生のスタイルで、要の大学の友人だろう、きりりとした濃い眉《まゆ》のなかなか精悍《せいかん》な青年である。

もう一人は際立《きわだ》って長身の男だった。砂色の背広にカーキ色のハンチング帽。歳《とし》は三十前後か、痩《や》せぎすで浅黒い肌、鋭い眼光の持ち主である。

二人の後から要が現れた。こちらはきれいなブルーのセーターにクリーム色のズボンという、くつろいだ格好。

短い会話のあと、学生服の青年が笑顔で要の肩を叩き、背広の男はハンチングのつばに手をかけて挨拶《あいさつ》に代えた。

並んで門へ歩いていく二人を要はしばし見送った。

「――さてと、そんな所で何をしているんだい、有栖。童心に返ってかくれんぼかい？」

いつから気づいていたのか、木陰に身を隠している有栖を見て、要が笑った。

本当に油断のならない青年だ。有栖は要の観察眼にひそかに舌を巻きつつ、

「かくれんぼじゃないわ。お客さまのようだったから、有栖は遠慮《えんりよ》していたの」

「そうかい、ちょうど帰るところだったから、いいタイミングだったね」

「変わった組み合わせのお客さまね。お一人は大学のお友達でしょう。もう一人は……」

「彼かい？　凌雲閣《りょううんかく》さんさ」

凌雲閣。

浅草《あさくさ》にある「十二階」とも呼ばれる高層建築である。

東京名物の一つだが、しばしばのっぽの人間を指して「動く凌雲閣だ」などという冗談が口にされるのだ。

「――ところで、今日はどうしたんだい。学校帰りにぼくに会いにきてくれたのかな」

先に立って蔵の二階へ上がりながら、要は言った。

夏でも涼しい蔵の空気がひんやりと肌を刺す。書斎として使っている二階の窓は大きく改造され、格子《こうし》を外してガラス板をはめこんでいるので、室内は明るかった。

有栖はオリーブ色の長椅子《ながいす》に腰をおろした。

「学校帰りじゃないの。有栖はいったん家へ帰ってから、こちらへ来たのよ。お母さまのお遣いで、お花とお菓子を届けに……それと、お兄さまのようすを見にきたの」

「ぼくの？」

「昨日からずっと蔵《ここ》に閉じこもっていると聞いたわ。伯母さまも心配なさっていたわよ」

「そうか。いろいろ考えなきゃいけないことがあったんでね。しかし、母上にご心配をかけていたのはいけなかったな。有栖も気にかけてくれてありがとう。嬉しいよ」

有栖は首をかしげた。

確かにいつもと少しようすが違う。有栖をからかったり、口説《くど》きにかかったりもしないし、素直に礼を言うなど、要らしくもない殊勝《しゅしょう》な態度だ。

外国製の大きな揺り椅子《ロッキングチェアー》を揺らし、閉じた瞼《まぶた》を揉《も》んでいる要を有栖はのぞきこんだ。

「お兄さま、ご病気？　どこか具合でも悪いの。なんだか変よ」

「病気ではないよ。少しばかり落ちこんでいるだけさ」

「落ちこんでいるって、どうして？」

「自分の未熟さを思い知らされてね。さすがのぼくでも、たまには真摯《しんし》に反省することもあるんだよ、有栖」

　有栖はますます困惑した。

　蔵に閉じこもっていたのは、昨日の事件の推理に夢中になっているだけだろうと思っていたのだが、それにしてはこんなふうに落ちこむのは妙である。

（もしかして、お兄さま、本当に黒澤《くろさわ》さんがお婿さん候補に選ばれたことにショックを受けているのかしら……？　それで珍しく自分の態度を反省しているとか、昨日はわたしも黒澤さんを庇《かば》って、お兄さまにちょっぴりイジワルな態度をとってしまったものね）

「あのう、お兄さま、昨日のことは、あまり気にしなくてもいいと有栖は思うわ」

　揺り椅子の端にちょこんと腰をおろし、有栖は言った。

「黒澤さんにオジサンなんて失礼を言ったのはやっぱりいけなかったと思うけれど、黒澤さんは怒っていなかったし……その後のケンカ騒ぎはあの青年グループの人たちが吹っかけてきたのですものね。黒澤さんも、お兄さまのことを悪く言ってはいなかったわ」

「昨日、あれから黒澤さんと長くおしゃべりしたのかい」

「いいえ、昨日はすぐお別れしたけれど、さっき、またお会いしたのよ」

黒澤の車に乗せてもらったことを話すと、要はようやく両目を開けた。

「へえ。初対面の翌日、すぐまた挨拶に訪れるとは、さすがに黒澤さんはそつがないね」

「本当に紳士的で礼儀《れいぎ》正しいかたなのだわ」

「礼儀正しい？　いやいや、鬱金香《チューリップ》をプレゼントするあたり、相当のクセモノだよ」

「クセモノ？」

「チューリップの花を渡したんだろう？　これはもう、有栖の花のような唇《リップ》を狙っています、きみとチューがしたいんだというメッセージに他ならないじゃないか。完璧《かんぺき》な紳士みたいな顔をして、油断がならない人だなあ。なんていやらしい贈りものだろう」

「いやらしいのはお兄さまの頭のほうよ」

むちゃくちゃなこじつけに有栖はあきれた。

とはいえ、黒澤の名を出したとたん要がいつもの調子をとり戻してきたので、安堵《あんど》する半面、よけいにわけがわからなくなった。

落ちこんでいる原因は黒澤ではないのだろうか？

「鬱金香《チューリップ》は昨日、わたしが黒澤さんにお貸しした櫛《くし》の柄に合わせて選んでくださったのよ。この時期に鬱金香《チューリップ》をいただけるなんて思わなくて、驚いたわ。安里《あんり》さんがお知り合いから特別にわけてもらってきたのだって、黒澤さんが言っていたけれど」

「ふうん。確かに秋冬の鬱金香《チューリップ》の栽培《さいばい》はなかなか難しいと聞いている。それを昨日の今日ですぐに見つけてくるとはね……安里青年は大した人脈をもっているんだな」

「あの安里さんはどういうかたなの、お兄さま？」

有栖は先ほどから疑問に思っていたことを尋ねた。

「お友達？　それとも、秘書か助手のかたなの。義堂《ぎどう》さんとはずいぶん親しい間柄のようだけれど」

「さあ、正式な立場は知らないが、秘書兼年下の親友兼情人ってところじゃないかな」

有栖は目を丸くした。

（情人？）

「あの二人は、倶楽部《くらぶ》なんかでは〝黒髪のギィ、黒衣のアンリ〟と呼ばれているんだよ。いつも一緒にいて、絵になる美青年二人だからね。黒衣のアンリの本名は三井安里《みついあさと》。年齢は二十四だったかな。もともとは画家志望で、黒澤さんとは遊学先のパリで出会ったと言っている。で、数年後に一緒に帰国して、以来、水魚《すいぎょ》の交《まじ》わりというわけだ」

「まあ……本当にそういう関係なの？」

「そういう噂《うわさ》があったのは事実だ。二人揃ってパリ帰りだし、倶楽部やカフェなんかでも二人は女性をほとんどそばに寄せないからね。しかし、黒澤さんの有栖への求婚の件を考えると、さて真相はどうなのかな。ぼくには男色《ソドミイ》のケはないからなんとも判断できないが……。真相はともかく、あの安里青年はちょっとふしぎな人物だ。年齢も出自《しゅつじ》もはっきりしない上に、あの神秘的な美貌《びぼう》だろう。三井の苗字《みょうじ》も偽名で、本当はどこぞの華族《かぞく》の出身なんじゃないか、なんて言われているんだよ」

有栖は自動車の中での二人のようすを思い浮かべた。

気の置けない間柄であることは有栖にもわかったが、そんな疑いはつゆぞ抱かなかった。

第一、二人がそういう関係だとしたら、自分への交際の申し込みを義堂が安里の前で積極的にするというのも妙ではないだろうか。それとも、結婚は結婚、同性との色恋は色恋、と二人とも大人らしく割りきっているのだろうか。

「今の話で、花婿候補の黒澤さんの株がいくらか下がったかな？」

考えこんでいる有栖を見て、要はちゃっかり有栖の手に自分の手を重ねてくる。

「安里さんとの話は本当かどうかもわからないのでしょ。勝手な決めつけはできないわ」

「ま、黒澤さんの趣味なんてどうでもいいよ。男と寝ようが、女と寝ようが、両方と寝ようが、個人の自由さ。それより、有栖に考えてほしいのは、きみとぼくとの将来だよ」

「お兄さま」

「有栖。昨日、きみが黒澤さんに櫛を貸して、新婚の奥さんみたいにかいがいしく世話を焼いている場面を見て、ぼくのこの部分がどんな反応をしていたか、わかるかい？」

要の手が有栖のそれをつかんだまま、自分の胸元へもっていく。

着ているセーターの前はV字型に大きく開かれたデザインで、下のシャツも襟元《えりもと》を開いているので、有栖の手は要のなめらかな素肌に直接触れさせられてしまった。

やや高い青年の体温と、トクトク上下する心臓の鼓動。

それらを手のひらにはっきり感じ、有栖は耳まで赤くなった。

「お、お兄さまったら。もう、悪戯《いたずら》はやめてちょうだい」

「心臓がちりちり焦がれて、鋭い針を突き刺されたようだったよ。嫉妬《しっと》という感情をはっきり経験したのは、昨日が初めてだ」

うろたえる有栖を胸に抱き寄せ、ぎゅうと力をこめてくる。

「い、いけません。離してちょうだい。お兄さま」

「有栖は黒澤さんを好きになったのかい？　認めるのは癪《しゃく》だが、確かにあの人はいい男だよ。だから、有栖もぼくよりあの人をお婿さんにしたくなったのかい？」

「そんなこと、言っていないでしょ。好きも何も、昨日お会いしたばかりのかたよ」

「一目で恋に落ちることだってある。現に黒澤さんは会ったばかりで有栖を気に入ってしまったじゃないか」

「それは……」

「恋に時間も年齢も関係ないんだよ。ぼくだってきみに一目惚《ひとめぼ》れだった。小さなころに叔《お》母上《ばうえ》の家へ遊びに行って、勝手に寝床を抜け出して元気に庭をハイハイしている赤ん坊の有栖を見たとたん、このおてんばな女の子を絶対お嫁にしようと決めたんだからね」

（どういう一目惚れなのよ）

有栖は要の腕から逃げようとジタバタしたが、巧《たく》みに腕をとられてはたされなかった。くるりと体勢を入れ替えさせられ、不安定な揺り椅子にすっぽり押し籠《こ》められてしまう。有栖を椅子に押しつけると、要はゆっくりと顔を近づけてくる。

「お兄さま……！」

「あんまり昔から身近にいすぎて、有栖にはぼくの言葉が本気にひびかなくなってしまったのかな？」

寝ていないのか、要の目の下には青い隈《くま》がうっすら浮かんでいる。

長めの前髪も乱れてかかり、じっと有栖をみつめるようすは妙に艶《つや》めいていた。

裸の胸から香るコロンの香りと雄々《おお》しい青年の匂《にお》い。

（い、いやだ……どうしたの、わたしったら。なんだかどきどきしてきちゃったわ）

「ねえ、有栖。きみへのきもちは、ぼくの胸からとり出している本当の想いだから、何度だって平気で口にできるんだよ」

要は熱を帯びてきた有栖の耳にささやいた。

「嘘がないから、何度口にしたってすり減らない。いつでもどこでも口をついて出てくる。いつものおふざけではないよ。ぼくのきもちは正真正銘《しょうしんしょうめい》、本物だ」

「お兄さま……」

「有栖が好きなんだ」

要はささやき、有栖の長い髪をすくって口づけする。

「可愛《かわい》いぼくの女の子。嫌だね、黒澤さんにも誰にも絶対に譲《ゆず》るもんか。有栖はぼくのものの、ぼくの人だ。この場でそれをじっくりたっぷり証明してあげてもいいんだが……」

「な、なんてことをおっしゃるの」

「有栖だって兄さまがきみに心底惚れているのは知っているだろう。冷たくしないでおくれ。やさしくしてくれなくちゃだめだ。そうしないと、落ちこんでいる兄さまはこのまま死んでしまうからね……ねえ、ぼくには有栖の温かな胸が必要なんだよ」

甘えるように、すがるように、有栖の胸に抱きついてくる。

有栖はどぎまぎし、どうすればいいのかわからなくなってしまう。

（も、もう、ずるいわ、こんなの……！）

いつも強引で自信家の要が珍しく弱気を見せ、子どものように甘えてきたことで、有栖はすっかり調子を狂わされてしまった。

何より困るのは、自分の中にそんな要にやさしくしてあげたいきもちがむずむずと起こっていることである。母性本能をくすぐられるというのだろうか？　弱っている要が妙に可愛く思えてしまう。いつものように強引にこられれば突っぱねられるが、すがりつかれたらそうもいかない。このまま雰囲気《ふんいき》に呑《の》まれてしまいそうで怖かった。

有栖ははっとした。

いつの間にか要の唇が自分のそれに接近している。

「だ、だめ。だめよ。お兄さまったら」

「どうして？　ぼくらはもう二度も接吻《キッス》をした仲じゃないか」

「し、していないの。あれは、お兄さまが一方的に有栖の唇を奪っただけなの」

「そうさ、有栖の最初の接吻《キッス》はどうでも兄さまがいただくと、何年も前から決めていたんだからね。竹久夢二《たけひさゆめじ》の詩を知っているだろう。……『五月に花は咲くけれど、それは去年の花ではない、人はいくたび恋しても、最初のキッスは一度きり』」

要が甘くささやく。

「それだけきみを長いこと、いちずに想っていたんだよ。ねえ、お願いだからぼくの求婚を受け入れておくれ、有栖。そしてぼくの奥さんになっておくれ。どうすればぼくを受け入れてくれる？　ひざまずき、きみの足先にキッスをして愛を乞《こ》おうか？」

「だ、だって、お兄さまと結婚したら、苦労をするのが目に見えているもの……！」

今にも触れそうな要の唇を有栖は必死に押し留めた。

「なんで苦労をさせるものか。お嫁に来てくれたら下へも置かぬおもてなし、有栖を頭の上にかかげて大事にするよ」

「下へも置かぬどころか積極的に落とし穴へ落っことすではないの」

「まあ、それはぼく独自の愛情表現ということで」

「それに、愛情の点でも、お兄さまには疑わしいところがあるし……」

「なんだい、疑わしい点って」

「お兄さまが浮気なことよ。それは、有栖へのきもちは本気かもしれないけれど、他にも本気がいくつもありそうだもの。お兄さまはお口が上手だし、女の人には誰にでもやさしいでしょ。そうよ、昨日だって、銀座《ぎんざ》で断髪の美人さんとデイトしていたじゃないの」

要は形のいい眉《まゆ》をあげた。

「そういや、あれを見られていたんだっけ。いや、有栖に妬《や》かれるのは嬉しいけれどね」

「妬いてやしないのよ。お兄さまの不誠実さを問題にしているだけなの」

「不誠実さね。つまり、それは誤解だと証明しない限り、ぼくは有栖をお嫁にもらえないってわけか」

要はつぶやいた。

有栖から離れ、立ち上がる。

それまでの危うい空気がようやく変わり、有栖はほっとした。

「仕方ないな。全部ことが終わるまでは口外しないつもりでいたんだが……それじゃ、話すことにしよう。さっき見送った二人を覚えているだろう、有栖？　大学の友人とのっぽの凌雲閣さんだよ」

「ええ。あの凌雲閣さんは、実は刑事なんだ。ちょっと鋭い眼光をしていただろう？」

有栖は目を見開いた。

「いったいどうして刑事さんがお兄さまを訪ねてきたの？」

「例の連続婦女誘拐《ゆうかい》事件、通称〝美女人形の怪〟の件で相談があってね。……有栖は昨日は事件についてほとんど知らなかったようだけれど、あれから少しは情報を得たのかな」

「ええ。学校でみんなに詳しく教えてもらったから。四つの事件のこともだいたいソラで話せるくらいよ」

「そうか。でも、ぼくとさっきの刑事さんが話したのは、五つめの事件のほうなんだよ」

「五つめ……事件はまだ四つしか起こっていないでしょう？」

「だから、これから起こる五つめについて、刑事さんと話をする必要があったのさ」

有栖はきょとんとした。

「どういうこと？」

「ぼくらはね、次の事件を防ぐための予測を立てていたんだよ、有栖。

恐らく第五の事件は、今から二十日以内に起こるはずだ。今度の犯行は日曜日ではなく、かなりの確率で平日に行われるだろう。犯行現場は両国《りょうこく》の国技館《こくぎかん》。ここで行われている菊《きっ》花《か》大会に次の美女人形が現れるよ。被害者女性に与えられるのはイエローダイヤモンドの指輪だろう。被害者女性の年齢は、十六歳から二十五歳の間。花柳界《かりゅうかい》かショウ・ビジネスの世界に属している。もちろん、今回の被害者もとびきりの美人だ」

すらすらと、台本でも読んでいるようにまくしたてられ、有栖はあっけにとられた。

予測というにはあまりに具体的だ。いったいなんの根拠をもってそのような推測をしたのだろう。

「驚いているね、有栖」

要は笑っている。

「ぼくが次の犯行を見てきたように語るのかがふしぎなんだろう」

「ええ、まったくその通りだわ」

「なぜなら、このぼくが犯人だからだよ」

「なんですって?」

「連続美女誘拐事件の犯人はぼくなんだよ、有栖。これまでの事件も今後の事件も詳細を知っているのはそのためさ。事件はすべてこの春日要が考え出したものなんだからね」

有栖はしばし言葉をなくした。

(何を言っているのかしら、お兄さまは)

いつもの冗談だろうか。あるいは、生来の自信過剰《かじょう》と自惚《うぬぼ》れと一人合点《ひとりがてん》がいき過ぎて、おかしな妄想にでもとらわれてしまっただろうか。

「お兄さまが誘拐犯なんて信じられないわ。あんまり突飛《とっぴ》過ぎるお話よ」

「でも、事実なのさ。事件の犯人はこのぼくなんだよ。――ただし」

要は机の上から数冊の雑誌をとり、有栖の隣へ戻ってきた。

「誌面の中での話だがね」

『猟奇《りょうき》クラブ』だった。彼の小説が載っている大衆誌である。

「これに掲載されている『美少女探偵アリス』のシリーズを有栖は読んでいないだろう？」

有栖はこくりとした。

「一話か二話、目を通したことはあるけれど。だって、どうにも手にとるのがためらわれるエログロ雑誌なんですもの」

「だろうね、そのおかげでぼくも好き勝手にアリスと男爵《バロン》春日のきわどいアレコレを書けるわけで……いやいや、なんでもない。聞き流してくれ。――この『猟奇クラブ』に載せるため、ぼくはこれまでに六つの話を書いた。で、そのうちの一つに、連続婦女誘拐事件を扱ったものがあるんだよ」

要は雑誌の一冊を有栖の膝に乗せ、ぱらぱらとページを繰っていたが、

「――そう、これだ。『美少女探偵アリスの帝都《ていと》事件帖《じけんちょう》3～悪魔たちは夜歩く～』。

探偵アリスの敵役《かたきやく》である男爵《バロン》春日が初めて登場する話だよ。で、問題はこの三話目の内容が、一連の事件にそっくりだということなんだ」

「そっくりって……」

「悪漢《あっかん》によって次々にさらわれ、美女人形として観衆にさらされる帝都の美人たち。彼女たちに与えられる色つきダイヤモンド。こういった事件の特徴が酷似《こくじ》しているんだよ。『殺人事件』の詩の引用も『サロメ』の衣装もすべてぼくが作中で使用したものなんだ。わかるかい、有栖？　これはすべてぼくの考えた犯罪なんだよ。くだんの誘拐犯はぼくの小説をテキストにして犯行を重ねていっているのさ」

有栖はあっけにとられた、
あわてて膝の上の雑誌に目を通す。

（本当だわ……確かに小説の内容が実際の事件と重なっている……！）

「どういうこと？　お兄さまの小説を模倣《もほう》して誘拐事件が起こるなんて。いったい誰がこんなことを。こんなことをしそうな人に心当たりはあるの、お兄さま？」

全然、と要はかぶりをふった。

「たまたまぼくの小説を読んで、一つこれを真似《まね》て世間を騒がせてやろうと考えた人間がいるのか。あるいは熱狂的なぼくのファンか。どちらにしても迷惑なことだね」

「いつ気づいたの？」

「三つ目の小石川《こいしかわ》の植物園の事件の後だよ。それまでは事件に関する新聞の扱いも大きくなかったから、ぼくも誘拐事件を知らずにいたんだ。三つ目の事件で、これは同一犯による連続誘拐事件の可能性が高いと指摘され、先の二つの事件が併せて報道された。そこで初めて小説との類似点《るいじてん》に気づいたんだよ。で、詳しいことを確かめようと、ぼくは友達に協力を頼んだんだ」

「お友達って」

「さっき来ていた、大学の友人さ。彼は警視副総監の息子なんだよ」

「ああ……！」

有栖は思わず手を打った。

要からそうした友人がいることは以前から聞いていた。

となると、一緒にいたあの刑事は今回の事件解決のために呼び出されたのだろう。

要は友人と刑事に『悪魔たちは夜歩く』を見せ、一連の犯行が自分の小説の模倣《もほう》であることを伝えたという。警察が知れば、次の犯行を防ぐ手助けになると考えたからだ。

「『悪魔たちは夜歩く』で起こる誘拐事件は、全部で七つ。だから恐らくこの模倣犯も全部で七件の犯行を計画しているはずだとぼくは警察に伝えた。が、相違点もある。犯人は話の順番通りには犯行を行っていないし、犯行場所も変えているからね」

「そうなの？」

「うん。小説内の舞台は浅草だが、実際の犯人が選んだ場所はバラバラだ。さすがに浅草という狭い範囲に事件現場を限定しては、捕まる可能性が高くなると考えたんだろう。というわけで、場所からは次の誘拐事件がどこで起こるかを予測できない。とすると、残るヒントは活人形《いきにんぎょう》に仕立てられる女性の姿だ。そのうちの一つが『サロメ』だったんだよ」

――『サロメ』は人気の演目のため、東京市中で多く演じられている。

特に劇場街の多くある浅草六区《ろっく》では、この時期、新劇、オペレッタ、活動写真と『サロメ』が多くとりあげられていた。

昨日、警察は浅草の各所に巡査や刑事を派遣し、事件の発生に備えていたという。

むろん帝劇でも『サロメ』がかかっていることは知られていたが、なんといっても帝劇は警視庁の真隣にある。事件が起こる可能性は低いだろうと見なされていた。

それでも一応、二人の刑事が舞台裏に待機し、主役のサロメを演じる女優の警護に当たっていたのだが、『サロメ』の舞台は何事もなく終わった。

休憩に入り、オペレッタの準備が始まり、全員がほっとしたところで、まさかの事件が発生したというわけである。

「それじゃ、お兄さまは昨日、観劇ではなくて、事件に備えてあそこにいたの？」

「そうだよ。『サロメ』の舞台がぶじすむのを見届けて帰ろうとしたんだ。しかしオペレッタの最後まで警戒を続けなかったのは、ぼくにしても警察にしても手抜かりだったね」

要は肩をすくめた。

「ぼくは昨日帝劇を訪れる前に銀座へ寄った。その場面を有栖が目撃していたらしいね。ぼくが断髪の美人とどこへ行ったか、たぶん、そこまでは見なかっただろうが……」

「いいえ、見たわ。宝石店へ入って行ったでしょ。『木蘭宝飾店《ムーラン》』というお店よね」

「ははあ、さすがに女性はそういうところに目敏《めざと》いな。

ところで有栖はその『木蘭宝飾店《ムーラン》』という店が以前、〝エジプトの虹《にじ》〟という七色ダイヤモンドの首飾りを展示し、大きな話題を集めたことを知っているかい？」

有栖は目を見開いた。

──七色のダイヤモンド！

「もちろん知っているわ！　それじゃ、事件現場に残されている色つきのダイヤモンドというのは、もしかして〝エジプトの虹〟だったの？」

「その通り。ただし、全《すべ》てバラバラにされ、カットによって形も大きさもすっかり変えられ、指輪やペンダントに加工されているから、同じ宝石とは証明できないけれどね」

（まあ……！）

「〝エジプトの虹〟が盗まれていたなんて、ちっとも知らなかったわ……」

「評判が落ちるのを恐れて、店側は盗難の事実を表沙汰《おもてざた》にしていないんだよ。〝エジプトの虹〟は保険をかけていたから、損害はなんとか補てんできるそうだが」

「いつ盗まれたの？」

「それがはっきりしないんだ。展示会後、〝エジプトの虹〟は金庫に保管されていたが、いつの間にかイミテーションにすり替えられていたらしい。警察が店を訪ね、〝エジプトの虹〟をとり出して調べ直して、初めてすり替えの事実が発覚した。

有栖が見た、断髪の美人はぼくの馴染《なじ》みのカフェの女給でね、同棲《どうせい》中の恋人があの宝石店に勤めている。〝エジプトの虹〟に関する詳しい話を聞くため、ぼくは彼女を通して彼の紹介を求めたわけさ。というわけで、浮気は誤解。彼女はただの友人だよ」

要は悪戯《いたずら》っぽくウインクした。

——要は『悪魔たちは夜歩く』の中で「木蘭《ムーラン》宝飾店」をもじった「王蘭《おうらん》宝飾店」という店と、店の名物の七色ダイヤのブレスレットを登場させたという。

これは当時話題になっていた〝エジプトの虹〟について、くだんの女給から聞いた話がきっかけだったのだそうだ。彼女の恋人は「木蘭《ムーラン》宝飾店」の店員で、今話題の〝エジプトの虹〟について面白い話がある、と要に語ったそうである。

それによると〝エジプトの虹〟という名前も首飾りの形態も、宝飾店が後から作りあげたもので、もともとは七つの別個のダイヤの指輪だったという。

それらは先代の「木蘭《ムーラン》宝飾店」のオーナーが所有し、気に入りの妾《めかけ》たちに与えていたものだったのだそうだ。

このオーナーというのは富豪であると同時にたいへんな艶福家《えんぷくか》で、気に入った美人と見れば、芸者であろうが、人妻であろうが、とにかく強引にわがものにしていたらしい。

しかも好色家のつねで飽《あ》きが早い。彼に捨てられ、人生を狂わされた女は数知れないという話だった。

『──しかもね、この先代オーナーの爺《じい》さん、お妾さんたちに飽きると、それまで与えていたダイヤモンドの指輪も何もかも、強引にとりあげてしまったのですって。ひどく勝手な話でしょう！　そういうひどい目に遭《あ》わされた女性の中には、お金でいいようにされた没落華族《かぞく》のお姫さまなんかもいたそうよ。そうやって女たちから強引にとり返した指輪を加工し直して、首飾りにして、〝エジプトの虹〟と名付けて店の名物にしたそうなのね。だから、わたしの彼なんかは、あの首飾りだけは、どんなに美しく見えても、とても身につける気にはならない、って言っていたわ。七つのダイヤに女たちの恨みが凝《こご》っていて、つけたら蛇みたいに首を絞《し》められる気がする、って』

要はこの話をもとに、男爵《バロン》春日が帝都の美人を次々にさらい、現場に七色のダイヤモンドを残していく『悪魔たちは夜歩く』を書いた。

「犯罪芸術」とうそぶき、さらった美女たちを魅力的な活人形に仕立て、世間をアッと驚かせる男爵《バロン》春日。

しかし、誘拐《ゆうかい》された彼女たちは実はもともとのダイヤの持ち主だったのだ。

彼は派手な誘拐事件を目くらましにして、元の指輪の持ち主たちに、不当に奪われたダイヤを返還していたのである。

「――それじゃ、これまで誘拐された四人の女性も、もともとはダイヤの正当な持ち主だったということ？　誘拐犯は、彼女たちにダイヤをとり戻してあげていたの？」

「まさか。被害者の一人はまだ十八歳の少女だぜ、有栖？　先代のオーナーが生きていたころにはまだ子どもだ、彼の妾になれたはずもないさ」

要は肩をすくめた。

「小説と違い、現実に誘拐された四人の女性たちと〝エジプトの虹〟に直接的なつながりはないんだよ。ただし、彼女たちには共通点がある。それは、全員、生活に困っていたことだ。例えば、最初の両国の事件で被害者になった綱次《つなじ》という芸者がいるね。彼女は小唄の名人として名を知られていたが、数カ月前に体調を崩し、以来、喉《のど》を痛めて、座敷をさがりがちになっていたんだそうだ」

綱次には彼女を頼る両親弟妹が六人おり、置屋《おきや》に借金もあったという。この置屋の主人が業突張《ごうつくば》りで、座敷で稼《かせ》げないなら某旦那《ぼうだんな》の身請け話を承諾《しょうだく》するか、娼《しょう》妓《ぎ》（娼婦）にでも免許を変えて借金を返せと脅していたらしい。身請けをしたいと言っている相手は六十近い好色老人で、彼女はすっかり途方に暮れていたそうだ。

「しかし、誘拐事件で彼女の境遇は一変したそうだよ。

なにせ謎の誘拐犯から高価なダイヤの指輪は与えられる。狙われた美人芸者として新聞、雑誌でとりあげられる。評判が評判を呼んで座敷がかかる。ブロマイドが売れる、ときたからね。今じゃ喉を痛める以前以上の流行妓《はやりっこ》。いい旦那がついて、近々落籍《ひか》されることになったらしいと聞いている。もちろん家族の面倒もこの旦那に見てもらえるそうだ」

「まあ、それはよかったわね、災《わざわ》い転じて福となすとはこのことだわ！」

有栖は思わず手を叩いた。

「境遇が一変したのは綱次さんだけじゃない。水族館で人魚に似せられた女性もそうだ。人妻の身でモデルをしていた、という点で察しはつくが、彼女も生活に困窮《こんきゅう》していた。父親の借金のカタにされて、博打《ばくち》好きな男と結婚させられたそうでね。この亭主が家にまともに金を入れないものだから、彼女は父親と小さな子どもを食べさせるために泣く泣く絵画のヌードモデルなんかを引き受けていたらしい。憂《うれ》いのある西洋風の美人で、彼女の写真を見た高名な洋画家から世話をしたいと申し出があったそうだよ。

次の少女歌手の卵もそうだ。彼女は東北の田舎《いなか》から上京してきて必死に生活していたんだが、それにつけこもうとする下宿屋の親父《おやじ》やら性質《たち》の悪い劇場関係者やらに悩まされていたらしい。ステージにも恵まれなかった。これも事件を知った篤志家《とくしか》が、手元に引きとってきちんと音楽教育を受けさせてやりたいと言ってくれたそうだ」

「それじゃ、昨日のサロメもやっぱり……？」

「そう、有望な新人女優でね。『サロメ』の主役候補として名前があがったこともあったんだが、彼女に言い寄り、つっぱねられた舞台監督が逆恨みして彼女を苛《いじ》め抜き、ついには帝劇から追い出してしまったらしい。昨日、睡眠薬の眠りから醒《さ》めた彼女が、観客にむかって笑いかけたことを覚えているかい？　劇場のライトと観客の目、ドーランの匂《にお》いの中で彼女は朦朧《もうろう》としながらも本能的に女優としてふるまったんだろう。水を得た魚が自然に泳ぎ出すようにサロメの演技をした。あれは天性の女優だよ。仕事の依頼も殺到するだろうし、今後を心配する必要もないだろうね」

有栖は息をついた。

――悪趣味な事件の裏に、まさか、そんな事情が隠されていたとは！

（女性の敵だと思っていた誘拐犯が、実は女性の味方だったなんて……つまりこれは一種の義賊《ぎぞく》による犯行だったのね）

「ここまではわかったわ。……でも、お兄さま、さっき、次の事件の犯行予測をしたわよね。事件の順番も、場所も、小説とは変えられていると言っていたのに、どうしてあんなに詳細に次の事件の予測ができたの？」

「七色のダイヤに合わせて行われる七件の誘拐事件。四つが起こって、残りは三つ。ぼくの小説の中でまだ使われていないモチーフの一つに〝菊人形の扮装《ふんそう》をさせられる美女〟があるんだ。東京で菊人形の見られる有名な場所といえば、どこだかわかるだろう？」

有栖はうなずいた。

「国技館ね」

菊人形は、人形の衣装を菊の花や葉で美しく仕立てた細工物《さいくもの》のことだ。

有名なのが両国の国技館で、ここでは電気仕掛けの菊人形が人気を博している。

「今年の国技館での菊花大会はあと二十日で終わる予定だから、この間に犯行が行われると予測したのさ。このモチーフを第六、第七の事件へと後回しにしてしまうと、その間に国技館の菊花大会が終わってしまうかもしれないからね。それで、次の事件には菊人形が出現する可能性が高いと踏んだわけだ」

「なるほどね……それじゃ、次の事件は日曜日ではなくて、平日に起こるはずだというのはどうして？」

「これだけ世間の注目と警察の注意を集めている状況では、さすがに警戒の強まる日曜日は避けるだろうと思ったからだよ。犯人はべつだん日曜日の犯行にこだわっているわけではなく、話題を集めるために観衆の多い日曜日を選んでいただけだと思うんだ。美女人形の事件はすでに十分世間に知られているし、国技館の催《もよお》しなら、平日でも十分客がいる。危険な日曜日は避けて、平日を犯行日に選ぶ可能性が高いと思ったのさ」

被害者に与えられるのがイエローダイヤモンドだと言ったのは、菊の黄色に合わせた色からの推測。

十八歳から二十五歳の年齢で職業は芸能関係、というのは、今までの四つの事件の傾向から推理した被害者像だという。

「どうやら、この誘拐犯は、完全にかたぎの女性は選ばないらしい。芸者や女優といった人気商売と違って、一般の女性の場合、事件に巻き込まれたという事実だけで、即、女としての不名誉になってしまうと考慮《こうりょ》したんだろう」

有栖はうなずいた。

最初に耳にした時はただのでたらめと思えた要の予測も、こうして説明されれば、筋の通ったものとして理解ができる。

「ぼくの小説が下敷きだとわかったことで、この〝美女人形の怪〟という事件の骨組みがだいぶ見えてきた。追い詰められている哀れな女性たちを救ってやりたいという犯人の目的はわかった。〝美女人形〟の派手な演出の意図もわかった。次の犯行の予測もついた。後は、変更現場に現われた犯人を警察が捕まえるのをまつだけだよ」

要は長椅子《ながいす》に座り、長い脚を組むと、膝の上で両手の指を組み合わせた。

――世間で話題の怪奇事件に作品を用いられ、今は警察と協力して次の事件の防止に当たっているとなれば、素人《しろうと》探偵の要としてはさぞかし得意満面だろう、と思われたが、彼の表情にそうした晴れやかなところはなかった。

有栖がそのことを尋ねると、

「今回は探偵としてなんの活躍をしているわけでもないからね。事件の骨格を明らかにしたといっても、もともとぼくが考えたものだ。いわば自分で自作の解説をしているようなものだし、それで手柄顔ができるほど、さすがのぼくも厚顔《こうがん》ではないよ」

「お兄さまが落ち込んでいたのは、昨日、『サロメ』の事件の現場にいながら、犯行を阻《そ》止《し》できなかったからなの？」

「いや、実を言うと、警察に協力したことを少々後悔《こうかい》していたのさ。被害者になった四人の境遇は、事件をきっかけに幸福なものへと変わりつつある。だが、この先犯人が捕まってしまえば、同じく苦しい境遇から救いあげられるはずの女性たちがその機会を逃すことになるだろう？　それに、犯人の供述で、被害者たちに与えられたダイヤモンドが盗品の〝エジプトの虹〟であることが明らかになってしまえば、当然、それも没収されることになるだろうからね……」

要はため息をついた。

「ダイヤを失った『木蘭宝飾店《ムーラン》』は保険金を受けとって、損害はカバーできる。金を支払う保険会社は気の毒だが、まあ、その程度で経営が傾くわけでもないだろう。男爵《バロン》春日の生みの親であるぼくが、男爵の分身とも言える義賊に縄をかける側に回ってしまったことが残念でね。早々に警察へ協力を申し出たことが悔《く》やまれたのさ」

「でも、小説との類似に気づいてしまった以上、黙っていられなかったのは当然だわ」

「うん。だから犯人にはその点だけは文句を言いたいね。著作の権利を主張するわけじゃないが、やるならオリジナルの犯罪を起こしてほしかったよ！　そうしたらぼくがこんなふうに首をつっこむことも、今後の事件を防ぐこともしなくてすんだのに」

　要は天井を仰《あお》いで嘆息《たんそく》した。

「探偵役ってのはくせになるんだよ、有栖。派手にスポットライトを浴びる役だからね。ぼくが警察に協力を申し出たのも、事件の説明を語って聞かせる快感と賛辞の声を欲した面があったことは否《いな》めない。先々のことを考えて、もう少し慎重に行動するべきだったな……ぼくが未熟だと言ったのはその点さ。まだまだ修行が足りないね」

　疲れたように、片手で目を覆《おお》う。

　そんな要のようすをしばらく見ていた有栖は揺り椅子を離れ、彼の隣に腰をおろした。

「でも、お兄さま、有栖にはそのおかげでいいこともあったわ」

「いいこと……？」

「ええ。落ちこんで、反省して、ちょっぴり弱気なお兄さまは、いつもみたいに自信満々のお兄さまよりも、なんだかチャーミングに思えるって気づいたもの」

　要は有栖を見た。

「弱気になっているぼくを見て、慰めてあげたくなったのかい」

「そうかもしれないわ」

「接吻《キッス》が一番の慰めになるよ。兄さまは有栖のチ、ュ、ー、リ、ッ、プ、をほしがっているんだ」

「何をおっしゃっているのかわかりません」

有栖はそっぽをむいた。要は笑い、有栖の膝に頭を乗せて横になった。

長い脚が長椅子の肘かけから大きくはみ出している。

自分の膝枕で、心地よさそうに目を閉じる要の前髪を有栖はやさしく手で梳《す》いた。

「――ねえ、お兄さま。一つ聞かせて」

「うん？」

「ちっちゃなころ、お庭をハイハイしていた有栖に一目惚《ひとめぼ》れしたって本当なの？」

「本当だよ。赤ん坊の有栖はぼくに気づいてにっこりして、襁褓《おむつ》をした大きなお尻をふりふりさせて、それがアヒルの子みたようで可愛《かわい》かったんだ」

有栖は赤くなり、それから笑って要のほっぺたをつねった。

5　思いがけない訪問者

要《かなめ》の予想は当たった。

それも少々早すぎる形で。

第五の事件が起こったのは、有栖《ありす》と要が事件について話し合った翌日。帝劇《ていげき》の『サロメ』事件からわずか二日後の火曜日のことだった。

事件の場所は要の予測通り、両国《りょうごく》の国技館《こくぎかん》だった。

菊花《きっか》大会を見に出かけた人々が建物の出入り口近くに置かれている、美しい振袖《ふりそで》姿の菊人形を見つけたのである。

菊人形は等身大の大きさなのでかなりの迫力があり、人形を囲んだ人々は口々にその美しさを褒《ほ》め称《たた》えた。と、きれいな指輪をはめた人形の手がぴくぴくと動いている。

なるほど、これが国技館名物の電気仕掛けのからくりか……とみなが感心していると、人ごみの中で誰かがふいに口笛を吹いた。

とたん、目尻に朱をさした人形の眼《まなこ》が突如《とつじょ》ぱっちり開かれ、ほろほろと涙を流し始めたので、人々は仰天《ぎょうてん》した。

『人間よ！　これ、人間だわ！　本物の娘さんが菊人形の中に入っている！』

表の騒ぎを聞きつけ、館内に待機していた警察官が急ぎ駆けつけてきた。

要の指摘で、警察は次の現場にこの国技館が狙われる可能性を高いと考えていた。が、発生が前回の事件の二日後という予想外の早さであり、また現場が警備の重点を置いていた館内ではなく、その外でのできごとということで、ふいをつかれた格好になった。

翌日、新聞各紙は「〝美女人形の怪〟第五の事件発生」をいっせいに報じた。

有栖は朝早くに起きて家の新聞を受けとり、これを熟読した。

記事には事件の詳細とともに、今回、現場に残されていたのがイエローダイヤの指輪であったこと、女性は二十歳《はたち》の娘義太夫《むすめぎだゆう》語りであることなどが記されていた。

声のさわやかな美少女で人気を博していたのだが、師匠《ししょう》との衝突が原因で、ここ一年、高座《こうざ》を干されていたという。

記事は「日曜日の誘拐劇《ゆうかいげき》」というこれまでの法則性が破られたことをとりあげ、「もはや帝都の婦女子は週末だけでなく、全《すべ》ての曜日に警戒することが肝要《かんよう》である」としめくくっていた。

（お兄さまの示したヒントがあったはずなのに、警察は『サロメ』の事件に続いて第五の事件も阻止できなかったのね……はたして犯人が残りの二つの事件を決行する前に、これを捕まえることができるのかしら）

その週は何事もなく過ぎ、再び月曜日。

学校から戻ってきた有栖が着替えをしていると、母の桂子《けいこ》が部屋へ入ってきた。

「有栖、こんな記事が出ているのを知っている？」

言いながら、一冊の文芸誌を差し出した。

折り目のついたページを開くと、春日《かすが》要の名前が目に飛びこんできた。

「〝美女人形の怪〟は探偵小説の見立て!? 誘拐事件は熱狂的な愛読者の仕業《しわざ》か、あるいは新人作家の売名行為か？」

という大きな見出しが載っている。

記事は要の著作の内容を詳しく紹介した後、謎の悪漢《あっかん》に次々誘拐される帝都の美女、人形の見立て、現場に残されるダイヤモンドといった作中の要素が、現実の連続婦女誘拐事件に酷似していることを指摘していた。

さらに、警察もすでにこの事実を把握《はあく》し、著者である春日要氏を警視庁に呼んで話を聞いたようだ、はたして春日氏は事件や犯人と無関係なのか？ 春日氏には以前から倶楽部《くらぶ》などで悪い評判が多いのだが……などと続けている。

（お兄さまの小説と事件の関連性が明らかにされたのね。話題の事件だし、これまで気づかれなかったのがふしぎなくらいではあったけど）

要によると『美少女探偵アリス』が掲載されている『猟奇《りょうき》クラブ』は発行部数もさほど多くなく、また問題の三話目が掲載されたのは増刊号で、通常よりもさらに少部数の発行だったため、作品内容を記憶に留めている読者も少ないのだろう、ということだった。

むろん、熱心な読者の中には事件と作品の関連に気づいた者もおり、編集部気付けの手紙を要も何通か受けとっていたそうだが。

「こんな大きな扱いをされるなんて、要さんもずいぶんと有名になったものね」

母親はのんびり笑っている。

「お母さま、この記事は本当じゃないわ。お兄さまは事件とは関係がないのよ」

「そんなことはわかっていてよ。それにしてもなかなか悪意に満ちた文章ね。お騒がせ新人作家がどうこうから始まって、要さんの作品や人格をちくちく攻撃しているわ。あげくに一連の事件は要さんが犯人に協力して行った売名行為じゃないだろうか、なんて」

「ひどいわ。お兄さまは警察に呼ばれたのではなくて、自分から作品と事件の関連性を指摘して、解決の協力を申し出たのよ。それなのにこの書きかたじゃ、まるでお兄さまが容疑者として警察からマークされているみたいに読めるじゃないの！」

有栖はすっかり憤慨《ふんがい》した。

雑誌名を確かめてみると、何やら記憶にある名前である。しばし考え、思い出した。

先日、黒澤《くろさわ》の車の中で安里《あんり》が話してくれた「倶楽部で要と揉《も》めた新人作家」、その作家がくだんの探偵小説を連載していた雑誌なのだった。

（ひょっとして、この記事はその新人作家と懇意《こんい》の編集者あたりが書いたものなのかも）

いつかの遺恨《いこん》の意趣返《いしゅがえ》し。江戸《えど》の敵《かたき》を長崎《ながさき》が討った、というところだろうか。

玄関で人の声がした。

「はいはい、ただいま」と対応に出たばあやが、すぐに戻ってくる。

「奥さま、春日の若さまですよ。居間へお通ししてもよろしゅうございますか」

（お兄さまが？）

有栖と母は顔を見合わせた。なんともタイミングのいいことである。

「――こんにちは、叔母上《おばうえ》。突然お邪魔して申し訳ありません。おや、有栖も学校から帰っていたんだね」

居間に通された要はばあやの勧める座布団に座り、寄ってきた狆々《ちんちん》先生を膝に乗せた。

「こんにちは、要さん。うちへ来るのはひさしぶりね。大学の帰りかしら？」

「いいえ、家から来ました。今日は折り入って叔母上にお願いがありまして」

「あら、怖いわね。要さんはおねだり上手だから」

母親は笑って要のむかいに腰をおろし、何かしら、と尋ねた。

「しばらくこちらにご厄介《やっかい》にならせていただきたいんです」

「うちに？」

「ええ。実はこのたび、ある文芸誌にぼくの中傷記事が出まして。内容はほぼでたらめなんですが、厄介なことに、それが父上の目に入ってしまったものですから」

「この記事のことね」

母親が例の雑誌を茶卓へ出すと、要は苦笑した。

「さすがに早耳ですね。そうなんです。これを読んだ父上がすっかりご立腹で」

——父親に問い質《ただ》された要は、記事の内容が真実ではないことを訴えた。

が、なにしろ普段から父親に信用のない要である。どれだけ説明しても納得されず、

『事情聴取のため、警察に呼ばれたと書かれてあるぞ。刑事事件との関わりを疑われるなぞ春日の家の大恥だ。くだらん探偵小説など書いているからこんなことになるのだ！』

と大激怒。結果、要は理不尽な外出禁止令を食らってしまったそうである。

母の助けでスキを見て脱出したが、当分家には戻れない。友人を頼ろうとしたが、それだと父親の怒りがおさまらず、後がこじれるだろう。ここはしばらく有栖の家に預かってもらう形でコトをおさめるのが一番いい——と母親が知恵をつけてくれたのだそうだ。

「一週間かそこら、おうちでおとなしくしていたらどう？　そうすればお父さまもさすがに勘気《かんき》を解かれるでしょ」

「他の際ならそうも折れますが、今回は事情があるんです。呼び出しに応じて、急に飛び出さなければいけない事態も考えられるので、外出禁止は困ってしまうんですよ」

「飛び出さなければいけない事態って、事件のことね？」

と有栖は言った。

「そうだよ、有栖」

「あれから、何かわかったの？　犯人について何か手がかりがつかめた？」

「いや、まだだ。が、近々情報が入るはずだよ。ぼく個人の調査によるものだけれどね」

「まあ、気になるわ、有栖にも詳しく聞かせてちょうだいよ、お兄さま」

「探偵は秘密主義でなければやっていけないんだよ、有栖」

要はウインクした。

「……とにかく、叔母上、そういうわけです。居候《いそうろう》の間は庭掃除《にわそうじ》でも有栖の家庭教師でも猫のノミとりでもなんでもしますので、しばらくご厄介にならせてください」

要は頭をさげた。膝の上では狆々先生があくびをしている。

「ま、いいわ。おあずかりしましょ。それじゃ、お姉さんに電話を入れておきましょうね」

母親は電話をかけに廊下《ろうか》へいった。

「――もしもし、お姉さん？　ええ、今、要さん、いらしてよ。事情は聞いたわ。とんだ災難だったわね。もちろん、大丈夫よ、何日だってかまやしないわ。うちはみんなにぎやかなのが好きだもの。お洋服や何かだけ女中にもたせて……あら、そうなの、今日はおうちにお義兄《にい》さんもいらっしゃるの」

しばらく姉妹で話をしていたが、

「要さん、お呼びよ。お父さまが電話に出るように、ですって」

要はやれやれと首をふり、廊下へ出ていく。

有栖は居間に残っていたが、要の声と受話器から洩れて来る春日氏の怒鳴り声はしっかり聞こえてくるのだった。

「──そんなに大声を出さずとも聞こえていますよ、父上。糸電話じゃないんですから。ハイハイ、勝手に家を抜け出してすみませんでした。……え？　どうやって仕置き部屋から抜け出したか？　あそこには今まで百ぺんも閉じこめられていますからね、こちらも慣れたもの、脱出口を三つほど確保していつでも出入り自由にしてあるんですよ。父上の仕置きはワンパターンで助かります。……まあまあ、怒ってはまた血圧が上がりますよ。カリカリなさらず、でんとかまえて、あんなつまらない中傷記事など忘れておしまいなさい。え？　忘れられない？　そうですか。じゃ、ミョウガを山ほど食べるといいんじゃないかな。ミョウガを食べるとものを忘れると昔から言いますからねえ」

要のとぼけた返答に電話のむこうの父親がますます激高するのが伝わってくる。

「とんでもない、父上をおちょくってなぞいませんよ。何度も言いますが、ぼくは連続婦女誘拐犯とはなんの関わりもないんです。警察には自主的に協力をしているだけで。著作を引用された上にあんなでたらめな中傷記事を載せられては黙っていられませんよ。素人《しろうと》探偵の名にかけても、理不尽な汚名はこの手で雪《そそ》いでみますとも！　……いいから余計なことはせず、おとなしくしていろ？　もちろん事件が解決したらおとなしくしていますよ。先々月の出張先での浮気が母上にバレた後の父上みたいにおとなしく。……おや、急に静かになりましたね。お互い脛《すね》に傷持つ身です。いろいろ助け合っていこうじゃありませんか。では、そろそろ切りますよ……なんですか、まだごちゃごちゃ言っていますね。この不良息子？　『親孝行したい時には親はなし』？　すみません、ぼくは『親不孝みんなでしちゃえば怖くない』派のほうなんで。それでは、父上、グッド・バイ」

まだ電話口でわめいている父親を無視して要はガチャリと受話器を置いた。

「お兄さまったら、少しはへらず口をおよしになったら？　そうやってよけいなお口をきくから、この雑誌みたいにおかしなところで恨みを買ってしまうのでしょ」

「なに、父上とのあれは一種のリクリエーションみたようなものだ。ぼくを怒鳴って叱《しか》りつけて、父上は元気を保っておられるのさ」

居間に戻ってきた要はのんびり言って、座布団の上で長い脚を崩した。


首尾よく橋本《はしもと》家に居候を決めこんだ要だったが、有栖の目に映るその生活は「素人探偵」というふうでもなく、朝は家族と一緒に朝食をとり、大学へ行き、夜は七時か八時、遅い時でも十時までには帰宅する、という、ごくごく普通の大学生のものだった。

もっとも、有栖の両親の手前、規則正しい生活を送っているように見せかけているだけで、実際、本当に大学へ通っているのかどうか、有栖に確かめるすべはなかったが。

家にいる間も特に何かを考えているというふうでもなく、タマや狆々先生をかまって呑《のん》気《き》に遊んでいる。どうやら誰かからの連絡をまっているようだ、と有栖は要の態度から推測した。近々入るはずの情報とやらに期待しているのだろう。

国技館の事件を最後に誘拐犯も沈黙していた。

次の準備をしているのか、あるいは第五の事件を最後に手をひくことにしたのか。

さまざまな憶測が飛び交う中、十月も下旬に入り、ある晩、義堂《ぎどう》から母の桂子へ電話がかかってきた。

母はすぐに有栖へと電話を引き継いだ。次の土曜日、銀座《ぎんざ》の画廊《がろう》で面白い展示会があるので、母の桂子と三人で見に行かないか、という誘いだった。

遊びの誘いもまずは母の許可をとってから、出かけるのも母同伴で、というのがいかにも紳士の義堂らしいやりかただった。

「――黒澤《くろさわ》さんにどこかへ誘われたのかい、有栖？」

電話を切ったとたん、聞き耳をたてていたらしい要がすかさず口を出してくる。

「お母さまもご一緒にね。有栖は学校の演劇会の衣装作りがあるから、お断りしたけれど」

「そりゃ、よかった。黒澤さんと出かけるのは反対だよ、有栖。次も絶対に断りなさい」

「それは有栖が決めることよ、お兄さま」

関白亭主《かんぱくていしゅ》のような口をきかれ、いつものクセでつい舌を出してしまったものの、そろそろ義堂にきちんと断りの返事をしなければ、と思う有栖である。

（黒澤さんはわたしにはもったいないようなお相手だけれど、やっぱり心の中を探ってもそういう感情が見つからないのだもの……曖昧《あいまい》な態度を続けていたら失礼よね）

とはいえ、母親同士のつきあいもあるので、角が立たないやりかたで断らねばならない。縁談は始めるのは簡単だが、終えるにはその三倍もの配慮《はいりょ》がいるのだ。

金曜の朝食の席、要は、今日は大学のあと、友人と会う予定になった、たぶん今夜は戻らないが心配はいらない、と母に言った。居候開始以来、初めての外泊宣言である。

（明日の土曜は休日だし、息抜きにお友達とどこかへ遊びに行くのかしら？　まあ、これまでずいぶんお行儀《ぎょうぎ》よく過ごしていたものね）

翌日の土曜日。

休日の朝らしく朝寝坊を楽しんだ有栖は、朝食後、部屋に籠《こ》もって演劇祭の衣装作りに専念した。せっせと針を動かして二時間も経った頃だったか、お茶でも飲もうと居間へ入り、ふと茶卓を見ると、新聞が置かれている。

そこには大きく「美女人形」の文字が躍っていた。

（〝美女人形の怪〟……！　まあ、昨日、第六の事件が起こっていたの？）

有栖はあわてて新聞を手にとった。

――記事によると、事件の発生は昨夜の五時ごろだったという。

現場は浅草《あさくさ》サーカス館だった。

被害者はサーカス一座に所属する二十二歳の玉乗り娘。

夜の部の開演前で、客たちがサーカス館にむかい始めていた時刻である。

建物の入り口付近に巨大な玉乗りの玉が置かれており、この大玉が右に左にコロコロと揺れているのを客たちが見つけた。片づけ忘れた練習用の大玉だろうか、と客の一人が手をかけたところ、どうした弾みでか、巨大な玉がいきなりぱかりと開き、空洞の内部から華やかな振袖《ふりそで》をまとった美しい玉乗り娘が現れた。

娘は気を失っており、その指にはオレンジダイヤモンドの指輪がはめられていたため、「こりゃ、噂《うわさ》の美女人形じゃないか！」と現場はたちまち騒然となったという。

意識をとり戻した被害者が証言したところによると、彼女は午前の舞台を終え、楽屋へ戻る途中、ファンだという男に呼び出され、出ていったところをいきなり首に手刀を打たれて昏倒《こんとう》させせられたという。

発見された時の彼女は花簪《はなかんざし》に友禅《ゆうぜん》の振袖、白粉《おしろい》を塗った舞台衣装のままだった。

新聞を読み終えた有栖は、うーん、とつぶやき、腕組みをした。

(今回の事件、これまでみたいにさらった被害者を自動車で別の場所へと運ぶのではなく、ターゲットを襲った場所をそのまま現場に仕立てて放置しているのね。衣装も新たなものを用意せず、舞台衣装をそのまま流用しているみたいだし……やっぱり警察の動きを警戒して、これまでみたような派手な動きは慎《つつし》んでいるのかしら？)

細かな演出の違いはともかく、これが同一犯によるものなら、今回の事件の目的も恵まれない境遇にある女性の救済のはずである。

この玉乗り娘がどんな不幸を負っているのか、むろん新聞には書かれていなかったが、有栖にもおぼろげながら想像はついた。サーカスの花形、玉乗り娘というのは表向きには華やかな職業だが、幼いころから厳しい稽古《けいこ》を強《し》いられ、辛《つら》い境遇に置かれている者が多いという話を以前に聞いたことがあったからだ。

新聞の写真はサーカス館を手前に据え、夕暮れの中に浮かび上がる浅草の風景を写していた。写真の奥にそびえて立つのは浅草のシンボル、十二階建ての凌雲閣《りょううんかく》である。

母の桂子が障子《しょうじ》を開けて、顔を出した。

「有栖、わたしは出かけてくるわ。お留守番をお願いね」

「あ、はい。いってらっしゃい、お母さま」

(そういえば、今日は義堂さんに誘われた展示会を見に行くのだっけ)

「展示会のあと、お友達のお店へ寄って、夕食をすませてくる予定なの。今日はお父さまも朝からお出かけだし、ばあやも用事で夜まで戻らないのよ。要さんが帰ってきたら、お食事に連れていってもらうといいわ。もし要さんが戻らなかったら、出前でも」

「わかったわ。いってらっしゃいませ、お母さま。楽しんでね」

母を見送り、台所へ行くと、母の作ったおかかのおむすびが三つ、蠅帳《はいちょう》をかぶせて置かれてあった。しんとなった一人きりの家の中で、有栖はお行儀悪く娘座《おんな》りをしておむすびを食べながら、要から借りた雑誌の『悪魔たちは夜歩く』を再読した。

（事件もとうとう残り一つになったわ……警察はどこまで犯人に迫っているのかしら）

現場に残されるはずのダイヤモンドもあと一つだ。

最後の一色ははなんだったか、虹の七色になぞらえると確か……と考え、有栖はふと思った。

そもそも、犯人はなぜ〝エジプトの虹《にじ》〟を被害者たちに与えようと考えたのだろう？

要がくだんの小説の中で七色ダイヤモンドを用いているから、模倣犯《もほうはん》もこれになぞらえたのだろう、と有栖はこれまで単純にとらえ、納得していた。

しかし、よく考えてみれば、固く守られた宝飾店の金庫の中にある〝エジプトの虹〟を店側も気づかぬうちにイミテーションとすり替えるなどというのは、けっして簡単な仕事ではなかったはずだ。

犯人が要の小説に影響を受け、義賊《ぎぞく》でもある男爵《バロン》春日のごとく不幸な境遇にある女性たちを助けようと考えたのなら、そこまでの危険を犯して〝エジプトの虹〟を盗みだす必要はなかったのではないだろうか。

要の小説を忠実になぞらえたかったから〝エジプトの虹〟にこだわった、というわけでもないだろう。事件の現場その他について、犯人はかなり自分流に変えているのだから。

被害者女性たちにしても盗品の、しかも足のつきやすい希少な色つきダイヤなどを与えられるより、現金や他の貴金属を与えられたほうがよほど助かったはずだ。

（もしかして、それこそが犯人の真の目的だったのかしら？　『木蘭宝飾店《ムーラン》』から〝エジプトの虹〟を奪うこと。その目的が一番重要であって、誘拐《ゆうかい》事件や活人形《いきにんぎょう》の派手な演出はその目的を飾る単なる枝葉にすぎなかった……？）

有栖は文机《ふづくえ》にもたれかかった。考えすぎたせいか、お腹がくちくなったせいか、なんだか眠くなってきた。瞼《まぶた》をなでるまどろみの手に抗《あらが》えず、有栖は目を閉じた。うとうとしているうちに、有栖は奇妙な夢を見た。

芸者やサロメや玉乗り娘、実際には会ったこともない六人の美女人形たちが次々に現れ、有栖にむかっておいでおいでと手招きし、着物の袖をひっぱるのだ。だめよ、離してちょうだい、有栖はそっちへは行かないわ……と有栖は懸命に抵抗した。

（そこへ行ったら活人形にされてしまうもの……有栖は行かないわ、絶対行かない……）

ジリリリリリリ！

まどろみに沈んでいた有栖は、突如《とつじょ》鳴り響いた機械音に飛び上がった。

すわ、火事の半鐘《はんしょう》か！　ときょろきょろし、それからようやく電話が鳴っていることに気がついた。着物の裾《すそ》を踏みそうになりながら、あわてて電話へむかう。

「――やあ、有栖かい？　なかなか出ないから留守かと思ったよ」

カチリと回線のつながれた音がして、要の声が聞こえてきた。

「お兄さま。ごめんなさい、有栖は居眠りしていて。今日は一人でお留守番なのよ」

「一人？　そいつは不用心だな。ぼくもこれからすぐ帰るけれど、それまでちゃんと戸締まりをしておくんだよ」

「ええ、今日は有栖がお夕飯を作るわよ。ところで、お兄さま、あのう、昨日……」

「ああ。サーカス館の事件のことだね。うん、残念ながらまたも事前に防げなかったよ」

要は嘆息《たんそく》した。

「彼には特に注意をむけていたし、他の何人かにも見張りはつけていたんだが。昨日は不運にもハズレでね。なんの証拠もつかめなかったんだ」

「え？　彼？　何人かって」

「彼らもかなり慎重になっているようだ。昨日の事件はこれまでに比べてずいぶん作業が簡単だったから、メンバーの中でも下《した》っ端《ぱ》か新入りの人間が実行したのかもしれないな」

彼ら？　メンバー？

「お兄さま、いったいなんのお話？」

「詳しいことは家へ帰ってからゆっくりしてあげるよ。有栖の料理で二人きりの夕飯とは、新婚家庭みたいで嬉しいね！　もうすぐ帰るから、いい子にしているんだよ」

「ちょっと、あの、お兄さま……」

電話は切れた。

有栖は受話器を戻し、その場につっ立ったまま、要の言葉を反芻《はんすう》した。

（昨日の事件で彼と何人かに見張りをつけていた？　メンバー？　何がなんだかさっぱりわからないわ……お兄さまが帰ってきたら、すぐに話を聞かなくちゃ）

夕飯の支度《したく》も、今日のうちに終わらせるつもりでいた演劇の衣装作りも、有栖の頭からすでに吹き飛んでいた。有栖はしばらく家の中をウロウロしていたが、我慢できなくなって、駒下駄《こまげた》をひっかけて外へ出た。

一人ぼっちを不安がって親の帰りを待つ子のように、門前に立って要をまつ。

秋の日はつるべ落とし。いつの間にか空はすっかり深緋色《ふかひいろ》に染まっている。

（どこから電話をくれたのかしら、お兄さま？　早く帰ってくるといいけれど……）

宵口《よいぐち》の冷たい風に吹かれ、有栖は身震いした。いったん戻ってショールをとってこようかしら、と迷っていると、門前に車の影がさし、黒塗りの自動車がとまった。

要が贅沢《ぜいたく》にも車を拾って戻ったのか、と思ったが、自家用車のようだった。運転席のドアが開き、降り立ったのは黒衣の青年。宵闇の中に白い美貌《びぼう》が浮かび上がった。

「――まあ、安里《あんり》さんじゃありませんか」

安里は早足で有栖に近づいてきた。

「有栖さん。よかった、おうちにいらしたんですね」

「こんばんは。急にいらしたのですね……ええと、あの、黒澤さんもご一緒ですか？」

有栖は車中をのぞきこんだが、そこには誰の姿もなかった。

「黒澤さんは一緒じゃありません。ぼくは彼の遣いで来たんですよ」

「黒澤さんのお遣いで？」

「ええ。有栖さん、画廊《がろう》で、お母さまが倒れたんです。急に気分の不調を訴えられて」

有栖は目を見開いた。

（お母さまが⁉）

「倒れたって、安里さん、あ、あの……！」

「意識もしっかりしていますし、大したことはないと思いますが、しばらく休ませても気分が回復しないようなので、近くの診療所へ運んだんです。今は黒澤さんがついています。有栖さんを連れてくるよう、お母さまから頼まれたので、ぼくが来たんですよ」

安里は車へ戻り、助手席のドアを開けた。

「診療所へ送ります。さあ、乗ってください」

「は、はい……！　あの、それじゃ、鍵《かぎ》をかけてきます。今日は家に誰もいなくて」

家の中へ駆け戻った有栖は、じきに要が帰ってくることを思い出した。

要は鍵をもっていないから、鍵をかけたら要を閉め出してしまうことになる。

鍵はこのままでいい、書き置きだけ残しておこう、と必死で頭を働かせ、『母、急病。安里さんと病院へ行ってきます』と走り書きをしたメモを居間に残した。

ショールをひっかけ、草履《ぞうり》に履《は》き替えると、有栖は急いで車へ乗りこんだ。

（──ああ、お母さま、大丈夫なのかしら。大事ないといいのだけれど……！）

助手席に座った有栖は手を合わせて母のぶじを祈った。

道路は空《す》いている。車はスムーズに走っていたが、やがて、有栖は異変に気がついた。

（──道が違う……？）

「安里さん、母は銀座の診療所で倒れたのではないのですか？　わたしの記憶が間違っていなければ、これでは銀座を通り越してしまっていると思うのですけれど」

「ええ、この車は銀座にはむかっていません。よく気がつきましたね、有栖さん」

有栖は耳を疑った。

大通りを外れ、車はとまった。

辺りは雑木林が見えるばかり、道は真っ暗で人通りもなく、風のうなりの他に聞こえる音はない。有栖は言いようのない不安にかられ、助手席で身をすくめた。

「──以前にも言ったはずですよ、有栖さん」

ぞくりとするほどやさしい声で安里は言った。

「安里さん……」

「そんなに無防備に、男の車に乗り込んだりしてはいけないとね」

「安里さん……あなたは、いったい何を……！」

安里の笑顔が近づいてくる。

次の瞬間、首下に鋭い衝撃を感じ、有栖はそのまま気を失った。

6　雲の上の恋

――次に気づいた時、有栖《ありす》は茫漠《ぼうばく》とした暗がりにいた。

足元がふわふわして、頭の中は霧がかかったようにぼんやりして、まるで他人の身体《からだ》を動かしているようだった。実にへんてこな気分である。

(きっとこれは夢なのだわ)

有栖は朦朧《もうろう》とした頭で考えた。

その証拠に、さっきから聞こえてくる声にちっとも逆らうことができないのだから。

「さあ、この階段をのぼるんですよ、有栖さん。少し長いですが、頑張ってください」

有栖はうなずき、螺旋《らせん》状の階段をのぼった。

木造の階段だった。のぼるたびに足元がみしみし鳴る。天井にぽつりぽつりとランプが点っていたが、辺りは暗く、しんとして湿っぽかった。

上を見ても下を見てもぐるぐる回る螺旋の渦《うず》……。

まるで螺旋地獄に迷い込んだようだわ、と有栖は思った。

しかし、地獄なら下へ下へと行くはずだが、これはのぼっている。

「着きましたよ。さあ、有栖さん、こちらへいらっしゃい」

声に導かれるまま、有栖は開けた場所へと進んでいった。

汗ばんだ額にさあっと冷たい風が当たった。ぱちん、と耳元で指を鳴らす音。すると、頭の中の霧がたちまち晴れていくのがわかった。

次の瞬間、目に飛び込んできた光景に、

「あッ!?」

有栖は叫んでよろめいた。

びゅうびゅうと耳を打つ風の強さ。

そのはるか眼下に広がる光、光、光。

まるで夜光虫《やこうちゅう》のように蠢《うごめ》いているのは怪しげな私娼窟《ししょうくつ》の何百という窓の光である。

周囲に広がるのは歓楽街のけばけばしいネオンの洪水。

遠くには鉄道の停車場が光の帯のようにちらちらと輝いて見える。

何に遮《さえぎ》られるものもなくはろばろと、東京の夜景がパノラマのように広がっていた。

(ここは……浅草《あさくさ》の凌雲閣《りょううんかく》だわ……!)

地上十二階のその屋上。

東京一、日本一、いや、東洋一の高さを誇る高層建築である。

「あんまり身を乗り出さないでくださいね。身投げ防止用の金網《かなあみ》が外されていますから。この張り替え工事のため、今、凌雲閣には客が入れないようになっているんです」

有栖はふり返った。

「十二階までのぼるのはなかなかの苦労でしたね。なんとも客泣かせですが、ここは明治《めいじ》のころから電気昇降装置《エレベートル》が壊れっ放しなので、仕方がない。でも、それだけの甲斐《かい》がある十二階からのながめでしょう？」

夜目にもさえざえと白い安里《あんり》の笑顔が目の前にあった。

「安里さん……！　これはいったいどういうことですか？　あなたはいったい何を……」

「あなたが催眠術《さいみんじゅつ》のかかりやすい体質でよかった、有栖さん。身の軽い女性とはいえ、さすがにこの十二階まで運ぶのは、ぼくの細腕ではムリですからね」

有栖は目を見開いた。

――催眠術!?

「フランスにいた時、心理学に興味を覚え、専門の医者へ通って修得した技です。おかげでずいぶんと役に立ちました。相手に命令をして自由に人間を移動させることができますし、よけいな記憶もしばらくは封じることができる。後催眠で、その場にいなくても相手に命令を刷《す》り込んでおくことができますしね」

「命令を刷り込んで……？」

「そう。たとえば、さらってきた相手を見世物小屋に寝かせた後、きりぎりすの鳴き声を聞いたら催眠状態から目を覚ますようにする、あるいは水族館で誰かに手を触れられたら目が覚めるようにする、オルゴールのメロディーで目が覚めるようにする、開演ベルの音を聞いたら目が覚めるように……そう、大勢の前で活人形《いきにんぎょう》が目覚めるほうがドラマチックですからね。そして、目覚めると彼女たちの中から、ぼくに関する記憶はほとんど消えてしまっている……」

有栖は安里の少女めいたおもてをみつめた。

——見世物小屋。きりぎりす。水族館。オルゴール。開幕ベル。

さまざまな疑問と混乱が、やがて信じがたい一つの結論へとまとまっていく。

「それじゃ……あなたがあの誘拐《ゆうかい》事件の犯人だったのですか、安里さん。『木蘭《ムーラン》宝飾店』から七色ダイヤの首飾りを盗んだのも、六人の女の人を次々にさらったのも、お兄さまの小説になぞらえて美女人形の見立てを行ったのも、あなたが……？」

「正確にはぼくと数人の仲間たちが、です。劇場や国技館《こくぎかん》に人を忍びこませたり、さらった女への衣装や化粧《けしょう》を整えたり、さすがにあれだけのことをぼく一人で行うのは不可能ですから」

有栖は帝劇《ていげき》で会った青年グループを思い出した。

同時に、先ほどの電話で聞いた要《かなめ》の声がよみがえる。

（お兄さまの言っていたメンバー。あれは、安里さんと彼らのことだったんだわ！）

若手の詩人に画家に役者の卵、と以前要は彼らを指して言っていた。

確かにそうした面々ならば〝美女人形の怪〟という、世間を騒がせる派手な事件を起こすのにふさわしい気もする。

エキセントリックな感覚をもち、芸術的センスに長《た》け、世に出られぬ鬱屈《うっくつ》したエネルギーや情熱を持て余している若者たち。

そうした彼らの心理を、この安里が巧《たく》みに煽《あお》ったのだろうか？

あるいは、催眠術のわざをもって？

「それじゃ、もしかして黒澤《くろさわ》さんもですか？　黒澤さんも事件に関係しているんですか？」

「ギイ？」

安里はおかしそうにきれいな弓型の眉《まゆ》をあげた。

「いいえ、まさか。彼は全《まった》くの無関係だ。ギイはぼくたちが事件に関わっていることさえ知りませんよ」

「安里さんはどうしてそんなことを？　生活に困窮《こんきゅう》している女性たちに同情したからですか？　それに……そうだわ、わたしをこんな所へ連れてきたのはなぜなんです？」

そこで、有栖ははっとした。

安里がくだんの誘拐犯なら、自分をさらった理由は一つしかないではないか。

「わたしを七番目の活人形にするつもりなのですか!? な、なぜ？ わたしは芸者さんでも女優さんでもないし、生活に困っても、誰かの助けを必要としてもいませんわ！」

にわかにあわて始めた有栖を見て、

「わかっています」

安里は笑った。

「あなたは恵まれた家の健康なお嬢さんで、哀れな活人形になるタイプじゃない。第一、七番目の美女人形はもう生まれていますしね。事件はすでに終結しているんです」

「終結している……？ でも、昨日の玉乗り娘さんの事件が六番目でしょう？ それともわたしが気を失っていた間に、他の場所で七番目の事件を起こしたんですか？」

「いいえ、昨日の玉乗り娘の事件。本当はあれが七番目、最後の事件だったんですよ」

有栖は戸惑った。

（どういうこと？）

「あなたも春日《かすが》くんも、見世物小屋で発見された綱次《つなじ》の事件を第一の事件と考えていますね。でも、あれは本当は二番目の事件なんです。第一の事件だけは誰にも知られていない……そう、なにせ最初の活人形が現れたのは、もう二十年近くも昔のことでしたから」

安里は左手の甲をかざした。

薄闇の中でもちかりと輝くダイヤモンドの指輪がそこにあった。

「あなたも『木蘭宝飾店《ムーラン》』の先代オーナーが七つの色をもつダイヤモンドを一つに集め、〝エジプトの虹《にじ》〟という名の首飾りに仕立てたことは知っているでしょう、有栖さん。ですが、それは虹の定義からすると正確ではなかったんですよ」

「虹の定義……」

「虹の七色とはすなわち、赤《レッド》、橙《オレンジ》、黄《イエロー》、緑《グリーン》、青《ブルー》、藍《インディゴ》、紫《バイオレット》の七つ。ですが、青と藍《あい》では色味が似ていますし、藍という微妙な色のダイヤモンドを探すのは困難だった。そこで、先代オーナーは藍の代わりに無色透明のダイヤモンドを加えて七色としたんです。これがその無色透明のダイヤです」

「それをどうして安里さんが指にはめているんですか？　第一の美女人形は安里さんだったというわけでもないでしょう。だって、安里さんは男のかたですし……」

「ええ、ぼくではありません。ぼくと生き写しの顔をしていた母親です」

有栖は安里をみつめた。

形のいい額。星を宿したような黒い瞳。長い睫毛《まつげ》。薄い唇は紅を引いたように赤い。彼と同じ顔の母親という女性を有栖は容易に想像できた。

「ぼくの母は没落華族《かぞく》の娘でした。父も堂上《どうじょう》華族の出身で、家はなかなか豊かでした。母は十七で父に嫁《とつ》ぎ、ぼくを産んだそうです。家庭は幸せでしたが、ぼくが五つの時に父の実家で火事が起こり、一夜にしてほとんどの財産が失われてしまったのです。祖父母も父もその火事で命を落とし、母は若くして未亡人となりました。

老いた両親と幼いぼくを抱えた母は途方に暮れ、そこに母の出自《しゅつじ》と美貌《びぼう》に目をつけた男が求婚してきました。それが『木蘭《ムーラン》宝飾店』の先代オーナーです。母より三十も年上で、すでに二度の結婚をしており、強欲と好色で名を馳《は》せていた男でした。両親とぼくのために、母は涙を呑《の》んで彼の申し出を受けたのです。自分の幸福も希望も捨てて」

有栖は要から聞いた「木蘭《ムーラン》宝飾店」の先代オーナーに関する話を思い出した。

（艶福家《えんぷくか》のその人に多くの女性が人生を狂わされたとか……確かその中には華族のお姫さまもいた、と言っていたわ……それが安里さんのお母さまだったの？）

「予想通り、結婚生活は不幸なものでした。義父となった男は何人もの妾《めかけ》を連れ帰り、平気で家に同居させ、交替で寝室にはべらせるような下衆《げす》な人間だったのです。母は心を殺し、ただ華族の誇りだけを胸に日々を送りました——そう、命ある美しい活人形のように。そして祖父母が亡くなると、心の糸が切れてしまったのでしょう、半月後、母は自ら命を絶ちました。ぼくは恐ろしいほど美しかった母の死に顔を今でもよく覚えています。それがぼくにとっての第一の美女人形の事件だったんですよ……有栖さん」

——母を亡くした安里は義父に疎《うと》んじられるようになったという。

何しろ、息子といっても血のつながらない子ども、その上、彼は生前の母親に対する仕打ちを忘れず、義父にはまったくなつかなかったからだ。

学校を出ると、安里は画家を志望して家を出、義父もいい厄介払《やっかいばら》いになると彼を異国へ送り出した。

間もなく、義父が亡くなると、それを機に彼への仕送りもぱったり絶えた。

一年前、義堂《ぎどう》と一緒に日本へ戻って来るまで、彼は養父の家とはほとんど没交渉だったそうである。

「帰国後も、ぼくはフランスで知り合った某《ぼう》伯爵の家に身を寄せ、義父の家へは帰りませんでした。息子のいない伯爵の家に養子に入る話が出ていたため、義父の家とは今後いっさい縁を絶とうと考えていたのです。義父には息子が三人もいたので、あの家に自分の居場所はないとわかっていましたしね。そんな折、『木蘭《ムーラン》宝飾店』で〝エジプトの虹〟の展示が始まり、先代オーナーが集めた七色のダイヤモンドの話を耳にして、ぼくは胸騒ぎを覚えました。というのも、母がぼくに残してくれたほとんど唯一の財産といっていいものが、亡くなった父が母に贈ったダイヤの結婚指輪だったのです。留学先にももっていっていたのですが、母の没後、ぼくが成人するまでは、義父がこれを管理していました。もしやと思い、鑑定させると、はたして、それは精巧なイミテーションだったんです」

「まあ……！」

有栖は思わず声をあげた。

生前は豊かだったという安里の実父が妻にイミテーションの結婚指輪を贈るはずもない。恐らく安里がまだ幼いうちに、貪欲《どんよく》な義父がこっそり本物とすり替えたのだろう。

安里も同じ疑問をもち、「木蘭《ムーラン》宝飾店」の現オーナーに問い質《ただ》したが、父親に似て強欲な息子のオーナーは「なんの証拠もないことだ」と安里の言葉をとりあわなかったという。しかし、安里に同情した古参の店員が、彼の主張の正しいこと、指輪は加工されて〝エジプトの虹〟の七色ダイヤの一つになっていることをこっそり教えてくれたという。

「それで、ぼくは両親の形見をとり返すことを決意したんです……その店員に協力を求め、金庫の中の〝エジプトの虹〟をイミテーションの首飾りとすり替えさせました」

有栖はうなずいた。

不当に奪われた両親の形見をとり戻したいと考えた彼のきもちは理解できた。正面から返還を求めたところで、宝飾店のオーナーは決して応じなかっただろう。

「でも、どうしてあんな騒ぎを起こしたのですか？　ご両親の形見のダイヤモンドをとり返すだけでなく、要お兄さまの小説になぞらえた事件まで……」

「一つには、残りの六つのダイヤをもて余していたからです。ぼくがほしかったのは両親の形見のダイヤだけで、他のダイヤをそのまま自分のものにする気にはなれなかった。といって一つを除いて残りのダイヤを返しては、ぼくのしたことが発覚してしまう。それならばかつての母のように、人生や男たちに苦しめられている女を選び、これを与えて生活の助けにしようと考えたんですよ。

そんな折、倶楽部《くらぶ》でぼくの仲間と春日くんが悶着《もんちゃく》を起こしました。ぼくはそれまで春日くんの著作を読んだことはなかったのですが、仲間の作家が恥《はじ》をかかされたということで、どんな作品を書いている人物なのかと思い、『猟奇《りょうき》クラブ』を手にとってみたんです。その中に、偶然、七色ダイヤを扱ったあの『悪魔たちは夜歩く』があった……」

――要の小説を読んだ安里はこれをテキストに使い、事件を起こすことを考えた。

高価で希少なダイヤを恵まれない女たちにただ与えても、処分に困るはずだ。下手《へた》をすれば通報され、盗人《ぬすっと》扱いされてしまうだろう。

といって珍しいダイヤなので、安里がすべてを金に替えるのには危険が大きい。

だが、要の小説にあるように女たちをさらい、これを被害者に仕立ててダイヤを与えていけば、彼女たちに窃盗《せっとう》の疑いはかけられず、拾得者として公《おおやけ》に認められるではないか？　もしもダイヤを警察に没収された場合でも、女たちは世間の注目と同情を集め、それが生活の苦境を打開する道につながるかもしれない――そう考えたのだそうだ。

「〝エジプトの虹〟をイミテーションとすり替えた時から、ぼくは六つのダイヤの始末を終え次第、再び国外へ出ようと計画していました。それゆえ、あのような大胆《だいたん》な事件を起こすこともためらわなかったんです」

安里はそこまで言って、自嘲《じちょう》的な笑みを浮かべた。

「そう……自己顕示欲《けんじよく》にとらわれた、というのも否定できないでしょうね。ぼくは結局、画家の夢に破れ、異国においても、日本においても、なにものをも残すことができませんでした。この一連の事件を生涯《しょうがい》最高の作品にしたかったのかもしれません。

それに、このことが回り回ってギィの助けになれば、とも考えたんです」

「黒澤さんの……?」

「数カ月前、彼に縁談がもちあがった……ギィはもう二十六ですからね。今までそうした話がなかったのがおかしいくらいでした。そして、結婚相手の候補にあげられていた名前が、有栖さん、あなただった。調べてみると、あなたには幼馴染《おさななじ》みで、婚約者候補とも言われている相手がいた。それが偶然にも春日くんだった。連続誘拐《ゆうかい》事件のテキストに彼の著作が使われ、それが原因で彼の評判が落ちれば、春日くんはあなたの夫候補から外されるだろう……そうすればギィが代わりの有力候補になる。ぼくのもともとの計画とも合って一石二鳥だ。そう考えたのですよ」

安里は目を細めて有栖をみつめる。

「有栖さん、健康で明るいあなたならギィの相手にふさわしい。父もなく、母もなく、将来のめどもなく、孤独な異国で荒《すさ》みきった生活をしていた時、ぼくを立ち直らせてくれたのがギィだった。彼には幸せになってもらいたいんです。よき妻を得て、可愛《かわい》い子どもをもうけ、幸福な家庭を築き……そう、ぼくにはどうしたってその役目をつとめることはできませんからね」

義堂は安里を異国で出会った美しい友人として遇し、慕《した》い、信頼を置いている。

だが、彼が安里をそうした対象として見てはいないことは明らかだった。

いっぽう、安里のほうは……。

「安里さんは黒澤さんを……その……お好きでいらっしゃるのですね」

有栖がためらいながら口にすると、

「蝙蝠《こうもり》が太陽に恋したようなものですね」

安里は微笑《ほほえ》んだ。

「ぼくは夜の暗がりに、彼は昼に属している。闇の中に隠さねばならないものがたくさんあるぼくと違って、彼には後ろ暗いところは何一つありません。ギィは心の強靭《きょうじん》な、まっすぐな人だ。ぼくたちがフランスで出会った当時、あれは彼にとってもぼくにとっても苦しい時代でした。ギィは親の期待や一族の重圧に苦しんでいたんです。それでも彼は悪徳に満ちたパリでの生活には染まらなかった。いっぽう、ぼくはあの街の退廃に浸かりきっていました。義父との縁を事実上切っていたので、食べていくために、口に出すのも憚《はばか》られる恥知らずなまねを重ねていたんです。ギィが友人として辛抱《しんぼう》強くぼくの手をとって立ち直させてくれなかったら、今ごろぼくはパリの私娼窟《ししょうくつ》あたりで、酒とアヘンに溺《おぼ》れて死んでいたかもしれない」

有栖は月明かりに翳《かげ》る安里の美しいおもてをみつめた。

安里と義堂の友情に、そうした過去や結びつきがあるとは思ってもいなかった。

「安里さん……あの、わたしは黒澤さんと結婚するつもりはないんです。ごめんなさい、もっと早くにお断りするべきでしたわ。ですから、あの、なんといいますか、わたしの存在はどうぞ気になさらずに……」

「ぼくに同情は不要ですよ、有栖さん」

有栖の心を読みとったように安里は言った。

「それよりも、ご自分の心配をしたほうがいいでしょう。ぼくがどうしてこんなところへあなたを連れてきたのか、どうして事件の真相をぺらぺらと話してしまったのか、ふしぎに思いませんか？」

言われて、有栖はようやくその疑問を思い出した。

「それは、こういうわけからです。――有栖さん、ホラ、急に足が重くなってきましたね」

有栖の目をのぞきこみ、ぱちん、と安里が指を鳴らした。

とたん、有栖は下半身に鉛《なまり》の重しでもつけられたような感覚を覚えてよろめいた。

思わず手すりにしがみつく。

（こ、これは……!?）

「あなたはまだ催眠《さいみん》状態にあるんですよ、有栖さん。今のは初期段階、これから徐々に深い催眠状態に入らせていきます。あなたは動けなくなり、意識も朦朧《もうろう》として、ぼくから聞いたさっきまでの話をすべて忘れてしまいます」

（なんですって？）

「記憶を失うのはほんの数日のことですが、ぼくにはそれだけの猶予《ゆうよ》で十分です。事件をすべて終え、目的は達せられました。ぼくは今夜のうちに汽車に乗り、明日には船の上にいるはずです。警察の捜査線上にぼくの名前が浮上するころには、もうぼくの行方《ゆくえ》をつかむことはできなくなっているでしょう」

安里が話すその間にも、下半身はどんどん重くなっていき、耐えきれず、有栖はとうとう座りこんだ。

「ぼくの中で七つの事件はすでに完了しましたが、世間ではまだ六つ目が終わったとしか見られていない。春日くんの小説と事件の関連性はすでに知られていますから、七色のダイヤモンドに合わせて七つ目の事件が起こるはずだと考えられている。なので、有栖さん、世間の考える七つ目の事件をあなたに演じてもらいます。――とはいえ、あなたに母の形見のダイヤモンドを与えるわけにはいきませんので、代わりにこれを置いていきましょう。かつて義父が母のダイヤとすり替え、ぼくに渡したイミテーションです」

安里はポケットからとり出した指輪を有栖の指にはめた。

「安里さん……！」

「ぼくはこれで立ち去りますが、心配いりません。あと一、二時間もすれば黒澤さんがあなたを助けにやってくるはずですから。ぼくの仲間が彼に、『有栖さんが妙な男と浅草の十二階へ入っていくのを見かけた。あそこは今、屋上や途中階の工事のために休業中のはずだがどうしたことだろう』と情報を与えることになっているんですよ。

ギィは察しのいい男です。春日くんの小説にこだわる誘拐犯が彼の幼馴染みである有栖さんを七番目のターゲットにしたのではないか、と気づき、急ぎここへやってくるはずです。そして、あなたは自分を助けに来てくれた黒澤さんに恋をするでしょう」

有栖は目を見開いた。

恋!?

「催眠状態のあなたにぼくがそういう刷り込みをしますから。あなたを不安な状態にし、黒澤さんの名前だけに安堵《あんど》感を覚えるようにするんです。そこへ、当の本人が飛び込んでくれば、どうなるか」

「そ、そんなのは恋ではありませんわ！　そんなものはただの暗示、錯覚《さっかく》ですわ！」

「恋と錯覚は同じ顔をした姉妹ですよ、有栖さん。暗示は徐々に解けていくはずですが、その時には彼への好意が本物に変わっている可能性もある。あなたは恋にはあまり免疫《めんえき》がないようですからね……ぼくが連続婦女誘拐犯の主犯だと知られた時、ギィにも迷惑をかけることになるでしょう。今、彼のためにぼくがしてやれるのは、こんなことくらいだ」

どこか淋《さび》しげな安里の笑顔が近づいてくる。

有栖はあせり、座ったまま後ずさりした。

彼の催眠術の腕は本物だ。

このままでは暗示をかけられてしまう。黒澤に恋をしてしまう！

「近寄らないでください、安里さん……！　それ以上近寄ったら、飛びおりますわ！」

手すりにつかまり、必死に立ち上がった有栖は、上空へぐいと身を乗り出した。

地上五十二メートルの強風に有栖の髪が激しく乱れ、袂《たもと》が翻《ひるがえ》る。

安里の顔が強張《こわば》った。

「およしなさい、有栖さん。危険ですよ。そんな脅しをしたってムダなことです」

「脅しではありませんわ、安里さん。乙女《おとめ》にとって恋心を奪われるのは貞操《ていそう》を奪われるのも同じこと。卑怯《ひきよう》な手段で心を盗まれるような恥を見るくらいなら、いっそ自害をいたします。有栖はこれでも元士族《しぞく》の娘。大和撫子《やまとなでしこ》の気概《きがい》をお見せいたしますわ！」

有栖はきっぱり言った。

（――って、もちろん脅しだけど。こ、こんな所から飛び降りるなんて冗談じゃないわ！）

安里に相手を傷つける気がないのは、これまでさらった女たちへの扱いを見ても明らかだった。自害も辞さない強気な態度で出れば、彼は必ず引くはずだ、という確信が有栖にはあった。

「安里さん、あなたは不幸な再婚をしたお母さまを活人形《いきにんぎょう》だとおっしゃいましたわ。わたしの心を暗示で奪って、心を殺させて、それでは、活人形を作るのと同じことではありませんか？　お母さまや不幸な女性たちに同情するあなたが、わたしにそんな仕打ちをするのですか？」

安里は目を見開いた。

「どうかこのまま立ち去ってください。わたしは警察に駆け込む気も、安里さんを訴える気もありません。何も聞かなかったことにしますわ。ただ、催眠をかけるのだけはやめてください」

「どうしてもギィを結婚相手とは考えられないですか、有栖さん？　彼が嫌いですか？」

「嫌いなわけがありませんわ。黒澤さんは素晴らしい人ですもの。でも、結婚は……」

「やはり春日くんですか。だからギィではだめなんだ。あなたも本当は彼を好いているのですね」

「そ、そうではありませんわ。お兄さまはこの場合、特に関係はありません。ただ、その、わたしはまだお嫁にいくことは考えていないというそれだけの話で……」

思いがけない質問にうろたえていた有栖ははっとした。

安里が素早く距離をつめ、抱きつくようにして有栖を手すりから引き剝《は》がす。

安里の腕の中で有栖は暴れ、悲鳴をあげた。

「――不意打ちなんて卑怯ですわ、安里さん……！」

「静かに、有栖さん。観念しなさい。乱暴はしたくないんです」

「いやっ、いやです！　放してください、安里さん！」

有栖は必死に身をよじり、悲鳴をあげた。

「誰か助けて！　誰か――誰か……お兄さま！　助けて、要お兄さま――――ッ！」

「ぼくの婚約者から離れなさい、安里さん。有栖に抱きついていい男はこのぼくだけですよ」

ふいに聞こえたその声に、有栖と安里は同時に顔をむけた。

「お兄さま……！」

要が出入り口に立っている。

安里が硬直し、有栖を抱く腕から力が抜けた。

まだ半分催眠のかかっている有栖は倒れこみそうになり、素早く駆け寄った要が危ういところで抱きとめた。

「――大丈夫かい、有栖？　遅くなった。怖い思いをさせたようですまなかったね」

「お兄さま……！」

有栖は要に力いっぱい抱きついた。

安里が蒼白となってつぶやいた。

「春日くん……どうして、きみがここに……」

「それはもう、千里眼《せんりがん》でなければ探偵はつとまりませんからね」

要は片目をつぶった。

「……ま、タネを明かせば、有栖が妙な男と十二階へ入っていったらしい、と聞いた黒澤さんが有栖の家までぶじを確かめに来たんですよ。そこへぼくがちょうど帰宅し、話を聞いて、ことのからくりがわかったわけです。安里さん、少し前からぼくはあなたに目をつけていたんですよ」

「ぼくに……？」

「ええ。ぼくは個人的なツテを辿《たど》って『木蘭宝飾店《ムーラン》』を調査していたのですが、店員の話から、先代オーナーの義理の息子という人物が数カ月前にあるダイヤモンドをめぐって現オーナーと悶着《もんちゃく》を起こしていたことを知りました。あなたは身元を隠し、三井《みつい》という偽名を使っているので、すぐにその人物とあなたが同一人物だとはわかりませんでしたけれどね。それから、第三の現場となった小石川《こいしかわ》の植物園です。あなたが買収した研究員の一人を見つけて、温室を事件現場として提供する協力をしたことを白状させましたよ。黒澤さんが有栖に贈ったあの鬱金香《チューリップ》も、その職員のツテを使って、あなたが植物園から入手したんですね、安里さん」

階段をのぼってくる足音が聞こえた。

安里がはっとし、視線をむける。

「警察ではありませんよ」

要は肩をすくめた。

「有栖を第七の事件の被害者にして、世間の好奇の目の餌食《えじき》にはしたくなかったのでね、この場に警察は連れてこなかったんです。……あの足音は黒澤さんですよ。あの人はぼくよりオジサンなので、階段をのぼるのに時間がかかるんです」

要がからかうように言った時、黒澤が息を切らしながら屋上に姿を現した。

「――春日くん……有栖……さんは……ぶじ、か？　………」

肩で息をしつつ、要に守られている有栖を見て、義堂はほっとした表情を浮かべた。

それから安里に視線をむける。

安里は青ざめ、よろめくように数歩後ずさった。

「安里さん、あなたの生い立ちについては、ここへ来るまでの車の中で黒澤さんからだいたいのことを聞きました。ぼくにとっては事件の動機が最大の謎だったんですが、それもすっかり理解できた。黒澤さんにもぼくの調査したことは全《すべ》てお伝えしてありますよ」

「安里……おまえ、なんだってこんなことを……」

義堂が安里に近づいていく。

普段は紳士らしい彼の髪も服も今はすっかり乱れている。

「いや……春日くんからダイヤのすり替えの件は聞いた……ご両親の形見をとり戻したかったというおまえのきもちはわかる。母上と同じく不幸に苦しんでいる女たちを助けたいという同情心もな。だが、どうして春日くんの小説になぞらえてあんな事件を起こす必要があったんだ？　それに、こんなふうに有栖さんまで巻き込む必要はなかっただろう」

安里の顔が奇妙にゆがんだ。

有栖は口を開きかけ、すぐに閉じた。

――安里の義堂に対する報われぬ想いを、自分が勝手に明かすのは正しくないように思われたからだ。

「最後の最後でしくじりましたね。あなたにこんな所を見られたくはなかったな、ギィ」

安里は青ざめた顔で笑い、手すりを飛び越えて反対側へ立った。

「安里……！」

「あなたに迷惑をかけるつもりはなかったんです。どうか、許してください……ギィ」

「バカなマネはよせ、安里！　――安里ッ！」

強風に安里の華奢《きゃしゃ》な身体《からだ》が大きく揺れ、次の瞬間、姿が消えた。

有栖は悲鳴をあげた。

（落ちた！）

「――あそこにいます、黒澤さん！　下の展望台だ！」

要が叫んだ。

急いで手すりの下を見ると、安里が一つ下の十一階の展望台に倒れている。

三人は階下へ急いだ。

が、まだ催眠の解けきれていない有栖は歩くのにも一苦労である。有栖が男たちよりだいぶ遅れて十一階に着くと、安里はなんと手すりのはるか外に立っていた。

(空中に浮かんでいる!?)

よく見ると、金網の張り替え工事のためだろう、手すりの外に何か所か足場が組まれており、安里はその一つに立っているのだった。が、今度は下に着地場所はない。板を数歩進めば、安里の身体は五十メートル下へと真っ逆さまだ。

「――戻れ、安里。おい、頼むから戻るんだ」

義堂も手すりの外に立っていた。

幅の狭いでっぱりに足をかけ、片手で手すりをつかみ、もう片方を懸命に安里へ伸ばしている。彼の顔は水を浴びたようにびっしょり汗に濡れていた。

「春日くんにも、有栖さんにも、なんの恨みがあったわけではないんです、ギィ」

安里は言った。

混乱と興奮が白いおもての上で激しくせめぎあっているのがわかる。

「ただ、あなたの幸福を考えたんです、ギィ。有栖さんをあなたの相手に……あなたの幸せを……そうすればぼくは……」

「わかった、安里。事件のことはもういい。いいから、今はとにかくこっちへ来い！」

「安里さん、どうか黒澤さんの言う通りにしてください」

義堂の背後に立っている要が言った。

「そうしないと、今すぐぼくが黒澤さんをここから突き落としますよ」

ドン！　と要は義堂の背中を押した。

有栖は悲鳴をあげて飛び上がった。

「何をするのよ、お兄さまっ！」

「目の前で犯人に自殺されては、探偵の面目は丸潰れだよ、有栖。ただでさえあの中傷記事で評判を落としているぼくだ。今度は事件に巻き込まれた恨みをこめて、ぼくが犯人である安里さんを突き落としたんじゃないか、なんて記事が出ないとも限らない。そうなったら今度こそぼくは有栖の結婚候補から外され、黒澤さんがその座におさまってしまうだろう。だったら今のゴタゴタに乗じて、憎い恋敵《こいがたき》を始末してしまったほうが安心だ」

むちゃくちゃな理屈である。

闇の中、安里が青ざめた顔でかすかに笑うのが見えた。

「きみにギィを落とさせるわけがない。そんなハッタリは通用しないよ、春日くん」

「ハッタリではありませんよ。黒澤さんから聞きましたが、安里さん、あなたは催眠術《さいみんじゅつ》を使えるそうですね。実はぼくもそうなんです。あなたにもそれをお見せしましょう。では、黒澤さん、ぼくが指を鳴らしたら、手すりから手を離すんですよ。——さあ、どうぞ」

ぱちん、と要が指を鳴らす。

義堂が言う通りに手を離したので、有栖も安里も目を見開いた。

「よし、術のかかりがいいな。黒澤さん。あなたは安里さんが飛び降りたら、即座にその後を追うんですよ。いいですね？」

義堂はうなずいた。

上着を脱ぎ捨て、細い足場をよろめきながら安里のほうへ進んでいく。

「ギィ……！」

「大事な黒澤さんが一緒に死んでくれるんですから、あなたも本望でしょう、安里さん？凌雲閣から美青年二人が手に手をとって投身心中。美女人形の事件に続いて、たいへんな話題になるでしょうね。なんの罪もない黒澤さんの名は、死後、スキャンダルにまみれることになる」

「やめてくれ！」

安里が悲痛な声をあげた。

「ギィ！　どうしてそんなことを……！　ぼくはあなたを道連れにする気なんてないんだ！」

「だったら、おまえがこっちへ戻ってこい、安里」

義堂は淡々と言った。

「おまえはぼくが、親友が目の前で自殺するのを黙って見ていられる男だと思っているのか。大事な人間のために命の一つもはれない男だと？　あまり見損《みそこ》なわないでくれ」

「ギィ……」

「頼むからこんな形でおまえを失わせてくれるなよ。おまえは後に残されるぼくのきもちを考えられないのか。こんなふうにおまえを失くしたら、これからぼくは死ぬまでおまえの幻影《すがた》を探すことになるんだぞ。車の助手席に、すぐ隣に、いつもぼくのそばにいたおまえを。安里、フランスでの生活を覚えてるだろう。お互い壁にぶつかって、夢に挫折《ざせつ》して、親のしがらみにとらわれて、どうにもならなかった毎日。そんな昔話をこの先、おまえの他に誰とできるって言うんだ。やけになるのはよせ。人を殺したわけでもなし、事件のことなぞどうとでもなる。ただ、生きてさえいればな。戻ってこい、安里。何度もいわせるな。ぼくを死なせたくないなら、おまえも生きろ！」

安里は黙って義堂をみつめていた。

やがて、安里はよろよろと頼りない足どりでこちらへ歩き始めた。

有栖は息を呑《の》んでその動きをみつめた。

上空五十メートトの強風が華奢な身体を容赦《ようしゃ》なく嬲《なぶ》る。

右に左に身体が揺れ、安里は足場の真ん中あたりでとうとうよろめき、座りこんだ。

「安里！」

「おっと、戻ってください、黒澤さん。本当にあなたまで落ちたら洒落《しゃれ》になりません」

安里を助けに行こうとする義堂を、要が後ろから抱き押さえた。

「一人じゃムリですよ。ここは三人で力を合わせましょう」

「三人で？」

「ええ。――有栖、こちらへおいで！」

呼ばれた有栖は急いで要へ駆け寄った。

「三人で手をつないで腕をのばして安里さんを助けるのね？　もちろん有栖も手を貸すわ！」

「いやあ、借りたいのは手よりも有栖の帯のほうだよ」

「え？　帯って――きゃあああっ！」

要に肩をつかまれ、有栖の身体はクルッ！　と勢いよく半転させられた。

要の手が背中の帯の結びに回り、矢《や》の字《じ》の膨《ふく》らみを慣れた手つきでするりと崩す。

もとより簡単な矢の字結び、帯じめ、帯あげ、帯枕《まくら》もない。

クルクルと回転させられるままに帯はほどけ、有栖の身体を離れていき、八重《やえ》に十重《とえ》にくたくたと折れ、要の手中におさまっていた。

「やあ、半幅帯《はんはばおび》ならちょうどいい細さだ。黒澤さん、これを安里さんへ放ってください」

義堂は片手を手すりにかけた格好で、安里にむかって帯を投げた。

風に流され、何度かしくじった後、帯先はうまく足場の上に落ちた。

安里がそれをつかみ、義堂と要が反対をもつ。

有栖の帯を命綱《いのちづな》にして進み、安里はようやく手すりを越えると、十一階の展望台へと戻ってきた。

安里が座りこむのと同時に、義堂と要も大きく息を吐き、二人揃ってその場に倒れた。帯をとられた有栖もまた、娘《おんな》座りにへたりこんだままである。

「——うまくいってよかったですね、黒澤さん。いや、あなたがあのハッタリにノってくれなかったらどうしようかと思いましたよ」

「ギィ……」

青ざめた安里がか細い声でつぶやいた。

義堂は両手で顔を覆《おお》ったまま、

「今ので寿命《じゅみょう》が五つは縮んだ」

うめくように言った。

「うちはけっして長寿の家系じゃないんだぞ。おい、安里、ぼくが早死にしたら、おまえのせいだからな」

義堂は乱れた前髪をかきあげ、大きく息を吐いて苦笑した。

「まあ、それでもお互い、二十六と五の若さで死ぬよりはマシか。……おまえ、ケガはないのか、安里。十二階からここへ落ちた時の」

「はい」

「そうか、よかった。ケガ人でないならおまえを遠慮《えんりょ》なく殴《なぐ》れるよ。一発殴って、さっきの心配をチャラにして……それでいいさ、もう。細かい話は、その後だ」

目を閉じた義堂は指で眉間《みけん》を押さえ、

「ぶじでよかったよ」

とつぶやいた。

「すまない、ギイ……！」

安里は額を床にこすりつけ、泣きながら、義堂にむかって土下座《どげざ》した。

「相手を殴る前にご丁寧《ていねい》に宣言をするとは、あなたは本当に紳士ですね、黒澤さん」

要が笑いながら上半身を起こす。

「その紳士ぶりがどうにもぼくのからかい心を刺激していたんですが……あなたは本物だな。敬意を表して、今後はあなたへのへらず口を減らしますよ」

「きみこそ大したものだよ、春日くん。催眠術なぞというあんなでたらめを、顔色一つ変えずにしゃあしゃあと言って」

「探偵はなんにでも秀でていなくちゃつとまらないですからね。十二階ぶんをかけのぼる体力にも、ハッタリにも、エセ催眠術にも……それから、素早い帯の解きかたにも」

笑いながら有栖の半幅帯を弄《もてあそ》ぶ。

有栖は赤くなり、要の手から急いで帯をとり返した。

エピローグ

安里《あんり》は義堂《ぎどう》の付き添いで、警察へ自首することになった。

要《かなめ》は同行せず、代わりに一枚の名刺を義堂に渡した。

くだんの友人からもらった警視副総監《けいしふくそうかん》の名刺である。

要はその裏に懇意《こんい》の刑事の名を書き、この刑事に自分の名を出せば話が早い、立派な刑事であるから粗暴な扱いもせず、万事に配慮をしてくれるだろう、と伝えた。

「きみには迷惑をかけっ放しだな、春日《かすが》くん。心から感謝するよ」

義堂は要の手を握り、それから有栖《ありす》を見た。

「この場は失礼します、有栖さん。おうちへは、また、あらためておわびにうかがいます」

「はい。どうぞ、お気をつけて。黒澤《くろさわ》さんも……安里さんも」

「許してください、有栖さん」

義堂に支えられている安里が言った。

「怖い思いをさせたことを。卑怯《ひきょう》な手段であなたの心を操ろうとしたことも……」

――二人の姿が出入り口へ消える。

小さくなっていく足音を聞きながら、有栖は言った。

「安里さんの罪はどの程度になるのかしら。うんと重くなる可能性もあるの？」

「さてね。法律は専門じゃないからなんとも言えないが……仲間たちの罪も含めて、まあそれほどのものにはならないんじゃないかな。『木蘭《ムーラン》宝飾店』は〝エジプトの虹《にじ》〟の紛失は認めているが、窃盗《せっとう》の被害届は出していないからね。店側も安里さんの仕業《しわざ》と薄々感づいているはずだが、身内のゴタゴタを表沙汰《おもてざた》にするのを嫌がっている。

何より例のダイヤモンドのすり替えの件がある。あの手の商売は信用が第一だからね、相手を騙《だま》してイミテーションの宝石を押しつけるような店だと知られれば、顧客がいっせいに離れて経営に響くはずだ。できるだけ、穏便にことをすませようとするだろう」

「さらわれた六人の女性たちも、安里さんのおかげで苦境を脱せられたのですものね」

「そう、あとは世間を騒がせた罪がどう扱われるかだね。が、安里さんの後見人の某《ぼう》伯爵って御仁《ごじん》は相当の人物だと聞いている。富豪の傑人《けつじん》で、貴族院《きぞくいん》の大ボスだ。養子にとまでのぞんだ安里さんのためなら、罪の軽減に尽力してくれるだろう。うまくいけば数カ月の間には安里さんを自由の身にして、外国にでも送り出してくれるんじゃないかな」

「そうなればいいわ。本当に」

恩讐《おんしゅう》につながれた国を離れ、異国へ旅立つ。安里じしんもそれをのぞんでいたのだ。もしかしたらその本心は、届かぬ想いにけりをつけ、義堂から離れるためだったのかもしれないが……。

有栖は左手にはめられたままの指輪に気づいた。

安里に返そうか、と思ったが、彼にはもう必要ないだろうと思い直す。

安里にとってこのイミテーションの指輪は義父への恨みと復讐《ふくしゅう》の象徴《シンボル》のようなものだ。両親の形見のダイヤをとり戻した今、恨みも指輪も手放すべきだろう。

「――ぼく以外の男が有栖の左手に指輪をはめるのを許してしまったのは口惜《くちお》しいね」

有栖の左手をとり、要が言った。

「有栖はお礼を言うのを忘れていたわね。お兄さま。助けにきてくれて本当にありがとう」

「どういたしまして。いつでもどこでも助けに来るに決まっている」

要は有栖を胸に抱き寄せた。

「ぼくは有栖の探偵で、有栖はぼくのお姫さまだからね」

「お兄さま」

「これまでも、これからも、ぼくが一生きみを守るよ、有栖。ところで、安里さんが言っていた卑怯な手段で心を操る、っていうのはなんのことだい」

「催眠術《さいみんじゅつ》で黒澤さんに恋をさせられそうになったことよ」

「なんだって？」

「でも、有栖はいやだと拒《こば》んだのよ」

安里の計画をつっぱねたことを話すと、要はうなずいた。

「乙女《おとめ》にとって恋心を奪われるのは貞操《ていそう》を奪われるのも同じこと、か。よい啖呵《たんか》を切ったものだね。さすがはぼくの有栖だ。……ところで、有栖が拒んだ理由はぼくのためだろうと思うのは、兄さまのいつもの自惚《うぬぼ》れかな？」

「それは……」

いつものように反論しかけ、だが、有栖は途中で口を閉じた。

そのまま、要の胸に顔を埋めてじっとしている。

「ねえ、有栖」

要がささやいた。

「くちづけをしてもいいかい？」

有栖は耳まで赤くなった。

「お兄さまったら……女の子にむかって、なんて答えにくい質問をするの」

「このいい雰囲気《ムード》の中、ひっぱたかれたくはないからね。先に宣言する黒澤さんの紳士方式でいくことにするよ。一度目は不意打ち、二度目は礼代わり、三度目は……いいわけはもう品切れのはずだよ、有栖。さあ、意地をはらず、兄さまが好きだと言いなさい」

有栖は考えた。

助けに現れた要を見た時、有栖は心から安堵《あんど》した。悪戯《いたずら》で強引で自惚れ屋、一族きってのトラブルメーカーで問題児の要である。が、いざという時には何を置いても有栖を守ってくれる、頼もしい青年だということもわかっている。

今、要の口説《くど》き文句に胸がわくわくし、頰《ほお》が熱くなり、足元がふわふわしているのは、ようやく自覚し始めた恋ゆえなのか、事件の興奮の余韻《よいん》ゆえなのか、あるいはすぐ下に広がる目のくらむような眺望ゆえなのか、有栖には判然としないのだった。

「――正直にいうと、今、有栖の胸はすごくどきどきしているわ。でも、これは、高い所に立っている興奮を、恋のときめきと錯覚《さっかく》しているだけかもしれないわね」

「それなら簡単に確かめる方法があるよ」

「確かめる方法?」

「そうさ。探偵はなんでも知っているんだよ。何もかも、兄さまにまかせておいで」

要の唇が、有栖のそれにそっと触れてくる。

甘い痺《しび》れに有栖は震え、目を閉じた。

――眼下の景色はもう見えない。事件のことも頭から消えた。

それなのに、瞼《まぶた》の裏は熱くなり、胸の鼓動も激しくなっていくばかりである。

「――胸のときめきが恋ゆえだとわかっただろう、有栖？」

息が苦しくなるほどの長いくちづけの後、要は有栖の顔をのぞきこんだ。

「頬を染めて、恥ずかしがっているね。可愛《かわい》い顔だ。恋を知った顔だ。いいかい、ぼくのおてんばさん、今のは紛《まご》うかたなき恋人の接吻《せっぷん》だ。今のできみは大人になったんだよ」

「お兄さま……」

「もう逃げられないよ、観念おし。有栖、きみはぼくと結婚するんだよ」

有栖は赤く染まった顔を要の胸に押しつけ、うなずいた。

確かにもう観念するしかない。

「ぼくの奥さんになるね？　ぼくが好きだね？　ぼくと結婚すると言いなさい、有栖」

「ええ……いいわ。結婚するわ。有栖はお兄さまのお嫁になるわ。お兄さまが好きよ」

思いきってそう言うと、じしんの言葉がすとんと胸に落ちた。

それが嘘偽りのない自分のきもちだと、有栖には心から信じられた。

「ハイハイ歩きの有栖に一目惚れしてから、十五年か。……ようやく想いがかなったよ、感無量だね！」

要は笑い、有栖の頬に音をたてて口づけをした。

「愛しているよ、有栖。さあ、さっそく下へおりて祝杯をあげよう。今日はぼくらの婚約記念日だよ。浅草《あさくさ》の街で思いきりハメを外して、恋の一夜を楽しもうじゃないか」

「女学生に夜遊びを勧めるなんて、悪い探偵さんね」

「探偵が正義の味方とは限らないのさ。今日だって、有栖は悪漢《あっかん》にさらわれ、ぼくに助けられ、そして最後にはまた、ぼくに心ごとさらわれてしまっただろう?」

有栖は笑った。

気障《きざ》なセリフも東洋一のビルの上で聞けば、さまになるからふしぎである。

すったもんだの末にふたりの関係は「婚約者」へと落ち着くようだ。が、なにせトラブルメーカーの要である。この先も騒ぎや事件に巻き込まれるのは確実だった。

(でも、それもあんがい悪くないかもしれない。少なくとも平凡で退屈な日々にはならなそうだもの。婚約は探偵小説でいえば新章、新しい冒険の始まりという気がするわ!)

「見て、お兄さま、きれいね。星を砕《くだ》いて散りばめたようだわ」

有栖と要は手をつないで手すりのむこうへ目をやった。

遠くに光るは品川《しながわ》、台場《だいば》の沖の船。

眼下には帝都の夜景がきらきらと、色とりどりのダイヤモンドのように輝いている。

〈**おわり**〉

あとがき

こんにちは。松田志乃《まつだしの》ぶです。

このたびは『わたしの嫌いなお兄様』新装版を手にとって頂き、ありがとうございます。

この作品は元々、二〇一二年に集英社コバルト文庫から刊行されたものでした。

今回、十一年の時を経て、集英社オレンジ文庫で復活することとなり、新しい読者のみなさんと会える機会を頂けたこと、たいへん嬉しく思っています。

記憶力が壊滅的に弱いので、当時のことがあまり細かく思い出せず、二〇一二年ってどんな年だったかなあ……と試しに当時のヒットチャートなどを検索してみたのですが、びっくりするほどどの曲も記憶になく、そういえばこのころは地上波のテレビはほぼ見ず、旅行などにもいかず、とにかく仕事ばっかりしていたな、と思い出しました。

コバルト文庫は刊行ペースが速く、平均で年に三、四冊は新刊を出していた上、雑誌の仕事などもちょこちょこあり、当時は派遣社員の仕事もセーブしながら続けていたので、遊ぶ時間がほとんどなかったのですね。

実際、『わたしの嫌いなお兄様』の文庫を出した二〇一二年十月には、同じコバルト文庫から当時抱えていたシリーズものの『悪魔のような花婿』という作品も同時刊行していたので、締め切りに追われての原稿執筆、それが終わるとすぐにゲラが送られてきての著者校正、それが終わると次の話のプロット作成……と、とにかく忙しい毎日を過ごしていました。

十一年の間にコバルト文庫からオレンジ文庫へと発表の場も変わり、個人的な環境も大きく変化しました。東日本大震災の翌年から、コロナ禍を経た現在へ——十年ひと昔、といいますが、本当に短いようで変化の激しい年月だったなと思います。次の十年はどんな日々になるのでしょう。良い十年になるといいな。

今回、新装版を出すにあたって、加筆修正を行いましたが、十一年という年月によって、当時は気づかなかった自分の文章の粗《あら》がくっきりと浮かび上がって見え、作業中、その拙《つたな》さに何度となく身悶《みもだ》えするはめに陥《おちい》りました。とはいえ、当時はこれがベストと信じていたのだから仕方がないですね。コバルト文庫版をお持ちの方は、新装版と読み比べ、違いを見つけて頂くのも面白いかもしれません。

最後になりましたが、十一年という時間が経っても、まったく色褪《いろあ》せない素晴らしい表紙を描いてくださった明咲《あさき》トウルさんにあらためてお礼を申しあげます。カラフルでレトロでキュートでポップなイラストをありがとうございました！

それではまた、どこかでお会いできることを願って。

松田志乃ぶ

【初出】 コバルト文庫『わたしの嫌いなお兄様』２０１２年10月刊

※この作品はフィクションです。実在の人物・団体・事件などにはいっさい関係ありません。

集英社オレンジ文庫をお買い上げいただき、ありがとうございます。
ご意見・ご感想をお待ちしております。

● あて先
〒101-8050　東京都千代田区一ツ橋2-5-10
集英社オレンジ文庫編集部 気付
松田志乃ぶ先生

集英社
オレンジ文庫

わたしの嫌いなお兄様

2023年8月23日　第1刷発行

著　者　松田志乃ぶ
発行者　今井孝昭
発行所　株式会社集英社
〒101-8050東京都千代田区一ツ橋2-5-10
電話【編集部】03-3230-6352
【読者係】03-3230-6080
【販売部】03-3230-6393（書店専用）
印刷所　図書印刷株式会社

ISBN 978-4-08-680516-2 C0193